14 DIAS

Edson Gobi

14 DIAS

novo século®

São Paulo 2011

Coordenadora Editorial	Leticia Teófilo
Preparação de Texto	Hugo de Almeida
Revisão	Katiene Oliveira
Capa e Diagramação	Carlos Eduardo Gomes

Texto de acordo com as normas do Novo Acordo Ortográfico da Língua Portuguesa (Decreto Legislativo nº 54, de 1995)

Dados Internacionais de Catalogação na Publicação (CIP)
(Câmara Brasileira do Livro, SP, Brasil)

Gobi, Edson
14 dias / Edson Gobi. -- Osasco, SP : Novo Século Editora, 2011.

1. Ficção brasileira I. Título.

11-08133 CDD-869.93

Índices para catálogo sistemático:
1. Ficção : Literatura brasileira 869.93

2011
IMPRESSO NO BRASIL
PRINTED IN BRAZIL
DIREITOS CEDIDOS PARA ESTA EDIÇÃO À
NOVO SÉCULO EDITORA LTDA.
Rua Aurora Soares Barbosa, 405 – 2º andar
CEP 06023-010 – Osasco – SP
Tel. (11) 3699-7107 – Fax (11) 3699-7323
www.novoseculo.com.br
atendimento@novoseculo.com.br

Este livro é dedicado aos meus filhos Thainá Franciele e Edson Junior. Também com muito carinho o dedico a minha amada esposa, Luciana Gobi, que fez as primeiras correções e as primeiras críticas. Seu contagiante entusiasmo me motivou a desenvolver este trabalho, que, de certa forma, vem trazer mais luz ao mundo.

Agradeço a Deus pelo sonho que posteriormente foi transcrito em forma de livro. Agradeço a vida pelos obstáculos por ela imposta, que fizeram de mim um poeta da existência. Agradeço a todos os amigos e irmãos que com suas orações têm acrescentado mais luz ao meu ser. Agradeço a todos os profissionais da informação. E, principalmente, agradeço a você leitor, que, com suas críticas e energias benéficas, tem me ajudado de forma esplêndida a tornar-me um profissional da literatura.

Amo vocês...

Edson Gobi

A grandeza do homem não está no sucesso de suas vitórias e sim em sua capacidade de alcançar a esperança quando em sua vida se evidenciam as derrotas.

(Gobi, 2010)

Sumário

A AVAREZA

Perdoa-nos as nossas dívidas, assim como nós perdoamos os nossos devedores.

E não nos induzas à tentação, mas livra-nos do mal; porque teu é o Reino, e o poder, e a glória, para sempre. Amém!

Porque, se perdoardes aos homens as suas ofensas, também vosso Pai celestial vos perdoará a vós.

Se, porém, não perdoardes aos homens as suas ofensas, também vosso Pai vos não perdoará as vossas ofensas.

Mateus
Cap.6, Versículos 12, 13, 14 e 15

Capítulo 1

Orlando Moraes começava a frequentar a alta sociedade. Não era um homem milionário e nem pobre – apesar de que, para ele, riqueza era considerada como um pré-requisito para ostentar suas amizades.

Era graduado em administração de empresas e tinha uma grande loja de autopeças. Levava uma vida modesta, porém regalada. Possuía um veículo dos últimos lançamentos, pois acreditava que era uma ferramenta necessária para mostrar a quem quisesse que ele tinha dinheiro. Na verdade, ele se via apurado para pagar as suas prestações.

Elaine, esposa de Orlando, era o oposto dele. Era uma linda mulher. Seus cabelos negros lhe caíam sobres os ombros, seus olhos eram claros, mas o seu brilho foi se perdendo com o passar dos anos. Seus lábios carnudos adornavam seu rosto angelical. O sorriso que outrora jazia estampado em sua face tornando-a muito simpática, agora era raro de ver.

Ela não aprovava as atitudes de Orlando e nem as suas novas amizades, mas guardava as opiniões para si para não entristecê-lo. O amava muito e acreditava que ele poderia mudar um dia. Essa era sua esperança. Afogava seus sentimentos fingindo não ver algumas atitudes de seu esposo. Ela o suportava pelo medo da separação, pois não conseguia se imaginar vivendo sem ele. Era perdidamente apaixonada por Orlando a ponto de viver uma vida sofrida ao seu lado.

A cada dia ele provocava uma nova decepção, ora ameaçando-a com agressões, ora impondo o seu lado machista, levando-a muitas vezes a situações humilhantes.

Elaine já tinha ido embora duas vezes de sua casa, mas Orlando a procurava aos prantos, prometendo mudança e arrependimento, sempre acabando por convencê-la. Elaine doava-se totalmente a Orlando, reprimindo os seus sonhos em prol daquela união instável.

Moravam em um palacete. O valor do aluguel que pagava todos os meses por esse luxo dava para pagar a prestação de uma bela casa em um bairro mais simples.

Orlando foi aceito pela seletiva sociedade porque tinha lançado um livro que estava fazendo muito sucesso. Era procurado por alguns repórteres e dava entrevistas sobre o seu livro. Começava a ser famoso e a ser cortejado pelos poderosos, pois os grandes desejavam sempre estar nos holofotes da imprensa e, como Orlando estava começando a ser noticiado na mídia, acabou por ser aceito pelos ricaços de plantão.

Ao casar-se, manteve seu relacionamento com os membros da igreja por conveniência. Orlando acabou por receber um cargo naquela entidade. Era uma posição de destaque. Não que ele tinha uma fé constante, mas acabou aceitando, pois dessa forma estava sempre à frente dos membros daquela igreja, sendo muito cortejado por eles, e isso ele adorava. Era uma sociedade de pessoas simples e humildes.

Não tinha em seu coração o objetivo de cultuar a Deus, de praticar a caridade e se preparar para uma segunda vida pós-morte. Orlando se esforçava para manter as aparências. Próximo de seus irmãos na fé ele era uma pessoa; longe, se transformava em uma pessoa avarenta e sem escrúpulos. Só pensava em ganhar dinheiro, ser admirado pelas pessoas, ter fama e poder. Gostava de cortejar, ainda que com os olhos, uma moça bonita. Com o seu novo livro lançado há pouco começando a se destacar entre os mais vendidos, ele começara a realizar seus sonhos, sendo aceito e convidado a frequentar a alta sociedade.

Sua filha era maravilhosa. Angélica tinha 19 anos, no auge de sua plenitude. Era muito carismática, olhos grandes e brilhantes, sempre com um belo sorriso estampado na face que tornava os lábios carnudos mais atraentes, suas curvas delineadas insinuavam a mulher sensual que seria. Angélica cursava o último ano do Ensino Médio, e estudava no melhor colégio da cidade. Estava atrasada dois anos nos estudos por uma enfermidade que tivera quando criança, que a impossibilitou de continuar. Agora, recuperava o tempo perdido. Fazia cursos de inglês e informática. Era muito dedicada e estudiosa.

Orlando estava tendo problemas de saúde. A sua diabete estava nas alturas. Começara uma dieta. E, principalmente, por ser muito sedentário, lhe foi prescrito fazer exercícios e caminhar pelo menos dez quilômetros todos os dias.

Em um determinado dia, Orlando, em uma de suas caminhadas rotineiras, passou no colégio de Angélica para buscar o modelo do tênis que teria que comprar, pois se ofereceu para fazer uma doação a uns dos times de futebol que o colégio mantinha.

Após o repentino sucesso, começou a cultivar algumas novas amizades. Aos poucos, Orlando estava começando a estreitar a tão sonhada amizade com o respeitadíssimo Dr. Júlio, deputado federal, diretor e proprietário do famoso colégio Marechal Rondon, onde sua amada filha estudava.

Dr. Júlio era um homem culto, educado e fino, porém totalmente interesseiro. Só cultivava amizades por conveniências. Sempre tinha muitos compromissos e a vida, até pouco tempo, ainda não lhe tinha dado motivo para ele e Orlando estreitarem a amizade. O lançamento do livro e o seu repentino sucesso despertaram no Dr. Júlio o interesse de saber quem era o pai de uma de suas alunas que começava a ficar famoso. Ali começaram a estreitar suas afinações. Orlando acreditava que aquela amizade lhe abriria novas portas, o que de fato ocorreu.

Certo dia, Dr. Júlio ligou para Orlando e combinou que no dia seguinte era para ele passar no colégio e pegar uma amostra do tênis que Dr. Júlio dava para os atletas do seu time de futebol. O time de futebol do colégio Marechal Rondon era o melhor da região. Tinha os melhores uniformes, treinamentos, alimentação, cuidados médicos e fisioterapêuticos. Isso o time principal, pois o segundo time, que era composto por pessoas pobres da região, tinha apenas o básico.

O colégio, apesar de ser particular, mantinha dois times de futebol, um para os seus alunos e outro só para crianças carentes da cidade.

Dr. Júlio era um homem esperto, sabia como agradar a população e angariar votos. Mantinha um time de futebol para pessoas carentes, mas essas crianças nunca poderiam estudar em seu colégio. Apesar disso, atos como esse o mantinham sempre na mídia, sendo sempre noticiado como um homem que presta serviços gratuitos à comunidade.

Ele sempre dava festas convidando a imprensa, dando presentes aos jornalistas, fazendo-os sentir cortejados e importantes. Dr. Júlio encontrou uma maneira para se manter sempre na mídia. Ele enaltecia a vaidade em alguns dos repórteres. Trazendo-os para o seu lado, noticiava o que lhe era conveniente. Conseguia tudo o que queria, e sabia qual caminho trilhar para obter seus objetivos. Isso o levou ao resplendor da glória, sempre se elegendo em tudo o que disputava.

Agora, Dr. Júlio convidava Orlando para financiar o novo uniforme de futebol do time. Orlando aprovara essa ideia, pensando na solenidade de entrega. Era uma enorme oportunidade que Dr. Júlio estava lhe dando para sua promoção pessoal. Orlando estava orgulhoso, pois finalmente conseguira agradar ao doutor.

Há alguns dias, Dr. Júlio tinha mostrado a Orlando o troféu que ganhou fazia alguns anos do governador. Tinha até a assinatura dele. Esse troféu lhe dera o título de embaixador da Unicef no Paraná. A Unicef é uma entidade conhecida mundialmente por valorizar as crianças desfavorecidas e lutar pelo fim da fome, discriminação e exploração de mão de obra infantil.

Era o título que todo cidadão desejava. Dizia que aquele troféu para ele valia mais que milhões de reais, pois esse ato político promoveu sua ascensão, tirando-o do anonimato. Na época, a notícia foi muito divulgada pela imprensa.

Dr. Júlio combinou com Orlando para ele passar até as 11h50 da manhã seguinte para buscar a amostra do tênis do time de futebol. E confirmou que o estaria esperando.

Na manhã combinada, Orlando se enrolou em seus afazeres e atrasou a costumeira caminhada. Mas estava decidido a levar à risca o tratamento prescrito pelo seu médico.

Pensou sobre o assunto, conciliou suas ideias e foi fazer sua caminhada. No meio do percurso olhou para o relógio e observou que se não fosse rápido não conseguiria chegar a tempo no colégio para pegar a amostra. Não queria falhar com o Dr. Júlio, pois há pouco começara aquela amizade e queria se mostrar gentil.

Quando chegou ao colégio, Orlando observou que já passava das 12h20, e que aparentemente não tinha mais ninguém lá. Viu que o portão estava fechado, porém mesmo com a corrente enlaçada sobre as trancas, observou que o cadeado não estava trancado. Lembrou que Dr. Júlio estava sempre sendo cordial com ele e viu aquilo como um sinal para que entrasse.

Evidenciava-se um enorme silêncio no ambiente. Realmente todo mundo já tinha ido embora – imaginou Orlando.

Direcionou-se até a sala do Dr. Júlio. Bateu levemente na porta, acreditando obter resposta. Aguardou alguns segundos enquanto olhava a bela placa de identificação afixada na porta. Começou a ler e percebeu que ela informava o nome e função do usuário daquela sala. "Diretor Júlio".

Vendo que ninguém abria a sala, entrou e viu sobre a mesa uma bolsa de tamanho médio a grande. Lembrou-se das palavras do Dr. Júlio explicando que quando passasse lá para buscar a amostra do tênis, ele o presentearia com uma bolsa do time de futebol do colégio.

Abriu levemente e pôde observar a amostra do tênis que combinara buscar, fechou rapidamente, pois se constrangeria se alguém chegasse repentinamente e o visse abrindo aquela bolsa. Daria uma má impressão. Lógico que se isso acontecesse era só explicar que havia combinado com o diretor e, se fosse preciso, era só chamá-lo e tudo se resolveria, mas não deixaria de ser um vexame.

Para Orlando a aparência era tudo. Passava horas pensando em uma forma de agradar as pessoas importantes, planejando encontros "casuais" com os poderosos da sociedade para usufruir de sua companhia.

Saiu rapidinho do colégio com um sentimento ruim, como se estivesse fazendo algo errado ou pegando algo que não fosse seu. Mas ele não podia falhar com Dr. Júlio; seria grosseiro de sua parte, antiético e principalmente antissocial. E como ele começara havia pouco a frequentar as altas rodas ele não poderia se permitir uma falha dessas no início de uma amizade.

Continuando a caminhada com aquela bolsa e já a uma distância grande do colégio, Orlando teve a sensação de que alguém o chamava. Olhou para trás, e ainda que estivesse muito longe do colégio pôde ver que uma pessoa acenava para ele. Reconheceu o Dr. Júlio, apesar da distância.

Sentiu-se muito mal, tinha chegado após o horário combinado. Não era o seu costume falhar, mas naquela ocasião havia sido impossível cumprir o combinado. Arrependera-se por não ter ido de carro.

Por que não deixou de lado a caminhada naquele dia? Mas havia assumido o compromisso com o médico de seguir à risca o tratamento. Orlando se sentia um escravo de si mesmo, sempre preso a horários, compromissos, promessas que muitas vezes para cumprir tinha de passar por cima de seus próprios desejos, por cima dos que estavam à sua volta e principalmente por cima das vontades de sua família, que era sempre colocada em segundo plano.

Cultivar aquelas amizades exigia sacrifícios que muitas vezes colocavam os sentimentos de Orlando em xeque-mate. Mas ele era firme em seus propósitos.

Acenou de volta como a cumprimentar. Virou-se e continuou a caminhada com dúvidas. Parecia que o Dr. Júlio estava chamando e não apenas cumprimentando. Com o pensamento longe, se distanciou entretido em pensamentos altivos, planejando como seria a solenidade de entrega dos uniformes; certamente Dr. Júlio chamaria toda a imprensa para noticiar o evento. Acreditava que os repórteres viriam sem pestanejar, pois seria uma caridade feita pelo então escritor em ascensão e o famoso deputado federal, Dr. Júlio.

Orlando ficou maravilhado com a ideia de ser famoso, e com a certeza de que com esse ato de bondade as pessoas o assediariam muito mais, pois o Dr. Júlio era uma pessoa muito respeitada na sociedade, e sua companhia era muito disputada pelas pessoas da alta-roda. Era a fusão perfeita. Ele um escritor em ascensão se unindo ao Dr. Júlio, um famoso e influente político em um ato de bondade. Orlando caminhando ficou imaginando o quanto seria procurado pelos paparazzi. Certamente eles o assediariam com muitas fotos, muito glamour. Estava feliz.

Ao caminhar, Orlando começou a sentir o peso da bolsa que carregava. Riu sozinho observando como era distante o caminho que ainda faltava percorrer até chegar em sua casa, percebendo que a cada passo o peso da bolsa ia aumentando junto com o seu cansaço. Sentindo os braços doerem, pensava como era engraçado o fato de um determinado peso parecer mais pesado quando se é carregado por uma grande distância. Sentindo o cansaço chegar ao extremo, resolveu parar embaixo de uma árvore para descansar e respirar mais aliviado.

Após passar no colégio, entretido em sua caminhada, Orlando entrou em um bosque seguindo por uma trilha costumeira. Era um lugar agradável para caminhar, apesar de encontrar um mendigo ou um bêbado de vez em quando.

A princípio a prefeitura tinha preparado o lugar para as caminhadas, limpando, sinalizando e colocando guardas municipais para fazerem a segurança local. Com o passar dos meses eles continuaram com a limpeza do ambiente, mas com o pouco efetivo humano para prestar serviço de segurança à cidade, logo foi extinta a guarda municipal.

Orlando há algum tempo pensava em tirar o bosque de sua rota de caminhada pela falta de segurança, mas, como era uma pessoa muito condicionada a seus costumes, quando percebia já estava ali dentro.

Usufruindo daqueles resquícios de raios de sol que passavam por entre as folhas lutando para chegar à terra como se ela fosse um ímã, Orlando se deixou ficar extasiado pelo ar puro que o bosque lhe oferecia, sem ao menos imaginar como a natureza é bela e sábia.

Os raios solares parecem render-se à beleza da terra, se impulsionando como a querer beijá-la. Como um casal de adolescentes que acaba de descobrir as delícias e a ternura entre o toque de seus lábios e o inexplicável calor que os toma a seguir, proporcionando uma sensação de euforia, seguida de um enorme bem-estar. Como a sentir uma febre repentina ao perceberem as suas línguas se entrelaçando, evidenciando a maior amostra de amor que um ser humano pode ter pelo outro. Pois no ato do sexo se pode fingir. O bom diálogo se esquece com o tempo.

Mas um beijo carinhoso toca a alma, fixando-se na mais profunda das memórias – levando o mais rude dos homens a sentir e a fazer coisas de menino.

Essa é a provisão divina. O beijo acabou por ser um gesto envolto por um mistério. Por ele nasce o amor... Por ele veio ao mundo a traição ao filho de Deus...

Capítulo 2

Ainda descansando, Orlando abaixava as barras de suas calças, que haviam se levantado ao caminhar rápido, numa tentativa de se esconder do vento frio. Era início do mês de agosto e o inverno ainda mostrava a sua força.

Orlando elevou o olhar a alguns metros e se assustou ao ver dois mendigos que vinham caminhando pela trilha. O mau cheiro era evidente, estavam totalmente maltrapilhos, barbudos e aparentemente embriagados. Ficou com a cabeça baixa na tentativa de passar despercebido.

Aproximou a bolsa do corpo, segurando-a com mais força. Teve medo de ser assaltado. Tinha decidido, não caminharia mais pelo bosque. Estava intransitável, sendo agora lugar de uso de pessoas desclassificadas, que começaram a frequentá-lo com o descaso da prefeitura. Nunca mais passaria por ali.

Ele se repreendia em pensamento pela sua teimosia, pois em outras ocasiões ele já tinha sido amolado por mendigos e agora estava diante dessa situação desagradável. E se o mendigo tentasse pegar a sua bolsa? O que faria?

Ainda pensando na situação embaraçosa em que se metera, ergueu o seu rosto e teve o maior susto de sua vida. Diante dele estavam parados os dois mendigos. Ele sentado, olhando para cima, observou que um deles era enorme, barbudo e exalava um odor fétido. Parecia um gigante. Deu um pulo e antes mesmo que o mendigo pudesse falar alguma palavra ele já os expulsou.

– Saiam daqui, seus mendigos sujos e nojentos. O que vocês querem comigo? – gritou Orlando, irritado.

– Vamos! Já lhes disse, sumam daqui! Vocês não sabem quem eu sou, mando prender vocês agora!

– Senhor... – numa tentativa em vão, começou a falar um mendigo.

– Vão... Desapareçam daqui! – interrompeu Orlando, não dando oportunidade ao mendigo para falar.

Os mendigos viraram-se, percebendo que seria inútil a tentativa de comunicação e começaram a se distanciar. Orlando ficara mais tranquilo ao ver os mendigos irem embora e voltou a sentar-se. Fitou-os até perdê--los de vista na trilha cheia de curvas do bosque.

Sentindo-se mais aliviado, Orlando notou que ainda segurava a pesada bolsa, e num movimento intuitivo abriu-a para olhar o seu interior. Retirou o tênis para observá-lo e viu que havia mais alguns objetos na bolsa. Começou a remexer e a retirar tudo, e acabou por ter a maior surpresa da sua vida. Além do exemplar do tênis usado pelo time de futebol de salão do colégio, também estava na bolsa o tão protegido troféu do Dr. Júlio.

Ainda zonzo com a surpresa inesperada, ele retirou mais um par de sapatos e uma camisa azul. Orlando tinha certeza de ter visto o Dr. Júlio usando-os em outra ocasião em que ele estava presente. Atônito e querendo morrer, Orlando ainda retirou da bolsa uma última peça, um cinto de couro legítimo, com fivela de ouro branco, que também tinha certeza que o Dr. Júlio usara com o sapato e a camisa azul.

Forçando a mente, Orlando conseguiu lembrar-se que o Dr. Júlio usou aqueles objetos pessoais no dia em que ele foi convidado a almoçar em sua casa. Naquele dia o Dr. Júlio estava diferente, muito amigável, simpático, longe de ser aquela pessoa carrancuda que costuma ser. Levara Orlando para conhecer a sua grande biblioteca, os jardins e até o ateliê onde praticava pintura como distração.

Naquele dia, Dr. Júlio oferecera-lhe um charuto, que, segundo ele, era importado de Havana. Só os dava de presente a pessoas de sua extrema intimidade.

Orlando não fumava, mas guardou-o com carinho, e mesmo não tendo o costume de beber, naquele dia não pôde deixar de saborear uma dose de uísque importado envelhecido por 18 anos oferecido pelo Dr. Júlio. Como tinha sido indelicado em não fumar o tão exclusivíssimo charuto, não poderia repetir a negativa logo em seguida.

Naquele dia Orlando se sentiu em casa, percebendo que tinha conseguido conquistar a confiança e a amizade do Dr. Júlio.

Aqueles pensamentos lhe trouxeram uma pequena alegria diante da caótica situação em que se encontrava. Ele tinha certeza, tinha pegado a bolsa errada. Essa era a bolsa do Dr. Júlio. Tinha essa certeza, pois diante dele estavam todos os seus objetos pessoais, inclusive o tão protegido e admirado troféu.

O troféu era horrível, e por ser feito de latão não tinha valor financeiro algum. Mas para o Dr. Júlio o troféu tinha um valor sentimental incalculável, e lhe valia mais que milhões de reais.

Orlando queria morrer. Isso não poderia estar acontecendo com ele. Fechou os olhos por alguns segundos, desejando que ao reabri-los os objetos não estivessem mais ali. Dessa forma teria certeza que estava sonhando. Após fazê-lo, viu que ainda estavam ali, franziu o cenho contrariado. Realmente aquela situação não era um sonho. E agora? O que fazer?

Agora Orlando entendia por que, após a sua passagem pelo colégio, já distante, carregando a bolsa, o Dr. Júlio acenou para ele. Ele não estava se despedindo como imaginara, e sim chamando-o. Certamente achara que ele havia roubado os seus objetos pessoais. Principalmente o seu valioso troféu, pois para ele aquela relíquia de latão passou a ser um amuleto da sorte. Deveria ter percebido na hora. Dr. Júlio não era um homem tão simpático a ponto de se dar o trabalho de acenar. Agora tudo estava claro, ele realmente o estava chamando.

Deus! Em que situação eu entrei, pensava Orlando, preocupado.

Ficou ali estático, sentado, pensando numa maneira de sair daquela situação terrível. Com certeza o Dr. Júlio acabaria com ele e com a sua planejada e sonhada carreira.

Sentia a boca amargar com os sucos gástricos que lhe afloravam com o nervosismo toda. Passaria por ladrão perante toda a sociedade. – Que vergonha... Orlando desejou a morte.

Perdido em seus pensamentos, não percebeu que a hora passava depressa. Ainda sentado, olhando para a copa das árvores, Orlando pôde observar as réstias dos raios solares entre as folhas, prenunciando a noite.

Muito pensativo, Orlando chegou à conclusão de que, daquela distância, o Dr. Júlio não poderia ter visto a bolsa. Estava decidido, iria sumir com aquela bolsa e, como ninguém o viu entrar no colégio, tudo se resolveria. Ainda que alguém tivesse visto, ele negaria. Seria a sua palavra contra a dessa pessoa. Nunca seria incriminado, pensava, sentado próximo à árvore.

Não podia perder a amizade do Dr. Júlio, pois era uma peça fundamental para a sua ascensão na carreira. E pior do que deixar de ter o tão sonhado sucesso era ter o Dr. Júlio como inimigo. Ele era um homem muito poderoso. Tinha amizades com pessoas muito importantes. Se o Dr. Júlio descobrisse que ele tinha pegado os seus objetos pessoais, os quais considerava como um amuleto da sorte, ele seria preso com certeza. Ainda que não fosse preso por ser réu primário, a imprensa acabaria com sua vida, pois nunca ficaria contra o famoso Dr. Júlio e a favor de um quase famoso escritor.

Orlando meditava e se remoía com a ironia do destino. Se não se livrasse daqueles objetos, não alcançaria o seu sonhado objetivo de se tornar famoso. Iria parar em todos os jornais. Só que o seu nome estaria nas crônicas policiais.

Uma penumbra já tomava conta daquele bosque. Com a chegada da noite, o frio se intensificou; Orlando estava congelado, vestido apenas com uma leve roupa esportiva de caminhada.

Decidiu se livrar daqueles objetos que poderiam acabar com a sua vida e começou a procurar um local escondido, longe da trilha dos transeuntes.

Adentrou a mata até chegar a um determinado local, que considerou confiável. Percorreu os olhos à sua volta, verificando a segurança do local, na tentativa de ver se alguém o observava. A escuridão que tomou conta do local não o deixou perceber que dois mendigos escondidos no meio da mata cuidavam dos seus atos.

Acabando de enterrar os objetos, Orlando saiu rapidinho do local, direcionando-se para fora do bosque. Sentindo-se aliviado e congelado com a queda brusca da temperatura, caminhava rápido para chegar em casa, pois com certeza todos estavam à sua procura, já que deveria estar em casa no máximo no meio do horário do almoço.

Sentindo o estômago roncar e a barriga remoer, Orlando lembrou que já era noite e ainda nem tinha almoçado. Não via a hora de chegar em casa, de tomar uma ducha bem quente e depois saborear um belo prato de sopa quentinha com queijo mussarela ralado por cima derretendo.

Com a boca cheia d'água, proporcionada pelos pensamentos de uma bela refeição, Orlando, como que num passe de mágica, vê seus pensamentos voltarem à cena do crime, lá no colégio. Ele se lembra do momento em que coloca a mão na alça da bolsa para levantá-la, os seus olhos percorrendo a extensão da sala do diretor, e ficou pasmado... Ele parou a caminhada na hora. Como ele foi se esquecer daquele detalhe? Lá no cantinho, no alto, num lugar discreto, ele viu uma câmera. Mais uma vez Orlando quis morrer. Recorreu à sua memória e lembrou que em todas as salas do colégio havia câmeras. Como foi se esquecer disso? Orlando na hora se viu apavorado, a tranquilidade foi embora, o medo voltou e lastimavelmente o tão sonhado prato de sopa quentinho teria que esperar mais um pouco; ele tinha que elaborar um novo plano.

Estava tão próximo daquele banho quente... Tão próximo daquele prato de sopa quente... Estava tão próximo da sua casa... Não acreditava no que estava acontecendo. Instintivamente, retrocedera sem rumo.

Andando e pensando no que fazer, Orlando nem percebeu que as ruas estavam desertas e obscuras. O vento sul que soprava forte tornava a noite gélida mais aterrorizante.

Ele não podia voltar para casa dessa forma. Tinha que pensar em alguma coisa. Enquanto eles não o encontrassem, teria tempo de remediar aquele problema sem solução aparente.

Sua família teria que esperar mais um pouquinho. Talvez tivesse que passar a noite fora de casa, planejando algo.

Perdido no emaranhado de seus medos, Orlando se deu conta que na rua em que estava vinha em sua direção, em um ritmo quase parando, uma viatura policial. Sem pensar duas vezes, se atirou numa plantação ornamental espinhosa em frente a uma casa vazia, na tentativa de se esconder.

Conhecia a vizinhança e sabia que os policiais o parariam, pois ali era um bairro nobre. A polícia, na ânsia de agradar a alta sociedade, cuidava daquele bairro como se fosse a sua própria casa.

Todo enroscado nos espinhos, Orlando ficou imóvel para tentar não ser visto. Não acreditou no que estava acontecendo: a viatura policial parou na rua em frente à vegetação em que estava escondido. O silêncio daquela noite só era quebrado pelo barulho do vento, que, ao tocar as folhas das árvores, promovia um som semelhante a um uivo horripilante. O diálogo entre os dois agentes do Estado denunciou a Orlando que se tratava de dois policiais conhecidos. Orlando sabia que não poderia facilitar, pois ao ter vivenciado algumas experiências anteriores com os policiais em questão, sabia que caso o vissem só o liberariam se ele lhes desse uma quantia de dinheiro muito alta, e não estava disposto a pagar nada. Também corria o risco de eles terem um súbito sentimento de honestidade e a situação se complicaria; em contrapartida, teria muita vergonha de ser visto naquela situação, jogado na tentativa de se esconder entre os espinhos. Orlando teve certeza. Eram Rogério e Antônio. Dois policiais conhecidos por atitudes duvidosas. Orlando também percebeu que o assunto da conversa era o seu sumiço e a sua família.

Com a viatura parada por alguns minutos na rua, bem em frente à vegetação onde Orlando se escondia, os policiais resolveram descer. Ao descerem do carro, eles caminharam em direção da vegetação onde Orlando estava escondido. Orlando sentiu um calafrio percorrer a espinha. Trancou a respiração para não fazer nenhum ruído. Estava totalmente inerte naquela situação.

– A mulher do Orlando é muito atraente – comentava o policial Rogério com seu companheiro.

Orlando, estático, escutava a maquiavélica conversa dos policiais, pensando consigo que se fosse numa outra situação ele não hesitaria e partiria para a agressão pessoal.

– Se pego aquele cretino do Orlando eu o encho de pancada... – comentou o policial Antônio, abrindo a braguilha e colocando o seu membro para fora da calça. – Fazendo-nos trabalhar em uma noite fria.

– Encontraremos aquele cretino! – completou o policial Rogério, também se preparando para urinar.

– Quanto à sua afirmação, eu prefiro a filha dele – comentou o policial Antônio.

Orlando não acreditava no que estava acontecendo. Trincou os dentes com força, contendo a ira. Ele, o senhor feudal, sempre era o dono da situação. Naquela maldita noite se viu em uma situação lastimável e inaceitável, vendo os dois policiais lhe dando um banho de urina. Ficara totalmente indignado diante aquela humilhação que a vida lhe impingia.

Naquele momento Orlando fez um juramento. Quando saísse daquela situação caótica mataria os dois. Isso não ficaria assim. Mas no momento só se preocupava para que a urina dos policiais não caísse em sua boca, pois já lhe molhava todo o rosto.

Após acabarem de fazer as suas vontades, os policiais adentraram a viatura e seguiram destino bem devagar.

Orlando ergueu a cabeça e ficou olhando até os ver sumindo no horizonte, sentindo-se muito humilhado. Sujo e com muita fome, levantou-se e seguiu em direção ao bosque.

No caminho planejava a vingança. Primeiro contra o Dr. Júlio, porque depois de tudo o que estava passando não lhe importava mais a sua amizade. Ele iria até o local onde guardara os objetos, os desenterraria e levaria ao Dr. Júlio falando que pegou por engano e pronto. Não queria nem saber mais o que ele iria pensar. Aliás, depois de tudo o que havia passado, concluiu que era o que já deveria ter feito desde o princípio. Depois, iria se vingar dos dois policiais que lhe tinham imposto aquela situação humilhante, pensava Orlando, enfurecido.

Ao chegar no local onde tinha enterrado os objetos Orlando teve a maior e mais desagradável surpresa de sua vida. Os dois mendigos estavam lá, tomando cachaça e usando os objetos. Ele se enfureceu e exigiu na hora que os dois lhes devolvessem o que era seu.

– Achado não é roubado! – falou um dos mendigos com a voz pastosa e quase incompreensível, levando à boca a taça que estava sendo usada como um copo, pois estava cheia de cachaça.

Orlando, enfurecido, perdeu os sentidos e pulou em um dos mendigos, tomou a taça e, usando-a como uma arma, desferiu vários golpes na cabeça do pobre homem, que caiu com a cabeça aberta e o sangue jorrando.

Dando-se conta do que fizera, levou um susto e pulou para trás, todo respingado pelo sangue do mendigo. Com os olhos arregalados, sentindo o coração na boca, Orlando olhou para o corpo do pobre homem estendido no chão. Olhou para a sua mão e a viu toda molhada e suja pelo sangue daquele inocente.

Olhou para o outro mendigo, que estava estático vendo toda aquela cena. Entreolharam-se assustados. Instintivamente, o mendigo saiu em disparada na tentativa de salvar a sua vida. Orlando ainda tentou impedi-lo na ânsia de lhe explicar que ele não era assassino, que aquilo tinha sido um acidente, pois ele estava no limite da sua consciência e fizera aquele ato sem querer.

Vendo que não conseguiria pará-lo, Orlando caiu de joelhos, olhou para o céu e bradou com uma forte voz:

– Deus! Por que fizeste isso comigo? – A sua voz podia ser ouvida ao longe. Colocou o rosto no chão e chorou.

Ficou ali parado por alguns minutos, sem pensar em nada, só olhando as mãos sujas com aquele sangue inocente e, por mais que tentasse manter a costumeira aparência, Orlando não pôde conter as lágrimas que lhe banharam o rosto.

Estava congelado, com frio, sujo, e com o corpo coberto de sangue e urina. Desejou a morte.

Levantou-se pensando em suicídio; começou a caminhar lentamente. A partir daquele momento ele passou de um homem quase famoso, sisudo, bonito, elegante, rodeado de admiradores a um ladrão e assassino.

Apressou os passos, começou a correr. Em disparada pela trilha do bosque, viu outro mendigo deitado. Parou e constatou que dormia.

Começou a tocá-lo na tentativa de acordá-lo. Queria lhe perguntar se tinha visto para que lado o outro mendigo correra. Quando lhe fitou o rosto, percebeu que sua tentativa seria em vão, pois o mendigo estava totalmente inconsciente, dormindo muito embriagado. Orlando, percebendo que o mendigo não o ajudaria em nada, num ato instintivo despiu-o. Depois disso, também tirou sua roupa, vestindo a que tirou do mendigo e saiu correndo.

Foi a forma que Orlando encontrou para se livrar das roupas sujas de sangue, mas ele ficou mais triste ainda, porque se lembrou do frio que estava fazendo e que provavelmente aquele mendigo iria morrer congelado. Realmente Orlando virou a pior espécie de ser humano possível. Esses eram os seus sentimentos mais aflorados.

Orlando, ainda correndo nas ruas da cidade em total desespero, se esquivava de qualquer carro que aparecia entre as ruas frias e desertas. Ele precisava achar um lugar para se abrigar, senão morreria congelado.

Já era tarde da noite e o frio cada vez mais se acirrava. Tinha fome, sede e estava todo machucado pelos espinhos que lhe perfuraram a pele em vários lugares. Estava muito cansado, sentindo-se fraco e com a cabeça girando.

Lembrou-se que estava sem a carteira que continha os seus inúmeros cartões de crédito com limites astronômicos. Também não carregava dinheiro em suas caminhadas matinais.

Mesmo que eu estivesse com os meus cartões de crédito eu não poderia usá-los, pensava Orlando. *Provavelmente a polícia os rastrearia e acabaria me encontrando.*

Pensou até em ligar para algum amigo de confiança, mas recorrendo à memória percebeu que não havia conquistado nenhum. As pessoas que ele atraía eram pessoas da alta sociedade. Pessoas que pareciam ser amigas, mas no fundo eram interesseiras e sem escrúpulos, escondidas sob o verniz social.

Capítulo 3

Orlando, caminhando sem rumo naquela noite fria, passou por um beco em uma das ruas da cidade. Observou que ali se encontravam alguns mendigos, aproximou-se para ver se algum deles era o que o tinha visto cometer aquele crime.

Ele não queria fazer mal ao mendigo. Só queria lhe explicar que foi um acidente. Acreditava que não seria difícil encontrá-lo, pois não deveria haver muitos mendigos na cidade, pois ele nunca via muitos deles.

Chegou perto e percebeu que nenhum deles era o que estava procurando. Um dos mendigos, vendo a sua aproximação, lhe falou:

– Aí, amigo! Chega mais! Tome um gole! – mostrando-lhe uma garrafa de cachaça.

– Eu não bebo – respondeu Orlando.

– Ha, ha, ha... – dando uma gargalhada, o mendigo disse:

– Aproxime-se! Eu me chamo Paulo, mas pode me chamar de "Birita"... Tenho esse apelido porque não existe bebida que me derrube – afirmou. Venha! Não tenha medo. Vejo que é novo na cidade. Devem ter te expulsado de outra cidade, pois é isso que fazem conosco. Os prefeitos nos expulsam de cidade em cidade. Nos veem como lixo de que têm que se livrar, pois nenhum riquinho da sociedade quer ver mendigos fuçando suas latas de lixos. Venha e beba, senão vai congelar e morrer de frio! – disse Birita.

Orlando, vendo que não tinha para onde ir, que estava com fome e que realmente estava congelando, cedeu ao convite de Birita. Apanhou a garrafa de cachaça, tirou a tampa e bebeu no gargalo sofregamente, como a querer afogar todas as suas mágoas, seus medos e suas lembranças.

– *Cof... Cof... Cof...* – tossiu Orlando, se engasgando. De repente ele viu a mão do Birita segurar a garrafa, tirando-a de sua boca.

Por que fez isso Birita...? – pensava Orlando. *Quem sabe se você não houvesse me interrompido de ingerir aquele gole eu teria a sorte de encontrar a morte. Quem sabe eu poderia descansar.* Perdido em seus pensamentos, Orlando, muito cansado, fraco e com muita fome sentiu a cabeça girar. Ir contra o destino naquele momento era como virar-se contra aguilhões. Pensaria mais tarde em uma maneira de vingar-se do Dr. Júlio, pois acreditava que ele era o responsável pela situação em que se encontrava.

Orlando não se atentou para o detalhe de que, quando não enxergamos os fatos como realmente são, acabamos por adotar uma posição de vítima. Acreditamos ser injustiçados, então cultivamos o ódio e o desejo de vingança.

Muito assustado e inerte diante desta situação, Orlando percebe sua visão embaralhando-se pela grande ingestão de álcool e uma sonolência acompanhada de um enorme esmorecimento, acabando por adormecer ao lado de Birita. Inconsciente, não percebe um aumento brusco em sua pressão arterial, provocada pela difusão alcoólica em seu interstício celular, seguida de uma osmose sódica na corrente sanguínea, levando-o ao limiar da vida. Em estado de semiconsciência vê a sua vida pregressa voltar como em um filme, levando-o a alguns momentos sublimes que vivera com sua mãe. Seus pensamentos foram até aquela maldita noite em que sua mãe partiu. Desde então ele ficou a esperá-la. Não sabia qual era a hora costumeira de sua mãe chegar do serviço, só sabia que era ao prenúncio da noite. Desde então ao entardecer de todos os dias Orlando ficava a cada hora, cada minuto e segundo de sua vida esperando por ela, olhando pela janela da sala. Na esperança de criança que se apagou como uma chama de uma vela ao final, adormecia ali, sentado, seu tio vinha apanhá-lo e o colocava na cama. Foi passando o tempo, Orlando cresceu e junto com ele o cansaço e o desânimo pela longa espera. Depois de alguns anos não ficou mais esperando-a olhando pela janela da casa do tio. Agora ele a esperava em seus pensamentos.

Ah, que saudade... Como eu queria te ver, mãezinha querida... – meditava Orlando em seus pensamentos revoltos.

Vinte e três anos atrás

– Como? – perguntou Orlando. A senhora quer que eu fique aqui? – Não se conteve. A curiosidade aflorou. Assustado pelo medo do abandono que se evidenciara, Orlando aos oito anos tentou suplicar a mãe que não fosse embora... Quem sabe se papai aparecesse, certamente ela ficaria...

– Espere um pouco, meu filho. Fique aqui, que vou falar com seu tio. Não demoro – exclama a mãe de Orlando com um sorriso amarelo na face, tentando dissimular a angústia que sentia na alma. Seus olhos marejados o denunciavam. Mas não queria que ninguém o visse chorar, que ninguém o visse implorar.

– Não mamãe, não vá. Eu te amo. Por favor, não vá...

Ela, num gesto gentil e meigo com a mão elevada e o dedo indicador em evidência, sorrateiramente se aproximou e, num gesto lento e delicado, tocou-lhe os lábios, como a pedir que ficasse em silêncio. A outra mão o acariciou, arrumando uma mecha de seus cabelos lisos que lhe parecia cair sobre os olhos. Orlando, ao sentir o toque carinhoso da mãe, lembrou-se que ela sempre foi muito atenciosa. Sempre se sentiu muito amado por sua mãe. Ela, na angústia de suprir a falta do pai, sempre se desdobrou em atenção para que nunca faltassem a ele carinho e amor. A chuva fina que caía parecia cirandar com o vento frio de fim de inverno. Era final do mês de agosto e nesse ano o inverno tinha sido muito rígido. Aquela noite fria nunca mais sairia da cabeça de Orlando; aos seus oito anos abraçou sua mãe com toda a força de seu pequeno e franzino corpo, como a dizer que nunca a deixaria. Sentindo o calor de seu abraço, se lembrou de vários momentos em que foi feliz com sua mãe. Lembrou outras noites frias que passaram juntos. Orlando odiava as noites chuvosas, porém admirava e gostava do frio, que abrilhantava as noites, tornava a beleza do esplendor no céu exuberante, pois geralmente na região em que vivia o frio escondia a chuva. O céu nas noites frias sempre foi muito desanuviado, evidenciando o resplendor da lua e a inexplicável beleza das estrelas no firmamento, ao contrário daquela noite em que estavam, pois há pouco começara a chover. Luciana sempre foi uma boa mãe. Nas noites frias abraçava o filho, sentados à beira de uma fogueira que sempre preparavam na casa da fazenda do seu tio. Enrolados em um cobertor ele a enchia de perguntas. Cheio de vida e de esperança, saúde e disposição de uma criança sapeca e inteligente. Muitas delas nunca foram respondidas. Com o passar do tempo ele percebeu que certos assuntos manifestavam em sua mãe tristezas, ainda que ela tentasse esconder isso dele. Ele foi crescendo e evitava falar sobre o seu pai, seus avós, enfim, assuntos de família, pois doía em Orlando ver a sua mãe flagelada em tristeza quando ele, na inocência de criança, olhava as estrelas brilhantes no céu e falava que uma delas era o seu pai. Orlando observava que a única manifestação de sua mãe quanto àquele assunto era por meio das lágrimas, que em vão ela tentava esconder. Decidira-se: nunca mais tocaria no assunto.

Dias atuais

Birita vendo seu novo amigo agonizando se preocupou, pois Orlando resmungava algumas palavras incompreensíveis e chamava pela mãe. Birita logo percebeu que se tratava de uma alucinação. Debatia-se e contorcia-se todo. Birita lhe segurava a cabeça para evitar que Orlando se machucasse mais, pois já estava com as mãos sujas de sangue, mas não dava para saber de onde ele veio. Orlando, ainda perdido em seus pesadelos, sentia bem perto dele a sua mãe há tanto tempo sumida. O prenúncio da morte acabou por trazer lembranças remotas e tristes.

De volta àquela triste noite de inverno do ano de 1986

Não se conteve e abraçou a sua querida mãe; ambos se viram emaranhados pela magia daquele momento único e sublime. Logo entraram no veículo do tio para se abrigarem do vento e da garoa fina que começava a cair.

O hálito quente deixou embaçadas as janelas do carro que estavam fechadas para protegê-los da chuva fina e do vento frio. Mas não era suficiente para esconder as árvores de noz-pecã que tinham sido plantadas junto ao ribeiro, ainda que as águas estivessem a uma distância grande da sede da fazenda. As árvores daquela castanha eram lindas e robustas, altas e elegantes, mas envoltas em simplicidade e humildade. Estavam ali havia muitos anos, mesmo antes de eles nascerem. Estavam todas nuas, esperando a bondade divina lhes preparar uma vestimenta nova que viria nos próximos dias com a chegada da primavera. A natureza parece nos ensinar em sua majestosa e divina forma de agir. Na solicitude do amor ela mostra que tudo se renova a seu tempo, e que nunca é tarde para recomeçar. Com o tempo as novas folhagens surgiriam e nem as melhores e mais belas modelos conseguiriam se vestir de forma tão bela e pura como elas. Era a provisão divina. Mãe e filho embevecidos pela ternura do momento fizeram juras de amor. Nunca se separariam, acontecesse o que fosse. As lágrimas deslizavam pelas faces, como a lavar a tristeza contida naqueles sorrisos amenos. Voltaram a si quando perceberam que seu tio aproximou-se do carro, chamando-os. Seu tio pediu para Orlando descer do veículo e ir junto à sua tia, pois precisava levar sua mãe para juntos resolverem um determinado assunto. Orlando, vendo o veículo arrancar devagar, não se conteve e saiu correndo atrás, acenando para mãe, numa simplicidade de criança. Correu até não aguentar; ao final se entregou ao cansaço, caindo de joelhos na terra molhada. Dentro do carro Luciana também lhe acenava em despedida. Orlando pôde perceber em seu rosto as lágrimas descerem. Por que será que ela chorava? Orlando, ainda de joelhos, entregou-se a um choro desconsolado, apanhou com as mãos um punhado de lama e esfregou no rosto e fez uma jura, que faria de tudo na vida para progredir financeiramente; dessa forma nunca mais precisaria se separar de sua linda e querida mãezinha.

Foi a última vez que Orlando viu a sua mãe. Seu tio falou que ela teve que ir para o exterior estudar, mas isso nunca o convenceu. Em sua inocência de criança, agora começava a odiar as noites frias com seus céus exuberantes, assim como as noites chuvosas. Descobriu que não gostava das noites chuvosas porque nessas noites a mãe não voltava para casa, pois o caminho até a fazenda do tio era de terra, e ao chover muito o caminho ficava intransitável. As noites frias ele antes amava, pois a mãe nessas noites dormia abraçada a ele com o intuito de esquentá-lo, o que não ocorria nas noites quentes, pois nessas noites sua mãe também não voltava para casa. Mas a partir daquele dia, nunca mais suportou as noites frias, pois fatalmente o fazia lembrar o abraço quente e carinhoso da mãe, e isso o fazia sofrer em demasia.

Dias atuais

Adormecido, sonhando e choramingando, Orlando não pôde ver quando o novo amigo o cobrira com vários papelões, abraçando-o para não congelarem. Com certeza Orlando se admiraria ao saber como Birita mostrou ser uma pessoa altruísta. Ali, ambos se uniram a mais algumas pessoas que se aproximaram, buscando o calor humano para se aquecerem, tentando sobreviver a mais uma noite na rua.

A noite fria parecia uma eternidade para eles. Mas tinha o seu lado bom, pois as noites congeladas traziam um sentimento há muito esquecido pelo ser humano, principalmente a Orlando. Um sentimento humanitário sem malícias, de amor pelo próximo, entusiasmando-os a lutar para sobreviver a mais um dia neste planeta chamado Terra.

A partir daquela noite Orlando passou a conviver com o seu novo grupo de amigos, motivado pela necessidade de sobreviver, pelo medo da prisão e pela obrigatoriedade que sentia de encontrar o mendigo que presenciara aquela terrível cena. Orlando acreditava que, se o encontrasse, ele poderia testemunhar a seu favor, falando que realmente foi um acidente em um momento impensável de fúria. Por ser réu primário e ter condições de pagar um bom advogado, Orlando acreditava que pelo menos teria uma redução de sua pena, e quem sabe até responder o processo em liberdade.

A avareza se evidenciou na vida de Orlando. Na ânsia de querer ter poder, fama e mais dinheiro, sua atitude o levou a praticar atos que o colocaram naquela situação caótica. Dormindo anestesiado pelo cansaço, bebida e frio, Orlando nem imaginava que a vida conspirava para lhe fazer entender as leis que regem o universo. Não pôde ver que Deus mandara anjos para ajudá-lo. Muito menos se lembrou de algumas palavras que leu em um antigo livro que falava:

> ***Quando passares pelas águas, estarei contigo, e, quando pelos rios, eles não te submergirão; quando passares pelo fogo, não te queimarás, nem a chama arderá em ti.***
>
> ***Porque eu sou o SENHOR, teu Deus, o Santo de Israel, o teu Salvador; dei o Egito por teu resgate, Etiópia e Sebá, por ti.***
>
> ***Não temas, pois, estou contigo; trarei a tua semente desde o Oriente e te ajuntarei desde o Ocidente.***

Isaías
Cap. 43, Versículos. 2, 3 e 5

O PERDÃO

Perdoa-nos as nossas dívidas, assim como nós perdoamos os nossos devedores.

E não nos induzas à tentação, mas livra-nos do mal; porque teu é o Reino, e o poder, e a glória, para sempre. Amém!

Porque, se perdoardes aos homens as suas ofensas, também vosso Pai celestial vos perdoará a vós.

Se, porém, não perdoardes aos homens as suas ofensas, também vosso Pai vos não perdoará as vossas ofensas.

Mateus
Cap.6, Versículos 12, 13, 14 e 15

Capítulo 4

Angélica acorda assustada de uma breve madorna, sentindo o suor frio que lhe corria pelo rosto. Olha o relógio de pulso e observa que falta pouco para amanhecer. Sentindo dores por todo o corpo, fica tentando imaginar o que pode ter acontecido com o pai. Sentindo um repentino calafrio lhe percorrer a espinha, ela abre a janela do quarto, deixando adentrar o vento, forte e gélido.

Lembrando de sua mãe e de seu desespero, se levanta, fazendo atenção a um casaco que jazia sobre a cômoda. Vestindo-o com sofreguidão, se direciona para a porta do quarto.

Descendo as escadas da linda casa em que morava, Angélica deixa escorrer pela face duas gotas de lágrimas, pensando no pior. Enxuga-as rapidamente ao contemplar a mãe sentada no sofá da sala de estar, ao lado do telefone. Sua cabeça estava inerte, encostada no braço do sofá, demonstrando que se deixou vencer pelo cansaço, e que parcialmente estava inconsciente.

Ao mínimo de ruído Elaine acorda assustada, vendo a filha se aproximar. Com um profundo suspiro, ela se levanta. Uma estranha sensação a sufocava, imaginando onde poderia estar o amor da sua vida.

– Minha filha, que horas são? – pergunta Elaine, confusa.

– Ainda é muito cedo, mamãe – responde Angélica. – O dia ainda não amanheceu. A senhora dormiu aqui sentada, deve estar muito cansada. Venha! Vamos deitar um pouco e tentar descansar.

Elaine, meio atordoada, levanta e se direciona a uma janela da sala. Olha o céu, e percebe os primeiros raios solares deslizarem pelas nuvens. Arrepia-se toda pelo vento frio, passa as mãos nos olhos, esfregando-os, em uma tentativa de se espertar, e diz:

– De forma alguma, milha filha! Seu pai deve estar em apuros. Deus sabe onde pode estar e o que pode estar sofrendo. Conversei com Mauro ontem à noite e ele virá aqui às 8 horas, acompanhado do Dr. Júlio e um amigo que é delegado de polícia, que nos ajudará a resolver esse problema – comentou Elaine sem conseguir esconder o seu abatimento.

– Tem certeza, mamãe? Ainda é muito cedo, pode até tentar dormir um pouco – tornou Angélica, preocupada.

– Tenho, sim. Por favor, vá, chame Maria e peça para ela preparar o café mais cedo! Explique-lhe que daqui a pouco chegarão visitas. Peça para ela preparar suco de maracujá, pois Mauro não gosta de outro sabor. Vou tomar um banho – disse Elaine, indo em direção do banheiro.

Angélica fitou os olhos na mãe que estava cabisbaixa e flagelada pela situação sorumbática. Observou-a subir as escadas lentamente, acompanhando-a com o olhar, passo a passo. Lembrava das palavras da mãe dizendo que Mauro logo chegaria àquela casa. Ela repugnava essa ideia. Não se sentia bem na presença de Mauro e não sabia por que os pais mantinham um relacionamento com ele. Ainda que seu pai fosse inocente a ponto de não perceber os olhares que Mauro lançava à sua mãe, ela não podia deixar de vê-los. Mauro era o advogado de seu pai, além de seu agente literário. Também era amigo de sua mãe desde a juventude. A mãe nunca mencionara nada sobre alguma atitude relacionada aos dois, mas Angélica enciumava-se só de pensar que outro homem poderia tomar o lugar de seu pai.

Orlando, sentindo a cabeça explodir e um gosto amargo na boca, acorda com o pio dos pardais anunciando que um novo dia nasceu. Olhando os primeiros raios de sol surgir dentre as nuvens, ele aspirava renascer em seu íntimo a longínqua esperança de um novo recomeço.

Saiu daquele beco sem manifestar uma palavra que fosse. Birita, ao vê-lo sair, pôde observar que apesar de ele estar vestido como eles, aquele homem não pertencia à rua. Birita pôde ver que as unhas de Orlando, apesar de sujas, eram bem feitas. Suas mãos eram finas, e, apesar de muitos machucados recentes, não tinham cicatrizes nem calos. Tinha certeza. Aquele homem misterioso que chegou na noite anterior, e saiu tão estranhamente quanto chegou, mencionando apenas algumas palavras, era um homem de classe e talvez até rico. Birita estava na rua há muito tempo e já tinha visto muita coisa estranha, muitas histórias surpreendentes, e algo lhe dizia que essa era mais uma delas.

Vendo Orlando se perder no horizonte, Birita analisava como o seu novo amigo era inexperiente sobre a vida na rua. O dia mal havia acabado de nascer. O comércio, principalmente as padarias e lanchonetes só começariam a abrir a partir das 7h ou 7h30. Esse era o horário que a aventura da sobrevivência nas ruas começava. Se Orlando tivesse sorte conseguiria algo para comer até o meio-dia.

Orlando caminhava pelas ruas da cidade cuidando para não ser reconhecido por ninguém. Lá no beco tivera o cuidado de pegar ao sair um velho chapéu e um par de óculos, que, ainda que lhe faltasse a lente esquerda, o ajudaria a se disfarçar. Tremia só de pensar em entrar em uma prisão.

O irmão de seu tio Benjamim ficou preso mais de quinze anos por um assassinato. Depois ocorreu uma rebelião no presídio em que estava, onde foram mortos muitos presidiários. Naquela ocasião muitos também fugiram. Uns simplesmente em busca da liberdade, outros para não morrerem naquele dia infernal. O irmão de seu tio Benjamim alegava legítima defesa, porém faltou-lhe um álibi, e acabou por ser condenado. Orlando nunca foi visitá-lo, ao contrário, fazia questão de falar aos poucos membros da sua família com quem se relacionava que, se ele havia sido preso era por ser bandido, e lugar de bandido era na cadeia.

Ele guardava a unhas e dentes o terrível segredo que tinha um meio-tio foragido da lei. Esforçava-se ao máximo para esconder o assunto da sociedade. Orlando preferia a morte a seus amigos ricos saberem que ele tinha um conhecido que era presidiário. Essa era a crença de Orlando.

Atônito, sentindo as pernas bambas pela fraqueza proporcionada pela fome, Orlando olhava as pessoas que iam passando. Sentia um enorme vazio na alma e uma tristeza que dava muita vontade de chorar.

As ruas começavam a fervilhar com os trabalhadores, advogados, empresários e até alguns ambulantes.

As pessoas iam e vinham apressadas. A percepção de Orlando sobre o ser humano estava começando a se turvar. Aquela turba de pessoas mostrava-se formal e austera. Uma maioria em seus celulares, eloquentes na ânsia de cumprir seus horários.

Orlando logo acabou por perceber que não precisaria se preocupar com o seu disfarce, pois as pessoas na correria do dia a dia passavam por ele sem ao menos percebê-lo.

A fome lhe provocava uma dor no estômago que aumentava a cada minuto. Fazia mais de vinte e quatro horas que não se alimentava. E a ressaca queria estourar sua cabeça. Sentindo as pernas tremendo de fraqueza, Orlando sentou-se na calçada, encostando-se à parede de uma loja que dava de frente com uma grande lanchonete. Dali ele podia ver as pessoas ingerindo os seus desjejuns. Como mastigavam gostoso... Orlando podia observar a fisionomia das pessoas mudar no momento em que mordiam os salgados ou lanches. Cerravam os cenhos e meneavam a cabeça, expressando um sentimento de satisfação quando o queijo derretido tocava-lhes o interior de suas bocas, como a dizer que o alimento estava bem temperado e quente.

Daquele lugar onde Orlando estava sentado, ainda que do outro lado da rua, ele sentia o aroma de queijo derretido e café passado na hora. Conforme o vento frio mudava de direção aqueles odores deliciosos davam lugar ao mau cheiro dos latões de lixo que estavam bem à sua frente.

Diante daqueles dois latões de lixo transbordando, cheios de moscas em volta, Orlando percebia que estava a ponto de desatinar. Percebia que não se distinguia deles: para os transeuntes, assim como ele, os latões de lixo eram apenas mais alguns obstáculos a serem superados naquele frenesi rotineiro dos trabalhadores. Orlando estava em transe diante da humilhação que a vida lhe impingia.

Ficou ali, implorando a misericórdia daquelas pessoas que passavam por ele. Elas pareciam tão felizes e alegres.

Podia observar que as mulheres andavam abraçadas ou de mãos dadas quando caminhavam pelas ruas. Os homens eram mais discretos, não se deixavam levar a intimidade uns com os outros. Ambos os sexos passavam por aquelas ruas rindo, conversando, alguns cantarolando. Outros já não demonstravam tanta alegria, mas no geral sempre andavam rápidos com os pensamentos ao longe.

Orlando se identificava com aquelas cenas. Quando não, aquelas pessoas gostavam de mostrar um gesto de nobreza, oferecendo-se para ajudar uma pessoa idosa a atravessar a rua. Era comum ver os homens pararem os seus veículos em algum ponto qualquer, num ato cordial, para uma mulher passar. Orlando se via naqueles atos e naquelas pessoas, pois assim como eles, sempre gostava de ser cavalheiro quando podia. As pessoas em meio ao convívio social faziam gestos e permitiam compactuar-se a atos que, aos olhos de algum espectador, eram amáveis. Mostravam-se pessoas educadas e caridosas.

Agora percebia que, assim como aquelas pessoas, sempre estava mentindo. Era tudo representação digna do Oscar de melhor ator coadjuvante. Não tinha nada de caridade naqueles atos. As pessoas o faziam para se promover, tentando mostrar ser algo que não eram e que nunca seriam. Mentiam para si mesmas. Se eram tão caridosas assim, por que pisavam nele e nem lhe davam atenção?

Por que não sentiram compaixão por ele, assim como há pouco, ao tropeçar e cair uma bela dama, vários a ajudaram a se levantar, oferecendo a ela carona para ir a uma farmácia ou a um hospital?

Estava atordoado por descobrir que ele, assim como aquelas pessoas, em sua vida pregressa, tinha sido egoísta, interesseiro e aproveitador. Elas só se aproximavam de uma pessoa se nela houvesse algo que lhe interessasse, caso contrário não poderia perder seu precioso tempo com pessoas que não lhe proporcionavam nada de bom. Só julgavam o material, privando-se de boas e sinceras amizades.

Levantou-se e começou a perambular pelas ruas, esperando angariar alguns trocados para poder comer alguma coisa. Alguns lhe atiraram algumas poucas moedas, outros passavam apressados, outros ainda murmuravam uma praga qualquer, amaldiçoando o governo e a polícia, que não tomavam nenhuma providência com aquela gentalha nojenta, o que não é bem verdade. Quantas e quantas vezes Orlando, estando em sua loja, antes de estar nesta situação, chamava a polícia e os mendigos tinham que correr para fugir dos guardas que os ameaçavam de prisão.

Viu-se em desespero e desanimado. Entregou-se à vadiagem e à mendicância. Sabendo que se procurasse ajuda seria reconhecido e iria parar atrás das grades por roubo e assassinato, acabou por entregar-se ao conformismo. Passou a ver que viver nas ruas para ele agora era irremediável. Seria o preço de sua liberdade. Essa escolha o livraria do escândalo e da humilhação. Seria sempre lembrado como um escritor em ascensão que tinha desaparecido, pensava Orlando, assustado com a sua situação.

Decidiu sujeitar-se a essa vida até encontrar a sua preciosa testemunha, que lhe serviria de álibi. Caso contrário, sem um testemunho a seu favor, acabaria como o meio-tio, condenado a muitos anos de prisão, e nem o seu grande capital financeiro o livraria dessa.

O relógio mal havia começado a dar oito badaladas quando a campainha soou com estridência na casa de Elaine e Orlando. Maria, a governanta, foi atender e introduziu o Dr. Mauro, Dr. Júlio e seu amigo delegado de polícia na sala de estar dos Moraes. Elaine jazia na sala à espera deles.

– Bom dia! – cumprimentou Elaine, com a voz quase inaudível. – Desculpem... Não consegui dormir essa noite.

– Não se preocupe, Elaine – tornou Dr. Mauro com a voz melíflua, quase não conseguindo esconder a sua felicidade por acreditar que Orlando não mais seria um obstáculo entre Elaine e ele, que a amava desde sua mocidade e tinha esperança de um dia tê-la em seus braços.

– Estamos aqui para ajudá-la. Você e Orlando são nossos amigos. Não mediremos esforços para auxiliá-la nesse momento tão delicado – completou Dr. Júlio serenamente, na tentativa de acalmá-la. – Vai dar tudo certo!

– Obrigada – respondeu Elaine, esforçando-se para estampar um sorriso. Eram evidentes a tristeza e a preocupação de Elaine. Notava-se em seu rosto o abatimento e um ar de cansaço. Elaine trajava-se de forma simplória, sem qualquer maquiagem ou ornamentação. Mal conseguia disfarçar sua avidez por notícias de Orlando.

– Dona Elaine, esse é o doutor Pacheco, delegado da Polícia Civil e um amigo – tornou Dr. Júlio, estendo a mão em direção a Pacheco.

– Prazer – respondeu Elaine, pensando de que forma Dr. Pacheco poderia ajudá-la.

– Dona Elaine, vamos direto ao assunto! – diz o delegado com voz firme – A senhora tem ideia de onde Orlando possa estar? Ele tem algum inimigo particular? Sabe se ele recebeu alguma ameaça ultimamente? A senhora recebeu algum telefonema pedindo resgate?

– Eu... Acho que não... Eu não sei... – Elaine, aturdida com tantas perguntas, tenta esboçar uma reação quando é interrompida pelo Dr. Mauro.

– Calma aí, doutor Pacheco! – Lembre-se de que ela é a vítima! – esbraveja Dr. Mauro defendendo Elaine.

– Deixa, Mauro! O doutor Pacheco tem razão. Pode mesmo se tratar de um sequestro ou algo pior. Orlando nunca sumiu dessa forma, além do mais, nem carteira ele levou, pois estava em sua caminhada rotineira. Todos os seus documentos e cartões de crédito estão no cofre.

– Eu não sei de nada, doutor, e também não recebi nenhum telefonema – informa Elaine com presteza.

– O senhor acha mesmo que pode ter acontecido alguma coisa com Orlando?

– Não vamos pensar negativo – respondeu Dr. Pacheco.

– Na verdade, oficialmente Orlando só será considerado desaparecido após vinte e quatro horas, o que ocorrerá hoje ao meio-dia, segundo o depoimento do doutor Júlio – tornou Pacheco.

– Isso mesmo, Elaine! Eu vi Orlando ontem às 12h30 quando passou pelo colégio. Na verdade não conversei com ele, pois ia de largo. Mas por sinal nos cumprimentamos – afirma Dr. Júlio com voz rancorosa, como a esconder algo ou alguma insatisfação a respeito de Orlando.

– Dona Elaine, a respeito do livro que Orlando lançou há poucos dias, a senhora sabe se o pessoal da Usina o procurou ou mesmo telefonou? – pergunta Dr. Pacheco, tentando de todas as formas obter informações sobre o problema.

– Que eu saiba, não – responde Elaine, pensativa.

– O senhor acha mesmo que se trata de um crime político? – pergunta Mauro, na tentativa de afirmação sobre o que particularmente pensava desde o início.

– Doutor Mauro, não podemos descartar nenhuma hipótese. Mas também afirmar uma situação dessas sem provas concludentes é inadmissível. Ainda mais por ser tratar de suspeita sobre o governo federal – afirma Dr. Pacheco com voz atarracada.

– Doutor Pacheco, eu faço essa pergunta como advogado e não mais como amigo. O senhor sabe que o livro que Orlando lançou, apesar de ser classificado como ficção, é um tanto polêmico. Fala da ferida social e do descaso das autoridades federais após o término da grandiosa usina de Itaipu Binacional sobre as cidades nas quais se instalou. O livro mostra que a falta de planejamento provocou um impacto humano muito grande após o término da construção da usina. Também fala da falta de critérios dos homens que estavam à frente dos poderes públicos. Delatando-os, as autoridades, embevecidas pelo poder, desconhecem que a região onde a usina se instalou está um caos. Principalmente a cidade de tríplice fronteira onde está situado o corpo central da usina.

Por dois anos consecutivos, a cidade foi apontada em pesquisas encomendadas pelo próprio governo como a mais violenta do Brasil, onde mais se mata com arma de fogo. As fontes dos dados são de órgãos de extrema competência como a revista *Superinteressante*, Secretaria Especial dos Direitos Humanos da Presidência da República, Unicef, Laboratório de Análise da Violência da Universidade Estadual do Rio de Janeiro. Na semana retrasada, todos os jornais de renome nacional estampavam em sua capa parte da entrevista que Orlando deu à imprensa.

"O que realmente me assusta não é a incrível violência de alguns, e sim, a hipocrisia do silêncio, omissão e passividade de muitos, o que gera dor e desprezo, levando nossas crianças à morte..."

– Você não acha que isso pode ter mexido com o brio de algum político corrupto, que pode estar tentando de alguma forma esconder essas notícias da população e do mundo? – pergunta Dr. Mauro de forma persuasiva.

– Qual é o título do livro que Orlando lançou há pouco? – questionou Dr. Pacheco, dando ênfase no assunto.

– Itaipu, a Grande Conspiração – informa Dr. Júlio, atento ao assunto.

O Dr. Pacheco ia redigir um depoimento quando Maria, a governanta, adentra a sala carregando em suas mãos uma bandeja contendo um bule com café. No momento o Dr. Pacheco eleva um dedo aos lábios como a pedir silêncio.

– Quem aceita um cafezinho? – pergunta Maria aproximando-se deles.

– Maria, por gentileza, deixe sobre a mesa e pode retirar-se. Por favor, peço-lhe que avise Angélica para me esperar em seu quarto. Logo terminaremos aqui, e até lá não gostaríamos que nos interrompessem – solicitou Elaine de forma delicada, evidenciando a mulher simpática que costumava ser.

– Sim, Dona Elaine – responde Maria, saindo com rapidez.

– Melhor mantermos nossas suspeitas em sigilo – afirma Dr. Pacheco. – Como já disse, não podemos descartar nenhuma hipótese, inclusive a de ser um crime político. Mas como também pode ser um sequestro ou algum crime de qualquer natureza, devemos conduzir essa investigação com cautela e de forma minuciosa.

– Ficamos combinados da seguinte forma – fala Dr. Pacheco, vendo que os espectadores o observavam com atenção.– Não comentamos com ninguém as nossas suspeitas. Desde ontem já comuniquei o comandante da Polícia Militar, que é muito amigo meu, e lhe pedi para começar a procurar Orlando, mesmo antes de vinte e quatro horas de sumiço – explica Dr. Pacheco, delegado da Polícia Civil. Liguei para ele hoje cedo para ter informações e ele me disse que por enquanto não tem pistas sobre o paradeiro de Orlando, mas que já tem duas viaturas desde ontem rondando a região. Qualquer notícia me avisará – confirma o delegado, mostrando-se hábil em seu trabalho.

– Então, peço-lhes que deixe tudo a cargo das investigações; até lá, de forma alguma podemos deixar vazar que o ponto inicial da nossa investigação é sobre o livro polêmico de Orlando.

– Elaine, como advogado e amigo da família, eu lhe garanto que o doutor Pacheco e sua equipe são ótimos policiais e farão de tudo para acharem Orlando o mais rápido possível, de uma forma muito competente – afirma Mauro, tocando a face de Elaine, que estava molhada por algumas lágrimas que lhe escorriam pelo rosto.

– Eu preciso que a senhora assine este documento, Dona Elaine. Este é um boletim de ocorrência, evitando a senhora de ter que ir à delegacia mais tarde para formalizar a queixa. Após às 14 horas de hoje, estarão oficialmente abertas as buscas ao Orlando – fala Dr. Pacheco, demonstrando condolências a Elaine.

Dr. Mauro analisa o documento e entrega a Elaine, que logo o assina. Dr. Júlio, que sempre foi de muito palavreado, estava com um rosto fechado e muito calado, só observando aquela situação, mostrando-se um verdadeiro mambembe.

– Tomem o vosso café! Senão acaba por esfriar – afirma Elaine, pegando o bule e servindo-os.

– Elaine! A minha contribuição nessa questão será da seguinte forma – expressou Dr. Júlio com voz altiva e superior. – Convocarei a imprensa às 15 horas, darei uma entrevista falando que Orlando está sumido, e que se alguém nos trouxer alguma informação que nos leve até ele eu darei uma generosa recompensa – impôs Dr. Júlio de forma arrogante.

– Eu não sei... – fala Elaine, demonstrando dúvidas. Ela se enojava em saber que mesmo diante de uma situação de extrema importância para sua família, Dr. Júlio não perdia a oportunidade de aparecer para a imprensa, posando de bonzinho.

– Olha, Dona Elaine, eu tenho muita experiência no assunto. Se fosse sequestro, alguém já teria entrado em contato com a família pedindo resgate, e, principalmente, para ordenar a família a deixar a polícia fora do assunto. Eles não esperam muito para entrar em contato, pois sabem que quando ocorre o sumiço, o primeiro passo da família é procurar a polícia, e isso, eles não querem nem pensar – afirma Dr. Pacheco, dando ênfase à decisão do Dr. Júlio.

– Diante da situação, eu acho que é a atitude mais favorável – confirma Mauro, na tentativa de tranquilizar o amor de sua vida.

– Tenho que ir! Tenho vários compromissos ainda esta manhã – tornou Dr. Júlio.

Sabendo que Dr. Júlio verdadeiramente não se importava com o que estava acontecendo, mostrando afetação diante a situação, Elaine ficou revoltada, mas decidiu seguir os conselhos dos participantes daquela reunião.

– Tudo bem, Doutor Júlio. O senhor deve saber o que está fazendo, afinal de contas é um homem que sempre está à frente dos assuntos, com certeza é bem informado – responde Elaine, demonstrando irritação.

– É a decisão acertada, Elaine. Os repórteres são ávidos por notícias. Não demoraria muito para cair na imprensa se fosse da maneira que eles quisessem – tornou Dr. Júlio, mostrando autoridade e presteza.

– Se eu os convocar, as notícias sairão da maneira estipulada por mim. Tenho as minhas formas de me relacionar com a imprensa! – diz Dr. Júlio.

– Isso seria muito bom, Doutor Júlio – acrescenta Dr. Pacheco. Seria importante que, de forma alguma, seja noticiada pela imprensa a suspeita de um crime político, pois dessa maneira poderia espantar os passarinhos. Nunca os conseguiríamos prender, porque se for crime político, se trata de peixe grande – gente poderosa e influente. Com a notícia em evidência, sairiam rapidinho do Brasil.

– Tenho de ir. Muito obrigado pela atenção. Minhas condolências, Elaine. Darei a entrevista. Se eu souber de alguma notícia a avisarei, e espero de vocês o mesmo. Até mais – despediu-se Dr. Júlio, saindo lentamente.

– Acompanho você – fala Dr. Pacheco, levantando-se lépido. Tenham todos um bom-dia.

Elaine quedava-se aturdida com a situação. Ficou olhando-os sair. Será que realmente poderiam fazer alguma coisa? Será que realmente a ajudariam?

Capítulo 5

Mauro, após acompanhar o Dr. Pacheco e o Dr. Júlio até a porta da frente, retorna à sala de estar, onde jazia Elaine com enorme tristeza.

– Não posso vê-la sofrer, Elaine. Meu coração fica aos pedaços vendo-a triste dessa forma. Tente se reanimar – fala Mauro com a voz melíflua. Você sabe o quanto te amo, e tenho certeza que um dia será minha, e a terei em meus braços.

Elaine estampa um leve sorriso em sua face, gostando do que ouviu, deixando evidenciar seus lábios carnudos e macios.

– Mauro, você é incrível. Não desiste nunca. Só você para me fazer sorrir diante uma situação tão lamentável dessa. Você sabe que amo Orlando. Eu amo você também, mas de uma forma diferente. Não como amante ou esposo. Mas como companheiro e amigo. Você é muito especial, não quero que fique triste – desabafa Elaine, olhando nos olhos de Mauro.

– Tudo bem, Elaine, eu espero o tempo que for – tornou Mauro sorridente, tentando esconder o ódio e a raiva que aquelas palavras de Elaine lhe provocaram. Mas não era raiva de Elaine, e sim de Orlando. Mauro acreditava que, se Elaine não gostava dele, a culpa era do Orlando.

– Só não quero vê-la triste – completa Mauro, abraçando Elaine, sem perceber que Angélica e Maria acabavam de entrar na sala.

– Mãe? Tudo bem? – interroga Angélica, fazendo questão de mostrar sua indignação com a cena.

– Nos desculpe, Dona Elaine. Ouvimos os carros saindo e a porta batendo, pensamos que todos tinham saído – se explica Maria, vendo a patroa nos braços de Mauro.

– Tudo bem, meninas, se aproximem – diz Elaine espontaneamente com um sorriso no rosto, abanando as mãos como chamando-as. – Mauro é um grande amigo. Só ele para me fazer rir diante de uma situação tão difícil como essa – tornou Elaine de forma tranquila e natural.

– Já estava de saída – diz Mauro, dando um beijo na face de Elaine. Que Deus resolva logo essa situação. A nós, só resta rezar para que Orlando retorne logo.

– Já informei a editora do ocorrido. Eles marcaram uma reunião comigo amanhã cedo. Logo após passo aqui para lhes dar notícia sobre o andamento da publicação do livro. Fiquem com Deus – tornou Mauro, direcionando-se à porta de saída com o olhar cabisbaixo, procurando não olhar os olhos de Angélica, que o estava fulminando com o olhar.

"Essa menina me odeia". saiu Mauro pensativo, sem olhar para trás.

– Mãe, eu não gosto desse sujeito! – esbraveja Angélica com a voz alterada, após Mauro cerrar a porta da sala às suas costas. – Ele não presta! Percebo o interesse dele pela senhora.

– O que é isso, minha filha? – pergunta Elaine com voz irônica. Mauro é uma ótima pessoa. Gosta muito de nossa família. Nós o conhecemos desde a nossa mocidade. Agora vai começar a ter ciúme? – pergunta Elaine, soltando uma enorme gargalhada.

– O pai deveria abrir os olhos! – fala Angélica, com voz rude.

– Minhas meninas! Vamos lá fora no quintal! A manhã está linda e menos fria. O sol está maravilhoso – interrompe Maria, vendo o rumo do diálogo de mãe e filha.

– Aproveitem! Têm sido dias muito frios ultimamente. – O sol anda muito acanhado – tornou Maria, na tentativa de acalmar os nervos das patroas.

– Não, Maria. Vou deitar. Preciso tentar dormir um pouco. Não dormi nada esta noite – tornou Elaine.

– Venha, Angélica, me acompanhe – convidou Elaine, passando a mão sobre os cabelos longos de Angélica, numa demonstração de afeto e amor.

– Pode ir, mãe. Ficarei aqui. Vou assistir alguma coisa para passar o tempo. Tente descansar. Qualquer notícia lhe avisarei – suavizou Angélica, contentando a mãe.

– Tudo bem. Maria, me acorde na hora do almoço! – ordenou Elaine de uma forma gentil, sentindo a aura que entrara pela janela entreaberta.

Em outro ponto da cidade, Orlando estava entrando em desespero de fome, estava a ponto de desmaiar. Perambulando por uma determinada rua onde havia alguns restaurantes e lanchonetes, encontrou Birita sentado ao meio-fio.

– Olá, amigo – falou Birita, sorridente.

– Olá, como se chama mesmo? – Orlando mostrando rancor no falar.

– Birita! – respondeu o mendigo. – Você está melhor? Ontem você estava péssimo – tornou Birita, tentando uma aproximação mais amigável com Orlando.

– A minha cabeça parece que vai se abrir de tanta dor – respondeu Orlando.

– Percebo que não é acostumado a beber – comentou Birita. – Na rua em época do inverno quem não bebe morre de frio. Só que tem de ficar alerta, pois se beber demais e desmaiar longe de um de nós, também morre congelado – concluiu Birita sorrindo. O seu sorriso desvendava que em sua boca só havia pouco mais que alguns dentes.

– Você tem algum dinheiro para me emprestar? Preciso comer – perguntou Orlando. Faz dois dias que não como – suplicou.

– Dinheiro eu não tenho – respondeu Birita, mas eu divido os meus espólios com você. – Daqui a pouco, logo após o almoço o dono daquele restaurante me dá os restos. Sempre vem bastante coisa, dá para nós dois.

– O que, comer os restos? – perguntou Orlando, mostrando-se surpreso. – Isso eu não como!

– Vixi... O seu caso é pior do que pensei. Você já se tocou onde está? Você mora na rua, meu amigo. E olha que eu estou sendo legal com você, pois propus dividir os meus espólios com você. Para sua informação, aqui na rua nós nos ajudamos em relação ao frio, mas de dia cada um tem que ir atrás de seu sustento e ainda levar para passarmos a noite alguns papelões e pelo menos uma garrafa de pinga – fala Birita na tentativa de ensinar as leis da rua a Orlando.

– Na lei da rua, quem interfere nos espólios do outro morre. Cada um respeita o local onde outro pedinte pega comida ou doações diariamente – comentou Birita. Só se salvam os locais aleatórios, onde não se tem o costume de fazer doações. Cada um tem que conquistar o seu espaço.

– Eu não vou comer restos – pestanejou Orlando. – Vou me virar do meu jeito e vai ser agora.

– Calma aí, amigo, o que pensa que vai fazer? Tome cuidado – comentou Birita. – Vai acabar se metendo em confusão.

– Não preciso de seus conselhos – afirmou Orlando. – Não me procure mais, sei me virar – completou com arrogância e se distanciando de Birita.

Ao sair, Orlando franziu o cenho. Birita obrigava-o a uma atitude que não queria tomar. Não gostava de ser pressionado. Enquanto ele apenas sugeria, não tinha importância. Mas agora estava querendo intervir em suas decisões. Isso feria seu senso de justiça. Tinha direito de escolher qual caminho trilhar, sem objeções de terceiros, ainda mais de um mendigo. Birita não servia para lhe dar conselhos. Imagina, ele, o Dr. Orlando, sendo influenciado por uma pessoa que morava na rua. *Que conhecimentos poderia ter para transmitir a alguém?* – pensava Orlando, indignado.

Enfurecido pela situação, entrou na lanchonete do outro lado da rua. Era um local fino, bem frequentado. Orlando sem perceber furou o sistema de segurança do local, pois o segurança que fica na porta teve uma emergência, e com um desarranjo intestinal acabou por demorar no banheiro.

Aproximou-se do balcão onde ficavam alguns expositores de guloseimas, olhou para os lados para ver se alguém o observava, e vendo que os funcionários estavam distraídos com o movimento de clientes, não pensou duas vezes: subtraiu algumas guloseimas e colocou no bolso, saindo de maneira energética.

Com um sorriso estampado no rosto e um ar de vitória, Orlando se direcionava para a porta de saída do estabelecimento. Iria mostrar a Birita que ele era capaz. Mostraria que resto de comida era para eles, que são mendigos e não têm capacidade de se virar. Colocou os pés do lado de fora do estabelecimento, todo contente com sua conquista.

O espólio de sua vitória não dividiria com ninguém, mas iria mostrar a Birita só para ele aprender a não querer dar opinião a uma pessoa nobre.

Ainda sonhando com o sucesso de sua investida, Orlando sentiu uma pancada na barriga que o deixou sem fôlego, fazendo-o cair no chão.

– Seu ladrão, imundo! – gritava enfurecido o segurança do local. – Pensa que pode me enganar?

Orlando ficou quase sem consciência, pois não conseguia respirar. A pancada que o segurança lhe deu com o cassetete acertou em cheio o estômago. Tentava entender o que estava acontecendo. Ele nem viu o que o tinha atingido, só sabia que a dor era insuportável.

– É só eu virar as costas um pouquinho e esses malditos mendigos vagabundos e ladrões entram aqui para aprontar. Mas esse quebrou a cara! – gritava o segurança, golpeando Orlando com aquela arma pela segunda vez.

A segunda pancada foi pior. Quase na velocidade de um relâmpago, Orlando, ao ser atingido pelo cassetete pela segunda vez na barriga, vomitou sangue. A dor era insuportável. *Acho que ele arrebentou o meu fígado*, pensava Orlando, agonizando de dor.

A balconista da lanchonete que tinha visto Orlando pegando os produtos e correu para avisar o segurança continuava a gritar de forma esganiçada:

– Exijo que o prenda, Marcão! Ele é um ladrão e lugar de ladrão é na cadeia! – gritava eufórica a balconista que estava no lugar do subgerente, que por motivo de doença havia faltado ao trabalho nesse dia. Queria mostrar serviço, sonhando com a vaga do chefe que estava doente.

Orlando sentiu o sangue saindo pela boca e nariz. Sentindo a cabeça pisada pelo coturno daquele segurança, percebeu que o seu braço havia sido torcido atrás das costas. Que dor insuportável,

Orlando acreditava que o segurança queria quebrar o seu braço, pois o estava torcendo além do limite.

Mas tudo começou a acontecer em câmera lenta, foi ficando mais calmo, a voz do segurança foi se distanciando, a gritaria da balconista foi ficando lenta. Começava a escutar as vozes em eco, os sentidos de Orlando foram se perdendo, sentia os batimentos de seu coração com intensidade, até que foi sumindo, um pouco de cada vez, até que se silenciou. Orlando desmaiou de tanta dor. Naquele momento acreditou que tinha morrido. A sua mente vagou no espaço, levando-o ao passado.

Três Anos Atrás

Véspera de Natal, Orlando contente com as vendas de sua loja, contava vantagens aos seus funcionários, dizendo com arrogância que era um excelente administrador e que no próximo ano iria abrir mais uma filial, pois os negócios iam de vento em popa.

Estava uma tarde linda, era dia 24 de dezembro, todas as pessoas se preparando para comemorar o Natal. A maioria das lojas locais já estava fechada. Mais algumas horas e as outras também fechariam, só reabrindo após o Ano Novo.

A folga prolongada era uma forma econômica que Orlando encontrou para pagar as muitas horas extras que seus funcionários haviam feito com o aumento brusco das vendas no final do ano. Aproveitou que depois do Natal até o fim do ano, as vendas caem mais de noventa por cento.

– Senhor Orlando, esse cliente está perguntando se o senhor lhe vende a crédito uma peça para reposição de seu veículo – disse um dos muitos vendedores da loja de Orlando.

– Por gentileza, meu senhor. Qual é o seu nome? – pergunta educadamente Orlando.

– Eu me chamo Emanuel – responde o cliente satisfeito pela atenção dispensada pelo proprietário da loja.

– Seu Emanuel, aquela fila é para fazer o cadastro dos clientes. É só o senhor se cadastrar e teremos muito prazer em atendê-lo – responde gentilmente, como sempre fez com todos os clientes, pois tinha um enorme interesse neles. Fitando-o, Orlando pôde observar que se tratava de um senhor aparentando ter uns cinquenta anos.

– Eu já passei por lá e a moça me respondeu que não pode me vender, depois de olhar os meus documentos – respondeu humildemente o pobre homem.

– Eu acho que é porque eu emprestei o meu nome a um filho, para aquisição de uma linha telefônica e ele não pagou a conta. O meu nome está cadastrado como inadimplente. Mas eu sempre pago todas as minhas contas.

– Olha, meu senhor, infelizmente eu não posso fazer nada – tornou Orlando. – Aquela funcionária experiente é paga para analisar os cadastros. Se ela o reprovou, eu não posso passar por cima da sua decisão, senão o que pago a ela seria em vão.

– Senhor... Eu suplico... A minha mãezinha está com a idade muito avançada. E hoje o vizinho dela me ligou dizendo que ela está muito doente e foi internada. Os médicos deram a ela vinte e quatro horas de vida. Ela mora em outra cidade. Eu já fui até a rodoviária e as passagens estão esgotadas, e eu não quero deixar de vê-la com vida pelo menos mais uma vez. Se o senhor quiser posso deixar um documento como garantia ou buscar minha televisão que vale mais do que a peça em questão, mas, por favor, me ajude – explica Emanuel, desesperado.

– Meu amigo! – fala Orlando mostrando irritação. – Dê uma olhada à sua volta. – Quantas pessoas comprando o senhor consegue ver? – O cliente, correndo os olhos à sua volta, responde:

– Não sei bem. Acho que não dá para contar porque são muitos... – Emanuel ainda falava quando Orlando o interrompe.

– Imagina se abro uma exceção? Quantos mais me pedirão crédito, mesmo sem ter condição de pagar? – tornou Orlando num tom irônico.

– Mas, senhor... A sua loja é a única que ainda está aberta. Mesmo que consiga dinheiro de alguma forma, eu não chegaria aqui a tempo para adquirir o que preciso antes que você feche. Ajude-me... – Emanuel, ainda falando, é interrompido por Orlando. Fica estático olhando o proprietário daquele estabelecimento lhe virando as costas, pois sabia que não encontraria nada mais aberto nos próximos três dias.

– Passar bem, meu senhor. Tenha um feliz Natal – fala Orlando, retirando-se apressadamente, prestando atenção em um cliente que fazia uma boa compra no outro lado da loja.

Emanuel saiu das proximidades de Orlando indignado, pensando consigo como pode haver pessoas ruins desse jeito. Ele havia explicado seus motivos. A peça em questão era barata. Por que o dono da loja não poderia fazer uma caridade de Natal?

Orlando estava distraído dando atenção a alguns clientes quando escutou uma gritaria no outro lado da loja. Sem saber o que acontecia, Orlando apressou-se em ir à outra repartição para tomar conhecimento dos fatos. Chegando, Orlando teve uma surpresa. O cliente que há pouco lhe deu trabalho pedindo crédito foi pego pelos seguranças da loja roubando.

– Eu não acredito. Você não tem vergonha na cara? – pergunta Orlando, indignado. – Nessa idade, roubando. Tem idade para ser meu pai. Que coisa mais feia! – tornou Orlando, irado.

– Levem-no para o depósito e chamem a polícia. Peça para o quartel mandar os policiais Rogério e Antonio. Mandem vir com urgência – ordenou Orlando totalmente nervoso. Os clientes ficaram olhando a sua atitude com ar de reprovação. Orlando nem esquentou a cabeça. Tinha que dar uma lição para servir de exemplo aos demais, tanto clientes quanto funcionários.

Passando pouco mais de dez minutos, chegaram à loja os policiais Rogério e Antonio. Orlando já os conhecia bem e sabia que gostavam de um dinheiro extra. Não importava qual era o serviço, bastava pagar bem.

– Boa tarde, senhor Orlando – cumprimenta o policial Antonio. O senhor solicitou a nossa presença, tem algum serviço especial?

– Tenho sim. Peguei um vagabundo que tem a idade para ser meu pai roubando a minha loja. Isso depois de me amolar – afirma Orlando com sangue no olhar. Preciso que caprichem, quero que esse fique de exemplo aos demais.

– Deixa conosco – afirma o policial Rogério com voz ranheta. Vamos ensiná-lo a não mexer com o que é dos outros. O preço pelo serviço é mil reais. Quero receber adiantado.

– Tudo bem. Vou buscar o dinheiro no caixa. O meliante está preso no banheiro do depósito – fala Orlando com satisfação, direcionando-se ao interior da loja para buscar o pagamento dos policias.

Nem bem tinha chegado junto ao caixa Orlando escutou um grito estridente de dor e agonia.

– Bem, seu vagabundo. Você sabe como é. Nada pessoal, apenas negócio. Terá que servir de exemplo pagando pelos seus erros – falou ironicamente o policial.

– Pelo amor de Deus, vocês estão me matando. Parem por favor! – Aiii... Alguém me ajude. – Socorrooo... – gritava Emanuel de dor ao sentir suas costelas quebrando a cada pancada do cassetete dos policiais.

Todos da loja olharam para Orlando e para a direção do depósito. Orlando, percebendo a irritação dos clientes e dos funcionários, fala em tom alto:

– Não se preocupe, pessoal. Está tudo sob controle. O ladrão vagabundo apenas está tendo o que merece. Além de me roubar, desacatou os policiais. Está tendo um corretivo para aprender a viver nessa terra. Se o ocorrido fosse em outro país, nesse momento já estaria morto ou sem uma da mãos – tornou Orlando aos clientes, mal escondendo a sua satisfação.

Orlando não percebe o quanto está sendo mau. O preço da peça que Emanuel precisava não chegava a duzentos reais. Agora ele pagava cinco vezes mais esse valor para agredir um ser humano que estava desesperado. Não podia nem imaginar que estava rodeado de espíritos maus a serviço do inimigo de Deus, que o estavam induzindo a fazer tal ato de covardia. O filho de Deus lá no céu certamente estava muito triste. Com certeza já mandou um anjo para contar todas as lágrimas derramadas por Emanuel, colocando-as na taça da misericórdia. Aquele que é contra Jesus, no passado, lá no deserto, ao final de quarenta dias tentando-o, mostrou ao filho de Deus que não adiantava derramar o seu precioso sangue pelo ser humano, pois o homem nunca mudaria suas atitudes. Nesse momento certamente estaria rindo da atitude inútil de Jesus. Entregou-se no duro madeiro da cruz, sofreu escárnio, apanhou na face, vestiram-lhe uma coroa de espinhos. Ao ter sede lhe deram vinagre e por final foi transpassado. Tudo sofreu por pessoas que não perdoavam nem os mais simples erros. E pior do que isso, para o ser humano seria comum praticar o mal, ora por prazer, ora por dinheiro. E o filho de Deus como estaria nesse momento, vendo essa atitude impensada de Orlando?

Jesus ficou da hora sexta à hora nona todo flagelado e machucado, naquela triste sexta-feira, inerte naquele duro madeiro da cruz, tendo as mãos e os pés transpassados. Vendo as atitudes dos que o matavam, olhou ao céu e falou:

– Pai. Perdoa-os! – Não sabem o que fazem! – clamou o filho de Deus, evidenciando as lágrimas misturadas ao sangue que deslizavam pela sua face. Com forte voz fez ouvir seu clamor. Chegando à hora de tudo cumprir, disse:

– Me é dado todo o poder – tornou Jesus Cristo. Entregando o espírito, expirou... Teria valido a pena todo esse sacrifício por pessoas que por maldade ou por torpe ganância tiram o sangue do próximo, sem o mínimo ressentimento?

Capítulo 6

Dias Atuais

Orlando, tossindo muito, começa a voltar à sua dura realidade. Em meio àquela balbúrdia, começa a escutar vozes. Foi voltando aos poucos, os sons foram ficando mais fortes até que pôde ouvir com clareza.

– Acorde, vagabundo. Você sabe como é. Nada pessoal, apenas negócio. Terá que servir de exemplo pagando pelos seus erros – falou ironicamente o policial.

Agora Orlando estava totalmente consciente, e se lembrou do que estava acontecendo. Estava amarrado no depósito da lanchonete com dois policiais a seu lado preparando-se para surrá-lo.

– Pelo amor de Deus, não me batam. Eu estava morrendo de fome, tenham misericórdia – clamava Orlando, desesperado. Percebia que a vida fazia desfilar diante dele um *déjà vu*.

Orlando, vendo a vida lhe ensinar de uma forma energética, pensou que sairia no lucro se no final dessa odisseia ele saísse pelo menos incólume.

Indignou-se com ele mesmo. Como no passado pôde cometer uma atitude impensada como a que estava revivendo, só que agora em papéis trocados? Atônito, remoía se em seus pensamentos.

Ele era uma pessoa boa quando criança, sempre ia à igreja com seus tios. Lembrou-se de alguns atos bons que praticou. Mas com o passar do tempo foi mudando, tornando-se amargo, valente e corrupto. Desconhecia a palavra perdão. Agora uma pergunta aflorava à alma e não calava em seu ser. Indignado consigo mesmo, Orlando se perguntava:

– Quando me perdi de mim mesmo?

Estava pensativo quando viu o policial se preparando para lhe desferir os golpes. Ficou totalmente assustado. Já sabia como funcionava o sistema, ele teria que apanhar até desmaiar. Depois seria desovado em uma esquina qualquer. Se tivesse sorte teria apenas algumas costelas quebradas, mas geralmente as pessoas morriam, às vezes por infecção, outras por hemorragia interna. Os policiais eram profissionais e nunca deixavam hematomas. Se os denunciasse seria pior, pois eles não só o matariam como iriam atrás de sua família. Eram policiais experientes e sabiam como proceder sem deixar suspeitas. Recebiam, faziam o serviço e pronto. Sem ressentimentos. Apenas trabalho.

– Perdoem-me, pelo amor de Deus. Estou há dois dias sem comer. Não volto mais aqui – suplicou Orlando pela segunda vez, fechando os olhos e contraindo os músculos abdominais ao ver o policial erguer o braço com o cassetete.

Com os olhos fechados Orlando ficou inerte e todo contraído esperando receber a pancada, quando escutou uma voz como se fosse de um anjo.

– Não lhe faça mal! – ordenou um jovem alto vestido todo de social. – Quem lhe deu essa ordem? – tornou o homem que havia acabado de entrar.

Orlando viu que suas preces foram atendidas e Deus lhe mandou um anjo para ajudá-lo.

– Quem é você? – pergunta o policial abaixando os braços.

– Ele é o gerente-geral. Se chama Devanir – respondeu a balconista que estava no lugar do subgerente que havia faltado. Ela havia pedido ao policial um favor. Pediu-o para dar uma lição àquele mendigo. Com certeza depois do trabalho o policial teria as suas formas de cobrar daquela bela moça o seu trabalho.

– Bem, senhor. Estou apenas cumprindo com a minha missão. Não deixo ninguém roubar vosso estabelecimento e sair ileso – falou o policial de forma atarracada.

– Obrigado pela atenção dispensada – tornou Devanir. O senhor pode sair.

– E ele? – pergunta o policial apontando Orlando que jazia de cócoras com a mão na cabeça, com medo de pancadas.

– Pode deixar! Cuidaremos dele. Pode retirar-se, por favor – tornou o gerente-geral agora com a voz mostrando irritação.

– Tudo bem. O senhor é quem sabe. Depois não venha me dizer que não avisei. Passar bem – saiu o policial, irritado com a atitude misericordiosa do gerente.

– Levante-se! Qual é o seu nome? – pergunta Devanir a Orlando.

– Pode falar, não lhe farei mal – tornou o gerente, oferecendo a mão para levantá-lo do chão, onde se encontrava agachado.

Orlando pegou-lhe as mãos, porém permaneceu em silêncio.

– Sente aqui! – ordenou Devanir, apontando uma mesa e uma cadeira.

– Traga-lhe comida e um refrigerante. Deve estar com muita fome – tornou Devanir sorrindo.

– Meu amigo o negócio é o seguinte: nunca mais faça isso – explica Devanir. – Você deve ter créditos com o pai lá de cima. Eu nunca venho a essa loja, o fiz hoje por acaso. E quero lhe falar a verdade, só venha aqui no último dia de cada mês; eu estarei aqui e lhe darei uma bela refeição, fora isso não venha mais. O subgerente que faltou hoje é pior do que a balconista que mandou surrá-lo. Seguem ordens do próprio dono da empresa. Eu não aprovo violência, mas não posso fazer nada se eu não estiver no local na hora em que acontecem os fatos, assim como ocorreu hoje – ensina Devanir a Orlando, vendo-o comer às pressas.

A balconista que mantinha "certas" intimidades com o proprietário do estabelecimento, se achando no direito, não se deu por convencida e começou a questionar sobre o que falava Devanir.

– Senhor Devanir, o senhor não acha que está acoitando esses vagabundos? – Ainda por cima falando que se eles cometerem algum delito em uma de nossas lojas o senhor estando, os protegerá, não acha que acaba por induzi-los?

– Desde quando a sinceridade se embrenha por caminhos tortuosos e confusos? – esbravejou Devanir, observando a petulância da balconista.

– A paz é fruto da justiça – tornou Devanir, contrariado com a moça. Por favor, volte ao trabalho. Por hoje a perdoarei, mas se repetir isso vou demiti-la na hora. Não aceito violência em local de trabalho.

Orlando, satisfazendo-se com as guloseimas oferecidas por Devanir, quedava-se abismado e perplexo vendo como a vida estava lhe ensinando sobre o perdão.

A vida coloca à nossa frente situações, pessoas, que com suas atitudes podem nos fazer perceber nossos próprios enganos. Quando nos irritamos com as pessoas porque elas têm determinadas atitudes que nos incomodam, é porque somos iguais.

Orlando agradeceu a Devanir e saiu do estabelecimento cabisbaixo, pensando em tudo o que ocorreu naquela tarde. Ouviu um trovão espocar a distância e olhou para o céu. Ia chover.

Ficou perambulando pelas ruas, lembrando-se de seu passado. Lembrou de como muitas vezes tinha tomado atitudes das quais não se orgulhava. De como foi uma pessoa ruim e amarga. Não percebeu que o sol jazia diminuto ao horizonte, evidenciando o prenúncio da noite.

O frio que já estava forte começou por se acirrar com as gotas de chuva que começavam a cair daquele céu negro e nublado. A chuva misturava-se com as lágrimas que desciam das meninas de seus olhos e embaçavam a sua visão, com a torrente incontida da tormenta. Andando sem rumo e tremendo de frio, Orlando acabou por encontrar, em uma rua vazia, uma caixa de papelão de tamanho grande que jazia embaixo de uma marquise. Acostumado a dormir sempre em camas luxuosas e agradáveis, acabou por se admirar, ao perceber que estava achando aquela caixa de papelão quentinha e aconchegante.

Orlando, após se deitar, ficou aturdido ao perceber que finalmente começava a entender o significado de uma famosa frase de Shakespeare que escutou há muito tempo, ainda no colegial. Desfilava como flashes em sua cabeça.

"Há mais coisas entre o céu e a terra do que sonha a nossa vã filosofia."

O AMOR

Ainda que eu falasse as línguas dos homens e dos anjos e não tivesse amor, seria como o metal que soa ou como o sino que tine.

E ainda que tivesse o dom de profecia, e conhecesse todos os mistérios e toda a ciência, e ainda que tivesse toda a fé, de maneira tal que transportasse os montes, e não tivesse amor, nada seria.

E ainda que distribuísse toda a minha fortuna para sustento dos pobres, e ainda que entregasse o meu corpo para ser queimado, e não tivesse amor, nada disso me aproveitaria.

O amor é sofredor, é benigno; o amor não é invejoso; o amor não trata com leviandade, e não ensoberbece.

Porque, em parte, conhecemos e, em parte, profetizamos.

Porque, agora, vemos por espelho em enigma; mas, então, veremos face a face; agora, conheço em parte, mas, então, conhecerei como também sou conhecido.

Coríntios 1
Capítulo 13, Versículos 1, 4, 9 e 12

Capítulo 7

Maria, logo após colocar o café da manhã na mesa, vai até o quarto de Angélica para convidá-la a tomar o seu desjejum.

– Bom dia, Angélica. Vejo que vai ao colégio hoje. Está com o rostinho mais alegre. Parece mais disposta.

– Fazer o que, Maria? – respondeu Angélica. Estou morrendo de saudade de meu pai. Não vejo a hora de tornar a vê-lo, mas enquanto isso não é possível tenho que tentar levar a vida adiante. Como você mesma sabe, ontem estive na casa da Niceia, minha amiga do colégio, e estudamos muito porque hoje tenho uma prova de matemática muito difícil. Com certeza não precisaria fazê-la, pois os professores aceitariam a minha justificativa mas acredito que ficando em casa sem ter o que fazer e tendo a mente desocupada, me lembro mais de papai e isso aumenta o meu sofrimento. Pelo menos no colégio me distraio um pouco.

– Isso mesmo, minha menina! – tornou Maria, abraçando Angélica. Tem que reagir. Ficar trancada dentro de casa não ajuda em nada a situação. Ao contrário, agrava, pois se já não bastasse o sofrimento pela falta de seu pai, acabaria por piorar, com vocês choramingando pelos cantos, à beira de uma depressão.

– Sua mãe não está conseguindo reagir. Desde o dia em que seu pai desapareceu não se alimenta direito, só fica chorando pelos cantos. Está se entorpecendo com calmantes e ainda fala que não consegue dormir. Nem sei se dormiu essa noite. Vou agora ao quarto dela para ver como está. Se não reagir, acabará ficando doente – continuou Maria, acariciando Angélica. Maria trabalhava para a família desde o casamento de Elaine com Orlando. Veio de Pernambuco ainda muito nova para trabalhar em uma casa de família. Trabalhou com os Dantas por dez anos, até que se mudaram para o exterior. Nunca quis se casar ou ter sua própria família. Sentia-se feliz convivendo com as famílias para as quais trabalhava. Teve um ou dois relacionamentos que acabaram por se transformar em desilusão amorosa. Dessa forma dedica-se cem por cento ao trabalho. Quando a família do cirurgião plástico Dr. Dantas resolveu morar nos Estados Unidos, ela veio trabalhar com os Moraes. Elaine, muito nova e inexperiente, após o casamento viu em Maria uma irmã mais velha que nunca teve. Maria, além de ser sua governanta, era sua amiga e confidente. Tinha um carinho especial por Maria.

– Desça logo, Angélica! Se você vai ao colégio já está atrasada, daqui a pouco passa o seu ônibus – tornou Maria, preocupada. Fechando a porta do quarto de Angélica, dirigiu-se ao quarto de Elaine.

– Bom dia, Dona Elaine – cumprimenta Maria, entreabrindo a porta do quarto após bater. Vejo que a senhora já está acordada. Dormiu bem essa noite? – pergunta Maria a Elaine ao ver seus olhos mareados e inchados, demonstrando que tinha chorado muito.

– Bom dia, Maria. Não dormi quase nada essa noite. Orlando não me sai da cabeça. Hoje já é o terceiro dia e não temos nenhuma notícia dele – comenta Elaine com a voz atarracada pelo choro.

– Bom dia, mãe! – cumprimenta Angélica, entrando no quarto em que a mãe jazia com a porta entreaberta. – A senhora está com uma cara péssima. Tem que se animar, mamãe. Logo papai aparecerá e tudo ficará bem – diz Angélica, tentando animar a mãe. Estava muito preocupada com ela. Maria tinha razão, ela estava péssima. Seu estado era lastimável.

– Ânimo, mãe! – tornou Angélica. – Tem que reagir. Levanta! Vai tomar um banho, vestir uma roupa bonita. Tem que sair desse quarto, ir ao jardim. Talvez, se der uma volta... – Angélica nem bem tinha terminado de falar, Elaine a interrompe:

– A que horas a mocinha chegou ontem à noite? Não tem vergonha, sair de casa, mesmo com a gente passando por uma situação tão difícil dessa? Eu não quero me animar! E acho que você não se importa com seu pai – esbraveja Elaine contrariada com Angélica, ao vê-la sorridente.

– Nem vou responder, mãe! Já vi que a senhora está pior do que pensei. Tenha um bom-dia, estou indo ao colégio – retrucou Angélica, saindo do quarto, não antes de tentar esconder duas lágrimas que lhe escorriam pela face, evidenciando sua decepção.

– Calma aí! Meninas! Vocês estão passando por um momento muito difícil e estressante. Temos que nos suportar e nos ajudar – fala Maria, tentando acalmar mãe e filha.

– Deixe ela ir, Maria! Essa menina só está me dando desgosto. Já não basta o que passo com o pai dela, agora ela age dessa forma também. Vou tomar um banho – tornou Elaine demonstrando nervosismo e egoísmo.

Maria achou melhor não comentar nada e deixar tudo nas mãos da vida; com certeza ela encontrará uma forma de ensinar a Elaine que ela tem uma filha maravilhosa. Tem seus defeitos como qualquer adolescente, mas num todo é uma ótima filha. Elaine deixava de ver suas qualidades para ver seus defeitos, pois a filha não agia como ela tinha projetado em sua mente, deixando dessa forma ambas tristes.

Maria estava na cozinha cuidando de seus afazeres quando o jardineiro chegou com o jornal matinal.

– Bom dia, Dona Maria – cumprimentou o jardineiro que prestava serviços a Orlando duas vezes por semana.

– Bom dia, seu Pedro. O senhor não aceita um cafezinho? Acabou de sair. Ainda está quente – Maria simpatizava muito com Pedro. Aliás, todos os funcionários da casa. Era uma pessoa muito humilde. Percebia-se um contraste ao falar; de sua boca sempre saíam palavras boas e confortantes como se tivesse frequentado as melhores faculdades da região, mas o seu conhecimento se contrastava com os erros de pronúncia de português. Era uma pessoa que transmitia paz e carisma.

– Aceito, sim, Dona Maria. Vim trazer o jornal matinal que o jornaleiro deixou lá no portão da casa – respondeu Pedro, sorridente.

– Olha, Pedro. Já lhe falei para não me chamar de Dona e sim, só de Maria – tornou Maria alegremente a Pedro. – Como vão a sua esposa e os filhos, Pedro? – continuou Maria, que em outra oportunidade conheceu a família de Pedro e sentiu muita afeição por todos.

– Graças a Deus, com eles vai tudo bem, Dona Maria. Quero dizer... Maria – tornou Pedro, corrigindo seu excesso de educação e atendendo ao pedido de Maria.

– Muito bem, tome o seu café, antes que esfrie! – ordenou Maria educadamente, pegando o jornal das mãos de Pedro e passando a olhá-lo.

– Meu Deus! – exclama Maria, mostrando-se assustada.

– O que foi, Maria? – pergunta Elaine ao entrar de supetão na cozinha.

– Bom dia, Dona Elaine – cumprimenta Pedro.

– Bom dia, Pedro – responde Elaine, mostrando-se aturdida com a exclamação de Maria.

– Veja a senhora mesmo – responde Maria, mostrando-lhe a capa do jornal.

O jornal noticiava a entrevista dada pelo Dr. Júlio na tarde anterior. Elaine tinha se esquecido de que ele seria entrevistado. Titubeou ao ler a notícia da manchete:

> *Escritor desaparece dois dias após assinar novo contrato com editora. No novo contrato Orlando Moraes subtrai os direitos de seu agente literário. Também assina um testamento que se encontra em poder da editora, que o repassará à Justiça para validação, deixando todos os seus bens editoriais apenas para sua filha, Angélica Moraes. Não incluiu em seu testamento a esposa, Elaine da Cunha Moraes. Seria suicídio? Onde estará Orlando?*

Pedro, vendo que faltava equilíbrio à Elaine, correu, segurando-a pela cintura e, com a ajuda de Maria, a colocou sentada em uma cadeira.

– Meu Deus, o que está acontecendo? – perguntou Elaine, inerte diante daquela notícia. – Bem que o Doutor Júlio tinha razão, os repórteres vasculham tudo mesmo. Como será que chegaram a essa informação que nem mesmo eu sabia? E por que será que Doutor Júlio não conseguiu segurá-los como me prometera? – perguntava Elaine ao ler toda a notícia e perceber que aquelas informações não vinham da entrevista dada pelo Doutor Júlio.

– Será que eu joguei pedra na cruz? – indagou Elaine, mostrando-se contrariada diante de sua situação.

– Fique calma, Dona Elaine. Tudo ficará bem – tornou Pedro, tentando acalmá-la.

– Será que ele aparecerá morto? Será que se suicidou? – perguntava Elaine, aflita.

– Por que deixaria um testamento, se não pensava em morrer? E pior, por que me deixou fora dele? Não que me importe com dinheiro, mas por que ele faria isso comigo? Logo eu que sempre fiz tudo por ele e sempre o amei? – perguntava Elaine, desesperada. Estava totalmente aturdida com a situação.

– Estou voltando para o meu trabalho. Se precisarem de alguma coisa, por favor, estou aqui para ajudar. Não se façam de rogadas. Procurem-me! Estarei lá fora – disse Pedro, vendo que Elaine estava em desespero e não conseguia raciocinar. "Nada do que eu falasse nesse momento ela iria assimilar", pensou Pedro, deixando-as e indo cumprir suas obrigações. Mal Pedro tinha saído da cozinha, tocou o telefone:

– Casa dos Moraes, bom dia! – atendeu Maria.

– Maria. Aqui é Mauro. Passe-me com Elaine!

– Um minuto, por favor. Dona Elaine, é o Doutor Mauro. A senhora atende?

– Sim. Me passe o telefone! – pediu Elaine. – Alô? Mauro?

– Sim, meu amor, sou eu. Você já leu o jornal matinal?

– Sim... – responde Elaine, com voz melancólica.

– Estou indo praí, chegarei em dez minutos. Tchau – e desligou.

– Maria, o que pode ter acontecido? Por que Orlando faria uma coisa dessas? Sumindo dessa forma. Está certo que a nossa vida ultimamente tem sido um inferno. Mas eu o amo e não queria perdê-lo. Eu faria tudo para tê-lo de volta, tudo mesmo. Daria até a minha vida por ele. Sem ele não quero mais viver. Vou morrer de tristeza.

Maria era uma mulher muito simples e não encontrou palavras para confortar a patroa e amiga naquele momento tão difícil, mas lembrou-se de um fato passado.

– Dona Elaine, a senhora se lembra da Antonia que trabalhou aqui há uns cinco anos como diarista? Ela vinha uma vez a cada quinze dias... Não sei se a senhora vai se lembrar... Ela veio aqui trabalhar umas quatro ou cinco vezes – Maria tentava reavivar a memória de Elaine, pois sempre teve muitos empregados, e Antonia foi há muito tempo e por poucas vezes.

– Lógico que me lembro, Maria – respondeu Elaine – Você sabe que tenho boa memória. Mas o que tem ela?

– Uma vez ela faltou ao serviço, mas não antes de me ligar contando que seu filho estava muito doente e que ela estava no hospital com ele – contou Maria, vendo que a patroa estava entusiasmada com o assunto. – Depois daquele dia, na semana seguinte, ela veio trabalhar e contou pra mim e pro Pedro, que tomava café da tarde lá na cozinha dos fundos, que seu filho tinha câncer linfático. E que os médicos já tinham feito tudo o que puderam, mas não conseguiram curá-lo daquela doença, e mandaram-no passar os últimos dias em casa com a família. Antonia estava arrasada e tristonha com a situação. Contou isso chorando. Naquele dia Pedro falou umas palavras bonitas e confortantes que me deixaram surpreendida. Eu ainda não o conhecia bem, e não sabia que tinha um dom tão bonito como aquele. Como um simples jardineiro sem estudos tinha umas palavras tão bonitas como aquelas para falar à Antonia? Falava sobre como a vida nos ensina e sobre Deus. Antonia ficou maravilhada e mais conformada com a situação e o convidou a ir à sua casa no outro dia para fazer uma oração para a criança. Na outra semana após esse dia, quando voltou para prestar serviço de diarista, Antonia contou que Pedro atendeu seu pedido e foi à sua casa com a esposa e os filhos. Conversaram bastante e Pedro fez uma oração, e por incrível que pareça a criança começou a demonstrar melhoras. Perguntei sobre o assunto, e Antonia disse que depois daquele dia a criança foi curada. Antonia veio trabalhar apenas mais algumas vezes aqui em casa e nunca mais falei com ela. Certa vez, só por curiosidade, perguntei ao Pedro sobre Antonia e o filho. Ele me falou que a criança está bem, que mora perto de sua casa.

– Pode parar, Maria! Você sabe que já vamos a uma igreja. Não acredito que religião alguma possa trazer Orlando de volta – exclamou Elaine, demonstrando irritação.

– Tudo bem, Dona Elaine. Só fiz um comentário. Não precisa ficar brava – tornou Maria humildemente – Não se trata de religião e sim de oração.

– Me desculpe, Maria. Você tem razão. Pedro nunca me falou que é de alguma religião ou quis falar sobre uma. Se bem que eu sempre percebi que ele é um homem diferente. Tem um brilho no rosto. Sempre simpático, porém sério. Nunca nos faltou com respeito e sempre foi muito educado. Realmente deve servir a Deus de alguma forma – sorriu Elaine a Maria.

– Será que ele faz uma oração para mim, Maria? Veja com ele, eu pago o que for preciso – tornou Elaine, revelando desespero. Ainda considerando o que tinha falado, escuta a campainha tocar.

– Vou atender, deve ser o Doutor Mauro – falou Maria.

– Bom dia, Maria! A Elaine está? – pergunta Dr. Mauro.

– Está, sim – responde Maria – Sente-se, por favor, ela já vem. – Maria aponta um sofá da sala de estar.

– Bom dia, Mauro – cumprimenta Elaine em pé junto à porta – Venha ao escritório, preciso lhe falar a sós! – ordenou Elaine gentilmente a Mauro – Maria, veja com Pedro sobre aquele assunto, enquanto falo com Mauro. Não vamos demorar. ficaria muito feliz – tornou Elaine.

– Sim, senhora – respondeu Maria sorridente ao ver esperança nos olhos de Elaine. Sua conversa com ela foi muito proveitosa, ela viu renascer esperança em Elaine. Isso era bom, pensava Maria, indo atrás de Pedro.

Capítulo 8

Dr. Mauro continuava as suas investidas em Elaine, tentando convencê-la de que Orlando não gostava dela. Dr. Mauro aproveitava seu momento de fragilidade para induzi-la ao erro. Ele a amava e estava cansado de esperar. Decidira-se. Iria tentar de todas as formas conquistar o amor daquela mulher.

– Elaine, viu agora o que sempre te falei? Orlando não te ama. Antes de sumir, se deu ao trabalho de ir à editora para fazer um novo contrato. Isso é ilegal; se não fosse por você eu entraria com recursos e anularia esse contrato. Sabe que tenho os meus contatos e conhecimentos – diz Mauro, nervoso com a situação.

– Eu sei, Mauro. Você é um advogado muito respeitado, além de um ótimo agente literário. Se Orlando tomou essa atitude, deve ter os seus motivos – tornou Elaine, tentando acalmar Mauro – Além do mais você é muito rico, não precisa de porcentagem das vendas do livro que Orlando lançou. Na verdade, nós dois sabemos que o livro ainda não está vendendo quase nada, apesar de que a imprensa noticia o contrário.

– Quase nada por enquanto – afirma Mauro. Mas depois de hoje as vendas atingirão o apogeu rapidinho, pois a imprensa do país inteiro está noticiando sobre o escândalo que Orlando provocou e sobre o seu sumiço. Como você ainda pode defender Orlando, se também foi prejudicada? – tornou Mauro, não escondendo a irritação. E continuou, perdendo sua postura habitual:

– Se aquele imbecil aparecer morto só caberá a você o que já tem. O lucro proveniente do livro será todo para a sua filha.

– Olha aqui, Mauro! Gosto muito de você! Mas não lhe dou o direito de falar assim – esbravejou Elaine vendo a ganância de Mauro – Não entendo e não aprovo a atitude de Orlando. Sei também que ele de um tempo para cá tornou-se um marido distante e frio, mas não aceito que fale dele dessa forma. Você sabe que eu o amo, e espero encontrá-lo o mais rápido possível. E se, Deus me livre, o pior acontecer, já estou satisfeita com o que ele me deixou. E o lucro de seu livro ficará para minha filha, o que também me deixa satisfeita. Não quero ficar pensando em dinheiro em um momento desse.

– Me desculpe, Elaine. Passei dos limites. Fiquei irritado com a atitude de Orlando ao me tirar do contrato sem pelo menos ter falado comigo – Mauro percebeu que tinha passado o sinal vermelho. Ele desejava Elaine de todo o seu coração, mas sabia que só a ganharia se fosse por outra porta, e essa porta não poderia ir contra Orlando.

– Você já falou com o Doutor Júlio sobre as manchetes dos jornais? – perguntou Mauro, tentando dissimular a situação desagradável que criou.

– Estava esperando pelo menos dar oito e meia para ligar para ele. Não sei se poderia ligar mais cedo que isso, vai que ele está dormindo ainda – responde Elaine, já mostrando-se mais tranquila.

Mauro olha o relógio e fala:

– Vamos ligar agora, já são quase oito e vinte, acredito que já esteja acordado.

– Alô! Por gentileza, aqui é o Doutor Mauro. Eu gostaria de falar com o Doutor Júlio. Ele se encontra?

– Sim, um minuto, por favor. Vou anunciá-lo – responde o mordomo da casa do Dr. Júlio.

– Doutor Mauro, aqui é o Júlio. Como está? Acredito que não muito bem diante de uma situação tão desagradável como essa – acabou por responder o próprio Dr. Júlio sobre o estado de Mauro.

– Infelizmente as coisas saíram um pouco do controle – suavizou Mauro, percebendo que Elaine prestava atenção nas suas palavras. Mas a sua vontade era de xingar Orlando de todos os nomes, mas ele teria que guardar aquele momento de explosão para depois, longe de sua amada.

– Percebo que o senhor já leu as notícias – afirmou Dr. Mauro ao Dr. Júlio. – Sabe me dizer como isso foi acontecer? Vejo que as notícias não saíram como o senhor nos disse que sairiam – completou Mauro.

– Já fiz alguns telefonemas, mas até agora não obtive nenhuma resposta satisfatória – tornou Dr. Júlio mostrando-se um tanto surpreso.

– Estou aqui na casa de Orlando, junto com Elaine. Antes de vir para cá passei na editora; eles abrem às sete horas da manhã. Antes de chegar lá, não pude deixar de ler, parado num semáforo, a notícia estampada na capa do jornal que os jornaleiros estavam vendendo. Comprei e ao começar a ler quase não consegui arrancar com o carro do local onde estava parado. Fiquei atônito com a notícia. Chegando à editora, o editor-chefe me confirmou a notícia; eu quis saber detalhes, ele me negou e pediu para eu me retirar. Fiquei enfurecido, só me acalmei ao pensar o quanto Elaine poderia estar sofrendo e precisando de minha ajuda ao saber que tinha sido deserdada por Orlando.

– Doutor Mauro, o negócio é o seguinte: nada que eu faça fará voltar a notícia atrás. Agora só me resta encontrar o culpado e nada mais. Tente superar o momento ruim que está passando e depois entre com recursos que lhe cabem sobre esse contrato. E enquanto isso não acontece, tente não ficar dando em cima da mulher do Orlando de uma forma tão aparente – tornou Dr. Júlio, mostrando-se observador.

Mauro, ao telefone, quase não conseguiu disfarçar a sua insatisfação com o Dr. Júlio. Se não fosse por Elaine, que estava ali ao lado escutando o que falava, com certeza seria grosseiro com ele.

– Obrigado pelo conselho, Doutor Júlio – respondeu Mauro com voz amigável, pensando o quanto Dr. Júlio era ranheta e impertinente. Porém, ignorou o fato. Acabou trincando os dentes com o furor que lhe sobreveio. Mas manteve a compostura e o sorriso amarelo estampado no rosto.

– Qualquer notícia, eu aviso! Até mais – despediu-se Dr. Júlio, com ar petulante.

– Tenha um bom-dia, Doutor Júlio – tornou Mauro, desligando o telefone.

Ele achava Dr. Júlio insuportável, mas a sua amizade lhe era muito conveniente, pois além de rico e muito famoso, ele ajudava as pessoas de quem gostava a subir os degraus da fama.

Dr. Júlio era um homem com muito conhecimento; mantinha muitos contatos com a imprensa, se bem que isso não lhe serviria de ajuda no caso de Orlando. Mal sabia Mauro e Elaine que foi o próprio Dr. Júlio quem deu a informação à imprensa sobre o suposto sumiço de Orlando e também sobre a quebra do contrato com Mauro. Orlando, há alguns dias, tinha confidenciado esse segredo a ele, pedindo sua opinião sobre o assunto. Lógico que Dr. Júlio teve o cuidado de certificar que não vazaria ao público a fonte de onde os repórteres tinham conseguido a escandalosa notícia. Ele tirava proveito da situação dando entrevistas, apresentando-se como amigo de Orlando, e que estava à sua procura de forma acirrada. Mal sabia a população que Dr. Júlio tinha um interesse a mais em encontrar Orlando. Esse era o seu segredo.

– O que ele lhe falou? – pergunta Elaine, curiosa.

– Que não sabe o que aconteceu e que está atrás do responsável pela notícia. Mas nada que ele faça reverteria a situação; a notícia já foi divulgada, Elaine. Agora devemos nos unir, e continuar as buscas a Orlando. Certamente tudo se esclarecerá no momento certo – respondeu Mauro, aproximando-se de Elaine.

– Você sabe que te amo muito. Respeito seu amor por Orlando porque jamais gostaria de vê-la triste. Quero que saiba que sou seu amigo. Deixe para lá esse assunto do livro, afinal de contas nem eu nem você precisamos de mais dinheiro. Já temos o suficiente – completou Mauro, sorridente. Acabou por abraçar Elaine, que correspondeu ao gesto de ternura de Mauro que, sentindo o hálito quente e bom de Elaine próximo à sua orelha, se arrepia todo. Foi bem devagar aproximando o seu rosto do rosto dela. Quando Elaine percebeu, Mauro beijava seus lábios sofregamente. Elaine acabou por entregar-se por alguns segundos sem perceber que estava nos braços de outro homem que não era o seu esposo. Na verdade Elaine se assustou com o que estava acontecendo, pois tinha gostado do beijo e do carinho de Mauro. Acabou por se excitar com o afago e a imposição de Mauro. Ainda nos braços dele, ela sorri e se contorce, soltando-se rapidamente. Não podia aceitar o que estava acontecendo, mas seu corpo pedia aquilo, pois o seu casamento há muito não ia bem. Há muito tempo que não mantinha intimidades com Orlando. Mauro tornou a segurá-la pelos braços e, com brusquidão, encarou-a com um olhar penetrante e, com a voz em frenesi, lhe fala:

– Elaine, eu te amo. – Aproximou-se de novo e novamente tentou beijar seus lábios. – Ela, energeticamente, acabou por desvencilhar-se dele.

– Mauro, por favor, pare com isso – tornou Elaine na defensiva. – Eu estou muito abatida, e você sabe que nunca traí Orlando, e que eu o amo muito. Não queira estragar a nossa amizade – diz Elaine com voz melíflua, mal conseguindo esconder a excitação e que ficou eufórica em seu íntimo.

– Me desculpe, Elaine, não pude resistir. Você me deixa louco, mas respeito a sua vontade e sua pessoa – responde Mauro, sentindo que para progredir teria que transigir. – Tentarei não fazer mais isso. – Tenho que ir ao escritório – continuou Mauro. – Tenho um cliente agendado para as nove horas e só faltam quinze minutos. Ligo mais tarde.

– Tudo bem, Mauro. Eu o perdoarei dessa vez, mas não repita isso. Não gostaria de deixar de vê-lo, pois é um ótimo amigo – sorriu Elaine, mostrando-se fiel e direita.

– Tudo bem. Até mais tarde – tornou Mauro, saindo do escritório em direção à porta de saída. Estava saindo satisfeito, apesar de o dia ter começado mal; depois melhorou. Teve coragem de aproximar-se de Elaine. Ela lhe disse algumas palavras em negativa e de forma rude, mas ele percebeu que ela gostou do que aconteceu. Ela mal conseguiu disfarçar o prazer que sentiu com o toque de seus lábios. Ela apertou-o contra o seu corpo naquele momento. Se não tivesse gostado, não teria feito aquilo.

Elaine quedou observando Mauro sair e começava a sentir-se culpada pelo que aconteceu. No fundo ela tinha gostado. Mauro era um homem de boa aparência. Tinha um corpo másculo. Seus cabelos grisalhos nas têmporas realçavam o rosto que já era lindo. O seu olho azul e ligeiro o tornava ainda mais atraente. Era um homem muito elegante e cheiroso; usava os melhores perfumes importados. Ela sabia que Mauro era apaixonado por ela. Deixar que ele se iludisse dessa forma era errado. Apesar de achá-lo atraente, ela jamais se entregaria a outro homem que não fosse Orlando. Deixar Mauro criar uma expectativa seria um erro e uma atitude condenável da parte dela, pois o faria sofrer. Sempre desconfiou que Mauro gostava dela, mas ele nunca havia se declarado até poucos dias. Hoje ele excedeu o limiar da confiança e amizade. Estava decidida, a próxima vez que tivesse a oportunidade, colocaria um basta nessa situação desagradável.

Capítulo 9

Orlando amanheceu com muita fome e se admirava como não tinha morrido naquela noite longa e fria. Entendeu nessa noite o que Birita queria lhe dizer sobre se unirem para não morrer de frio. A madrugada naquela noite já estava alta, quando Orlando percebeu que estava por morrer de fome e frio. Seus pés congelaram e não os sentia mais. Pensou em levantar-se dali e ir ao beco onde Birita e os outros estavam, mas não encontrou forças e, ao tentar levantar-se, seus pés não corresponderam. Acabou por ficar ali, imóvel, debaixo daquela marquise, torcendo para conseguir chegar com vida ao nascer do sol. Se tivesse sorte, os pés não necrosariam e talvez não precisassem ser amputados. Logo que amanheceu o dia, vendo que os seus pés ainda estavam intactos, Orlando não se conteve, ajoelhou-se e agradeceu a Deus pela dádiva de mais um dia, por seus olhos contemplarem a luz do sol e por seus pulmões que mais um dia puderam sentir o refresco do oxigênio. Deus lhe deva mais um dia de vida para poder fazer algo de bom. Ficou maravilhado ao perceber que nessa longínqua noite não foi pedida a conta de sua alma pelo seu Criador. Tinha certeza de que, se Deus o chamasse naquela noite, ele estaria em falta na balança da justiça. Tinha que mudar essa situação e o primeiro passo era procurar Birita para que ele pudesse ajudá-lo a viver na rua, e depois pensaria no que fazer. Descobriu que encontrar um álibi passou a ser o seu segundo plano. Agora, sobreviver a mais um dia nas ruas passou a ser o seu principal objetivo. Caminhando em direção ao beco, onde certamente Birita poderia estar, Orlando ficou aturdido pensando em como o desprezou no dia anterior. Prejulgava que um mendigo seria incapaz de lhe ensinar algo de bom. Sentia-se com sorte, pois a vida lhe concedia mais um dia de vida para entender que todas as pessoas têm algo a nos ensinar e que sempre temos algo a aprender.

– Maria, você falou com Pedro? – perguntou Elaine, ainda mais emotiva. Sentia a falta do amado, tinha discutido com a filha, e há pouco quase se deixou levar pelos desejos da carne, passando em cima de tudo o que acreditava.

– Sim, Elaine. Conversei com ele – responde Maria, sorridente. – Ele disse que conversa com você quando você quiser.

– Então vá, Maria! Chame-o logo. Por favor. – Mal acabou de pedir a Maria que chamasse Pedro, Elaine se entregou a um choro inconsolável. Não demorou muito Pedro entrou na sala de estar com Maria e não pôde deixar de ver que a patroa estava aos prantos.

– Dona Elaine, a senhora me chamou? – pergunta Pedro, tentando quebrar o gelo de um relacionamento formal que sempre manteve com a patroa.

– Sim, Pedro. Chamei – responde Elaine, deixando evidenciar seu desespero.

– Não me chame de Dona, por favor. Só me chame de Elaine; não suporto as pessoas me reverenciando dessa forma – tornou Elaine, mostrando humildade e simplicidade já que não tinha prazer em se mostrar superior.

– Elaine, vamos à cozinha e poderemos conversar – diz Maria. – Preparei um cafezinho e seria bom tomarmos enquanto conversamos. Maria seguia os conselhos que Pedro lhe deu pouco antes de adentrarem a casa, lá no jardim. Se ao entrarem Elaine estivesse chorando, como Maria contou que a tinha deixado ao ir chamá-lo, Maria deveria convidá-los para tomar um café antes de começarem a conversar. Dessa forma Elaine se recomporia e assimilaria melhor a conversa.

– Será mesmo preciso ir? – pergunta Elaine, demonstrando cansaço, ainda em soluços.

– Seria muito bom, Elaine – tornou Pedro, dando ênfase ao convite de Maria. – Estou com vontade de tomar um cafezinho.

– Tudo bem. Vamos à cozinha, então! – Responde Elaine, levantando-se e indo em direção à cozinha.

Pedro e Maria a seguem. Maria quedou-se pensativa sobre o que Pedro poderia dizer a Elaine que pudesse fazê-la um pouco menos triste, e qual seria a reação de Elaine a escutar o que Pedro lhe diria. Na cozinha, viram que em cima da mesa havia apenas algumas xícaras. O bule com café fumegava sobre o fogão, espalhando um aroma forte e apetitoso, aumentando ainda mais o desejo de degustá-lo.

– Pedro! Preciso de sua ajuda! – implora Elaine com voz sorumbática. Não aguento mais a situação que estou passando. Sempre fui uma excelente esposa, dediquei à minha vida à Angélica e à Orlando. Por eles, deixei de fazer coisas que me tornariam felizes. Queria fazer outra faculdade, mas não pude para poder dar mais atenção à Angélica e agora ela nem me ajuda nesse momento tão difícil... – Elaine começa a desabafar com Pedro, deixando evidenciar o seu sofrimento. Pedro e Maria escutavam atentamente.

– Sempre fiz tudo por Angélica e agora ela não dá valor. Fica fazendo coisas erradas. Ontem mesmo você acredita que ela ficou até tarde na casa de uma amiga? Como pode ser tão fria desse jeito, meu Deus! Parece que não se importa com a situação.

– Você leu os jornais de hoje, Pedro? – continuou Elaine, mostrando--se emocionalmente abalada.

– Sim, Elaine. Não pude deixar de ler. No caminho do serviço comprei um jornal – responde Pedro mansamente.

– Então já sabe dos fatos. Você acredita que Orlando antes de sumir deixou um testamento, referente aos lucros de seu livro? – tornou Elaine. Não me importo com dinheiro e nunca me importei. Mas o que ele fez, optando por me deserdar, me deixou muito triste. Será que ele tinha outra mulher? Será que não me amava mais? Se deixou um testamento é porque pensava em morrer... Meu Deus, eu não viveria sem ele... Preferia a morte...

– Olha, Elaine... – Pedro nem bem acabou de proferir algumas palavras e Elaine o interrompe.

– Pedro. Maria me contou sobre o que aconteceu com o filho de Antonia há alguns anos. Disse como você o curou. Pedro, eu já tinha percebido que você é uma pessoa diferente, sempre alegre, com palavras suaves. Eu pago qualquer preço, mas por favor, Pedro, traga Orlando de volta antes que seja tarde e que ele faça alguma besteira. Tenho certeza que quando ele aparecer, tudo será esclarecido e vou poder convencê-lo a parar com essa ideia sem sentido de querer morrer. E quem sabe eu e Orlando possamos voltar a ser felizes como éramos no início de nosso casamento – continuou Elaine com os olhos marejados.

– Calma, Elaine! – falou Maria, estendendo as mãos e entregando um lenço de papel, olhando e piscando para Pedro, como a dizer: "Fale alguma coisa logo, pelo amor de Deus". Maria gostava muito de Elaine e lhe cortava o coração vê-la naquela situação.

– Pedro fará tudo o que estiver ao seu alcance, tenha certeza disso. Ele é uma pessoa muito boa, Elaine – tornou Maria.

– Elaine, fique em paz... Tudo se resolverá a seu tempo – dizia Pedro com o tom de voz firme e clara, passando segurança ao falar. – O momento que está passando realmente é muito difícil, mas temos que ter fé que tudo se resolverá da melhor forma possível – continuava Pedro, observando que Elaine e Maria estavam atentas às suas palavras. – Não cai uma folha de árvore se não for a vontade de Deus. Se vocês estão passando por isso, com certeza Deus lhes dará forças para suportar o momento agonizante. Lembre-se, Elaine, a vida busca uma forma de nos ensinar. Ela manda sinais, às vezes não percebemos, mas está aí, à nossa frente. Se tivermos que aprender algo, a vida encontrará uma forma de nos orientar. A vida é muito sábia e conspira a nosso favor, visando um crescimento espiritual até chegarmos à estatura de um varão perfeito. Quando chegamos a esse conhecimento e crescimento espiritual, Deus nos leva para morar com ele. E todos os momentos ruins já serão passados – Pedro falava e percebia que os olhos de Elaine e de Maria brilhavam, conferindo em seus corações os efeitos das palavras que saíam da boca daquele homem tão simples. De quando em quando se evidenciava um erro de português em sua pronúncia, mas o conteúdo abrilhantava o assunto, deixando passar ao largo os erros.

– Farei uma oração em petição a Deus para você e sua família, mas antes eu gostaria de lhe explicar algumas coisas. Eu não tenho poder algum. Quem pode fazer alguma coisa em prol do ser humano é o Senhor Deus. Nós apenas suplicamos a sua misericórdia. Mas na verdade, ao fazermos as nossas orações ao próximo, estamos cumprindo uns de seus mandamentos que é orar por toda a criatura da Terra. Isso é amor. E amor é o maior dom que Deus deu ao homem. É pena que poucos os coloquem em prática.

– Por favor, Pedro. Fique à vontade, desejo muito escutá-lo, o pouco que já falou de alguma forma me trouxe tranquilidade – diz Elaine, mostrando-se atenta às palavras que Pedro falou.

– Tudo bem, Dona Elaine... Me desculpe. Tentarei ser claro, simples e o mais breve possível. Mas antes eu gostaria de lhe explicar que você está me pedindo um conselho, dessa forma, deve estar preparada para escutar a verdade sobre o que lhe direi, independentemente se lhe é agradável ou não, porque muitas vezes, quando direcionamos um conselho a alguém, essa pessoa acaba por ser surpreendido, pois nem sempre o que ouve era o que desejava escutar – tornou Pedro.

– O que vou explicar não tem nada a ver com título de igreja, essa ou aquela. Pois título de igreja não nos leva ao conhecimento espiritual. Seguir uma religião é muito bom, pois é um ótimo convívio social, porém o que nós devemos seguir são os mandamentos do filho de Deus, e não doutrinas de homens. Nós temos a Bíblia como infalível palavra de Deus. Na verdade ela foi feita por homens, mas cremos que foi revelada pelo espírito santo de Deus. Se lermos a Bíblia, perceberemos que Deus sempre usou de atalaias humanas para transmitir sua vontade e seu querer sobre a terra. Também quero ressaltar que Deus é santíssimo e justo. E deu a nós, os homens, a sua maior dádiva, que é o livre-arbítrio. Então ele nos motiva, mandando bons pensamentos, boas ideias, revelando aos homens e mulheres consagrados o que fazer e como proceder. Mas de forma alguma interfere no nosso cotidiano, e quando o faz, simplesmente é para o nosso bem. Ele deixa a vida transcorrer o seu curso natural. É ela que se encarrega, por influência divina, de nos ensinar. Quando a vida nos manda sinais para que possamos tomar alguma atitude sobre esse ou aquele assunto e não percebemos, ela busca outra forma de nos mostrar o caminho da luz. Algumas pessoas mais simples e leigas falam que se uma pessoa não busca a luz por AMOR, certamente Deus o fará entender por DOR. Isso de forma alguma é verdade. Deus é longânime e misericordioso; se esse fato fosse verdade, soaria como uma vingança. Deus não age dessa forma, Ele não precisa. Se Ele quisesse, nos faria pessoas condicionadas, a lhe servir ou fazer o bem, pois tem todo o poder em suas mãos, se não o fez na criação, por que faria agora em forma de vingança? Temos que entender... Quem nos corrige e nos ensina é a vida. O Mestre dos Mestres nesse contexto é o nosso ajudador. Ele virá um dia na verdade aqui nessa baixa Terra como juiz, mas por enquanto ele está à destra de Deus pai como nosso advogado de defesa. – Elaine e Maria quedavam-se maravilhadas com tanta sabedoria que Pedro evidenciava.

– Não sou dono da verdade. Apenas, sou um simples jardineiro que busca servir a Deus com sinceridade de coração – explicava Pedro de forma simples, passando paz e harmonia àquele ambiente carregado.

– Deus sempre usou dos próprios homens para direcionar a sua vontade e o seu querer sobre a Terra. Dessa forma, no passado vieram os juízes, depois os profetas. Mas o homem sempre acabou por se corromper, tirando proveito próprio quando eram colocados sobre os demais na representação de Deus. Levavam nome de sacerdotes. Deus, vendo que o homem sempre se corrompia e que tirava proveito próprio das leis que mandou por intermédio de seu servo e profeta Moisés no passado, resolveu mudar isso. Ele nos amando muito não poupou o seu próprio filho, antes o entregou no duro madeiro da cruz pelo amor de nossas almas. Dessa forma Jesus veio a essa baixa Terra. O verbo se fez carne e tudo suportou por nós. Quando Jesus desceu aqui na Terra fez cumprir em si próprio a lei. A partir daí surgiu um novo modelo de servir a Deus. Surgiu a graça. Leva esse nome porque Cristo, vendo que os homens sempre acabam visando lucros pessoais, deu um ensinamento: – De graça recebeis, de graça dareis. Ensinando-nos que o preço da salvação da nossa alma é o seu sangue. Teve um apóstolo de Cristo por nome Paulo que falou que suas mãos lhe serviram para o seu sustento e para os demais que estavam com ele. Deixando claro que quem ministra a palavra de Deus deve buscar o seu próprio sustento para não ser pesado ao seu próximo. Elaine, o que eu posso fazer por você é orar a Deus, e como já te falei, é ele que lhe fará algo de bom, se achar que lhe é conveniente mudar o curso natural da vida. E de forma alguma eu cobrarei por essa oração, pois se o fizer me tornarei aquilo em que não aceito.

– Pedro, por que ocorrem esses escândalos todos os dias que vemos de diversas igrejas nos noticiários? – indagou Maria.

– Porque infelizmente, como lhe falei há pouco, o homem sempre procura tirar proveito próprio das situações. De alguns anos para cá, adentrou o campo da espiritualidade, pois viu que era um mercado promissor, pois a situação mundial anda caótica e muitas coisas ruins estão acontecendo. É o cumprimento das profecias antigas, nada que se faça mudará o destino que já foi traçado por Deus há muito tempo. Dessa forma o homem acaba por tirar proveito das pessoas desesperadas.

– Como é o seu caso hoje, Elaine. Você agora é uma presa fácil para tirar dinheiro; sorte que a vida colocou em seu caminho alguém que se preocupa com o ser humano, não visando lucro com isso – completou Maria, sorridente. – Inclusive Pedro me solicitou que se entrássemos na sala a senhora estivesse chorando, eu deveria convidá-la para tomar um café; dessa forma quebraria o gelo e a senhora teria tempo de se recompor. Achei isso nobre da parte dele.

– É verdade, Elaine, você tem que se cuidar. Infelizmente o ser humano está fazendo comércio com a palavra de Deus, deturpando a verdade sobre o que está escrito nas Sagradas Escrituras – tornou Pedro.

– Pedro, eu entendi muito bem tudo o que me falou, mas agora me fale sobre o que devo fazer, por favor – implora Elaine, muito emotiva.

– Primeiro vamos fazer uma oração – explica Pedro. – Nós temos o costume de nos ajoelhar, porque é um mandamento bíblico. Está escrito que diante de Deus todo joelho há de se dobrar, tanto na terra, debaixo d'água, quanto no céu. Mas fique à vontade, da maneira que se sentir melhor, porque também está escrito que quem não conhece a lei, sem a lei será julgado. Quer dizer, enquanto você não acreditar em seu coração que esse ato é realmente preciso, você não está errando. Porque o princípio de sabedoria é o temor a Deus, e isso não se impõe à nossa consciência, acaba por nascer a seu tempo – explicava Pedro. Logo se ajoelhou, abrindo aquela oração em nome do Senhor Jesus Cristo, fez as petições a Deus, enquanto elas o acompanhavam de joelhos. Foi muito emocionante. Saíram da boca de Pedro palavras lindas e confortantes. Palavras de súplicas a Deus, sempre evidenciando sua majestade. Não foram mais do que algumas palavras, não demorou mais que alguns poucos minutos e eles se levantaram.

– Lembre-se, Elaine. Deus deixa agir sobre as pessoas o livre-arbítrio e o curso natural da vida. O principal objetivo dele em relação ao ser humano é que compreendam e entendam que existe uma vida após a morte, e que temos que nos preparar para ela. Enfim, o objetivo é a salvação da nossa alma. Milagres, bênções e outras coisas direcionadas à nossa pessoa física ocorrem a Seu querer, para que creiam n'Ele, apenas para isso. Porque se Ele começar a mudar o rumo das coisas acaba por induzir o ser humano em suas atitudes e decisões, e isso Ele não quer. Ele quer que busquemos um crescimento espiritual de forma espontânea, não por obrigações ou outros fatores. Mas, se tivermos fé e mantermos uma constante oração, podemos mexer em seu íntimo. Ele, sendo grande em misericórdia, poderá levantar de seu trono e atender as nossas causas, mudando o curso natural da vida. Está em nós, crermos e o buscarmos com muita fé e reverência.

– É incrível, Pedro, que exista um povo que vive no meio da população que age e pensa da forma que você está me falando. Eu nunca os vi – falava Elaine, entusiasmada e admirada com o que estava ouvindo. Sentia-se mais calma e demonstrava melhoras.

– Nós não fazemos anúncios em rádios, televisões ou outros meios de comunicação. Nós acreditamos que em algum ponto da existência de cada ser humano, a vida colocará uma pessoa como eu diante si para orientá-la, ou criará outra forma dessa pessoa chegar ao conhecimento espiritual. A vida é muito sábia, age de maneira e formas que desconhecemos.

Nós, seres humanos, acabamos por dar a esse fator o nome de coincidência. O que não é verdade, tudo está determinado por Deus, ninguém poderá no dia do julgamento final se justificar diante dele e falar que nunca ouviu sobre a doutrina de Cristo na terra. Como lhe falei, está escrito na Bíblia que quem não conhece a lei, sem a lei será julgado. Serão julgados pelos atos que cometeram quando em vida. Pense da seguinte forma: se for deitar para dormir com uma roupa suja, no outro dia cedo acordará com a roupa suja. Quanto à salvação da alma é a mesma coisa; da forma que você morrer, você acordará, levando contigo seus atos, sejam bons ou ruins – explicava Pedro, entusiasmado ao perceber que Elaine e Maria mostravam-se atentas. Percebia-se até um leve sorriso no rosto de Elaine. Elaine era uma boa pessoa, só precisava encontrar a si mesma, e o caminho da luz. – Aquele que é contra Deus aproveita a torpe ganância dos seres humanos, induzindo-os a praticar o mal usando o nome de Deus. Foi uma forma inteligente que encontrou para afastar as pessoas das igrejas, pois elas têm toda razão de estarem assustadas com tanta barbárie que escutamos todos os dias. Os seres humanos estão descaradamente fazendo comércio com a palavra de Deus. Mas um dia essa cortina cairá, e todos sem exceção, ao menos ouvirá falar do único e verdadeiro caminho de Jesus Cristo na terra, ainda que não o sigam, pois ao conhecê-lo, não mais poderão ser maus, gananciosos e se fazerem de desentendidos. Ninguém terá o direito de falar que nunca ouvira falar sobre esse caminho quando chegar ao tribunal de Deus, e for julgado pela balança da justiça. Bem-aventurados os que não forem achados em falta, e suas obras boas forem mais pesadas que as más. Lembrando que está escrito nas Sagradas Escrituras que a fé sem as boas obras é morta. Não basta crer, temos que praticar.

– Qual é esse caminho, Pedro? – pergunta Maria.

– O filho de Deus falou que ele é o caminho, a verdade e a vida. Basta seguirmos os seus conselhos e sermos bons para conosco e para o nosso próximo. Não estou falando de religião e sim da verdade. Cada um segue a religião que acreditar ser melhor, contando que esse caminho nos traga paz, amor a nós e ao nosso próximo – tornou Pedro.

Capítulo 10

Elaine estava encantada com a sabedoria de Pedro. Tinha certeza, aquela sabedoria vinha da parte de Deus, pois um simples jardineiro não teria como saber tanto sobre a vida.

– Pedro! Dá-me um conselho, o que devo fazer? – solicita Elaine, contagiada por aquele momento mágico, pois já conversou com pessoas formadas em várias faculdades que não demonstraram tanto conhecimento daquela forma sobre a vida.

– Tudo bem, Elaine. Terei prazer em lhe dizer algumas palavras sobre o seu problema, mas como já lhe falei há pouco, nem tudo o que escutará é o que pretende ouvir, pois tentarei lhe mostrar realmente a vida como ela é. Vendo de fora, acabamos por enxergar de forma mais límpida e clara em determinados assuntos. Às vezes quando estamos vivenciando o problema, ficamos nervosos, inconsoláveis e não raciocinamos como deveríamos. É nesse momento que devemos buscar ajuda, pois sempre tem alguma pessoa disposta a nos clarear as situações, e sempre temos algumas coisas a aprender. Isso ocorre comigo também, quando necessito de conselhos, os busco com alguns amigos mais velhos, que acabam compartilhando comigo os seus conhecimentos. Temos muito que aprender uns com os outros, principalmente com a vida – tornou Pedro de forma firme, porém com a voz melíflua.

– Enquanto temos a nossa vida, não devemos permitir que ninguém nos faça desistir dela – continuava Pedro a explicar. – Devemos respeitar-nos em primeiro lugar para então respeitarmos as pessoas à nossa volta.

É comum nós confundirmos os sentimentos, pensamos que é amor, mas na verdade é apego. Aí começa o problema. Acabamos por alimentar um amor doentio... – Pedro ainda não havia terminado quando foi interrompido por Elaine.

– Você não me conhece intimamente. Vem aqui apenas duas vezes por semana, só conhece o que vê. Não pode falar assim comigo! – esbravejou Elaine, mudando sua fisionomia. Lembrou-se que em outras oportunidades alguém já havia tentado lhe falar sobre isso e ela não gostou nem um pouco. Apesar de Pedro se mostrar uma pessoa muito experiente, ele não a conhecia de verdade, como poderia falar que ela sustentava um amor doentio? Não aceitava o fato de forma alguma.

– Me dá licença, Dona Elaine. Devo voltar ao meu trabalho! – exclamou Pedro de forma gentil e educada.

– Fique! Por favor – exclamou Elaine, vendo que tinha sido rude com Pedro, que só tentava ajudá-la. – Desculpe a minha atitude, não precisa ir. Fale o que tiver que falar. Acredito que estou preparada para ouvir, mesmo não gostando. O importante é que consiga ter paz em minha alma. A minha vida tem sido muito sofrida ultimamente, não sou feliz e percebo que a minha filha e meu esposo também não. Quero mudar essa situação – suplicou Elaine, segurando as mãos de Maria. – Eu preciso encontrar Orlando e também preciso encontrar a felicidade que nem imagino por qual caminho anda.

– Tudo bem, Elaine. Continuemos, então – tornou gentilmente Pedro.

"Quero que entenda que encontrar Orlando é uma situação, e encontrar a sua felicidade que se perdeu pelos caminhos da vida é outra coisa. São dois assuntos distintos, porém paralelos – explicava incansavelmente Pedro, vendo-as atônitas e vidradas pelo assunto.

"Quanto ao amor, ele é o pilar da existência humana. Devemos amar e respeitar as pessoas que estão ao nosso lado. Principalmente o nosso esposo ou esposa, filhos e nossos pais. Enfim, a nossa família como um todo. Mas isso não significa que você deva amar seu esposo ou filhos mais do que a si próprio.

"Devemos renunciar a algumas coisas de que gostamos pelo bem da coletividade. Mas devemos ter parâmetros para que essa renúncia não signifique viver em prol do próximo. Ao sufocarmos nossos sentimentos, acabamos por ser levados ao sofrimento. De forma alguma devemos nos anular pelo nosso próximo. Devemos sempre pensar primeiro em nós, depois nas pessoas que amamos. Isso também não acaba por nos tornar mesquinhos, pois ao fazermos dessa maneira não estamos deixando de amar as outras pessoas e principalmente, não estamos pensando unicamente em nós mesmos, e sim só estamos colocando a nossa felicidade em primeiro lugar, e depois disso estaremos atendendo às necessidades dos que nos rodeiam. Lembre-se, amar deve ser antônimo de sofrimento e não sinônimo.

"Quando uma pessoa coloca o companheiro acima de si mesmo, deixa de viver a sua vida e passa a viver a vida dessa pessoa. Inconscientemente acabará tornando-se uma pessoa possessiva, controladora, ciumenta e dominadora".

Explicava Pedro, observando que Elaine e Maria estavam atentas ao que dizia. De quando em quando Elaine deixava escapar algumas gotas cristalinas de lágrimas pelas meninas de seus olhos.

"Isso também ocorre em muitos lares em todas as classes sociais e em todo o mundo em relação aos filhos.

"Os pais fazem projeções de si mesmo sobre os filhos, proporcionando-lhes coisas materiais e alguns excessos de cuidados que nunca tiveram em sua infância ou desejaram em sua adolescência. Acabam por fazer uma ligação muito forte com os filhos, o que fatalmente acarretará uma falsa relação, pois acabará por confundir amor com apego. Crescem aquelas crianças mimadas e sem vontades próprias, pois tudo o que sempre precisam está ali, fácil. Acabando por sufocar um dos maiores sentimentos do homem, esse sentimento é o sabor da conquista.

"Não vê que o ser humano sempre busca colocar a sua necessidade de conquista para fora a todo custo?

"Quando se é humilde financeiramente, sendo jovens, seu sonho geralmente é comprar uma motocicleta ou um carro, ainda que usado. Quando os pais têm condições financeiras boas, acabando por ter tudo o que deseja, os jovens mudam seus objetivos de conquista para outras fontes, como ao esporte, que lhe produzem adrenalina. Rapel, voar de asa delta, pular de paraquedas ou escalar uma montanha gelada. Os jovens de famílias humildes que ainda sonham apenas com um veículo ou coisas mais simples, ao verem os jovens ricos praticando tais esportes, os tacham de loucos. Entre si comentam que se tivessem a sorte que esses jovens ricos e lunáticos tiveram ao nascer em um lar privilegiado financeiramente, jamais iriam praticar tais esportes sem graça, que colocam suas vidas em risco. Jamais escalariam uma montanha com neve, sofrendo e passando frio; pior do que isso é pagar para fazê-lo. Praticando esses esportes que exigem um esforço físico maior do corpo, deixam aqueles carrões de última geração parados na garagem. Iriam rodar por toda cidade cada dia com um carro diferente, e usufruir suas belas mansões com enormes piscinas com águas naturais e quentes. Praticariam todo dia esporte em suas quadras esportivas particulares modernas. Já os jovens que os têm pensam que jamais perderiam tempo na solidão de suas mansões, se os melhores clubes estão à sua disposição. Enfim, o ser humano nunca está contente com o que tem, tende à vontade natural e biológica da conquista. Foi assim com os povos antepassados e é assim nos tempos atuais. Temos a necessidade da conquista e evolução. Sem esse sentimento por nome de conquista, estaríamos ainda nos primeiros rudimentos e não teríamos tanta tecnologia quanto temos hoje. Quando esse sentimento é sufocado com as regalias e facilidades impostas pelo nosso próximo, acabamos fatalmente por nos entregar ao conformismo. Ora por já termos o que queríamos ou ora por achar que nunca conseguiríamos o que queríamos. Acabamos por parar de desejar e sonhar. Quando paramos de desejar e sonhar, nós acabamos por morrer em vida, o que fatalmente acabará por terminar o entusiasmo. Diante disso, qual seriam o objetivo e a motivação que teríamos para viver?"

Explicava Pedro encantado. Os olhos de Elaine e Maria brilhavam diante de tanta sabedoria. Tinham certeza, era uma provisão divina; como um simples jardineiro poderia ter tanto conhecimento sobre a vida humana, passando palavras sábias e confortantes a elas daquela forma? Elas estavam encantadas e deslumbradas. Sem perceberem, a tristeza já tinha ido embora e em suas faces brotou um lindo sorriso e um infinito esplendor em seus olhos.

"Continue, Pedro! Por favor – frisou Elaine, emocionada com as palavras de Pedro.

"Sem o sentimento da conquista, acabamos por achar que a vida não tem mais graça – tornou Pedro. Os psicólogos dão a esse fato o nome de psicoadaptação. Nós rapidamente nos adaptamos às situações, caindo na rotina. As coisas logo perdem a graça e o entusiasmo.

"Eis aí o motivo de tantos suicídios e um aumento assustador dos índices patológicos no que se refere à depressão, à toxico-dependência e tantos outros transtornos psicológicos".

Continua Pedro, fazendo uma pequena pausa ao levar a xícara de café à boca, degustando-o e deixando exalar aquele aroma de café torrado.

"Os seres humanos têm a tendência natural de suprir suas ansiedades, de alguma forma têm que encontrar uma válvula de escape. Se o sentimento da conquista está reprimido, fatalmente se embrenhará nos caminhos insólitos dos fármacos e das drogas, que lhes produzem um prazer momentâneo e danos irreparáveis ao organismo. Se nós, seres humanos, conseguíssemos pela dádiva divina compreender que o prazer de algo não está em possuí-lo e sim em conquistá-lo, nós viveríamos mais felizes. Não haveria nesse mundo tantas famílias sofrendo e tantos casais se separando. Entenderiam que aquele frenesi que se tem ao ver uma mulher ou a um homem bonito é apenas um sentimento natural e biológico do ser humano chamado conquista. Pois se cedemos à tentação e nos deitamos com essa pessoa que nos encheu os olhos, fatalmente veremos ao término que é tudo igual ou pior, pois não existe o amor. Depois de não muitos encontros, nasce o desinteresse. É o que disse há pouco, produz um prazer momentâneo e males muitas vezes irreparáveis. A que era amante passa a ser a oficial, não demora e passará a ser a próxima vítima do descaso. Existem muitas pessoas que ficam por aí, andando de lá para cá, passando na mão de um e de outro, acabarão nunca encontrando uma pessoa ideal. A pessoa acabará acreditando que o amor não existe e que não nasceu para amar. Mas no fundo é apenas uma vítima do sentimento por nome de conquista. Sem ele morremos em vida e, se não o controlarmos, a vida morre por ele. Pois enjoa rapidinho do companheiro que a vida lhe proporcionou e se entrega a uma nova ilusão, que não demorará a enjoar também. Temos que controlar o sentimento de conquista, pois ele é nosso motivador, mas também poderá ser o nosso destruidor".

– Pedro, quer um copo de água? – pergunta Maria.

– Por gentileza, Maria. Aceito, sim – responde Pedro, olhando seu relógio de pulso. – Tenho que ir, Elaine, o horário já está avançado.

– Por favor, Pedro. Continue! – exclamou Elaine, mostrando-se uma espectadora exemplar.

– Pois bem, como eu explicava, Elaine, se entendêssemos que o prazer está na conquista de algo e não em usufruí-lo, nós nos contentaríamos com o que temos e entenderíamos a verdadeira lição que o filho de Deus quis passar à humanidade, pois o principal mandamento que deixou em sua passagem na vida terrena é: "Amar a Deus sobre todas as coisas e ao próximo como a ti mesmo". Ele disse "amar", e não "se apegar". Por acaso nunca percebeu em você mesmo ou em outras pessoas, principalmente nas crianças, que se tem em casa um determinado tipo de fruta ou se a criança possui algum tipo de brinquedo às vezes acabamos por não ligar? As frutas acabam estragando em cima da mesa e o brinquedo deixado de lado alguns dias após ganhá-lo. Talvez não chegue a perceber, mas se visitamos um amigo ou parente, ao chegarmos à casa dele, se houver ali uma fruta igual à que temos estragando em casa, na hora a nossa boca se enche d'água e dá vontade de comê-la, não é verdade? E quando uma criança chega a uma determinada casa ao ver outra criança brincando com um brinquedo, ainda que simples, e ainda que tenha dezenas iguais ou melhores, e ainda que aquele brinquedo na mão da outra criança esteja quebrado, a primeira criança corre e toma o brinquedo da outra, desejando-o de toda forma.

– Sim Pedro, isso realmente ocorre – afirma Maria, atenta ao assunto.

– Isso prova que aquele brinquedo ou aquela fruta é melhor que os nossos? – pergunta Pedro.

– Não, lógico que não – tornou Elaine, pensativa e sorridente.

– Isso comprova a teoria de que temos a necessidade biológica de conquistar algo. Se conseguirmos enxergar isso, acabamos por entender que estamos errados e aprenderemos a direcionar as nossas conquistas para coisas que realmente valem a pena e que nos farão felizes. Pois, ao viver a vida do outro, estamos confundindo nossos sentimentos. Achamos que é amor e na verdade é apego. Se o fato ocorre com nossos filhos, acabamos por projetar neles nossos anseios, achando que o estamos fazendo felizes, mas na verdade eles acabam se tornando nossos objetos. Quando eles saem da primeira infância indo à puberdade e adolescência, começam a partir daí a tomar as rédeas de suas próprias vidas. Acabam por descobrir que o seu mundo não está resumido a seus pais, se envolvendo com novos grupos sociais, começando a ter consciência própria. Nesse ponto começam as contendas, pois se eles querem viver suas próprias vidas, decidindo qual caminho trilhar, trançando seus próprios destinos e nós não aceitamos, acabam ambos parceiro da tristeza. Nesse momento é que pais e filhos começam a sofrer, pois se o que os filhos escolhem para si não é o que os pais querem, acaba por atrair a infelicidade. Pois se escolher seu caminho acabará por entristecer a família, fatalmente também estará triste no que seja que esteja fazendo. Se escolher o caminho imposto pela família, acabará por anular o seu sentimento biológico e natural de conquista, e acaba por sofrer também. Nesse momento polêmico e perturbado, os jovens procuram uma terceira alternativa, as drogas, ou acabam por se entregar à depressão.

– Nossa... Pedro! Você tem certeza que nunca cursou faculdade de psicologia ou algo assim? – pergunta Elaine, atônita. – Você está falando a minha vida, mesmo não tendo convivência íntima com minha família.

– Infelizmente não, Elaine – responde Pedro. – Tenho muita vontade, mas nunca tive condições financeiras para fazer faculdade. Buscar conhecimento é ótimo e é um dever de todo ser humano, pois é a única coisa que levamos conosco para a sepultura e ninguém nos toma, a não ser que a gente queira. Eu busco aprender com a vida, observando e analisando os fatos. Busco principalmente Deus, com muita oração. Deus revela ao homem que busca consagração o que deve fazer e dizer, não precisamos nos preocupar com isso. Como te falei no início da nossa conversa, Cristo teve um apóstolo que não sabiam ler nem escrever. Nem por isso deixou de trabalhar em seu ministério ou deixou de exercer a sua missão aqui na Terra. Deus pela guia do Espírito Santo revela o que devemos falar, e os segredos do íntimo de nossos corações. Nesses momentos de turbulência, se não sabermos a diferença entre amor e apego começamos a sofrer e provocamos o sofrimento de nossos filhos e esposo ou esposa. O apego é uma falsa compreensão do que é o amor. Porque o amor liberta, tudo sofre e tudo suporta, não finge e não se ensoberbece. Traz-nos felicidade e uma sensação de bem-estar. O apego, por sua vez, só nos traz desespero, acabando por nos projetar um vazio na alma, uma enorme dor no peito e um sentimento de perda, acabando por nos colocar como donos do nosso próximo. Não é isso que devemos ser. Deus quer que sejamos amigos, companheiros, respeitando suas decisões e vontades, se isso lhes faz felizes, ainda que essa decisão doa em nós por não ser a mais acertada. Devemos lhes aconselhar mostrando-lhes os prós e os contras de suas decisões, só isso e mais nada. O resto fica a cargo da vida. Pode ter certeza, ela é a melhor escola na aprendizagem sobre a escala hemisférica espiritual do conhecimento humano. E principalmente lembre-se: "O amor tudo sofre e tudo suporta".

– Hoje mesmo, Elaine discutiu com Angélica. Eu não quis falar porque estava muito abatida, Elaine, mas você foi injusta com Angélica – falou Maria, com segurança e presteza.

– Por que fala assim, Maria? O que ocorreu de fato? – pergunta Elaine, pensativa.

– Ontem à noite Angélica não saiu para nenhuma festa, como você insinuou. Ao contrário, ela me procurou e falou que foi até o seu quarto no início da noite, e percebeu que você cochilava. Sabendo que você não tem dormido bem ultimamente, não te acordou. Procurou-me e pediu a minha opinião sobre o que deveria fazer, pois teria uma prova hoje cedo e não estava preparada. Ela não queria ficar mais trancada no quarto, pois acreditava que estava entrando em depressão, então decidiu ir hoje pela manhã ao colégio para ver alguns amigos e se distrair um pouco. Dessa forma, eu liguei para a casa de Norma, sua melhor amiga, contei-lhe sua situação, e ela pediu que Angélica fosse até lá para que lhe ensinasse sobre a prova. Foi o que aconteceu, ela foi apenas estudar com a amiga para não fazer feio hoje no colégio.

– Deus! Como fui rude com minha filha – exclama Elaine, levando as mãos à cabeça.

– Fique em paz, Elaine. Você até há poucos minutos sabia pouco sobre a vida, sobre sua filha e sobre você mesma. Não estava preparada para escutar o que Maria acabou de contar. Com certeza entenderia de forma diferente. A vida primeiro colocou diante de você o conhecimento necessário, só depois você ficou sabendo que estava errando em relação a Angélica.

– Me sinto tão envergonhada... – tornou Elaine com os olhos marejados.

– Não se culpe pelo que fez, Elaine – explicava Pedro. – Pois a pedra atirada e a palavra falada não se tornam atrás. Preocupa-se apenas com o que não fez. E nunca é tarde para começar a fazer. Lembre-se, se condicionou sua filha a fazer o que você quer, você a está privando do sentimento de conquista, e se ela começa a fazer o que sempre desejou, não encontrará a felicidade nunca, sabendo que você está triste, mesmo fazendo o que gosta. E quanto a você, ao ver fazer aquilo que é o contrário do que sonhou e projetou para ela, começará a sofrer muito também. Pois os pais que assim agem começam a se sentir traídos, acusam os filhos de ingratidão, pois fizeram tudo por eles e eles não souberam reconhecer. Na verdade esses pais acabaram, mesmo que inconscientemente, fazendo por eles próprios, porque escolheram a forma que os filhos deveriam viver levando em conta seus valores e suas crenças. Acreditando que aquilo era melhor para eles, sem nunca os perguntarem se aquilo era o que eles queriam. Acabam esquecendo que a missão dos pais é apenas criar, dar condições e preparar os filhos para a vida, e não os condicionar em formas montadas por eles próprios, acreditando ser a fórmula do sucesso. Às vezes um modelo de educação dispensado a um filho não serve a outro. Com uns temos que ser mais enérgicos e com outros nós temos que ser mais brandos. Porque se a educação não tivesse que ser administrada em modelos individuais, nós compraríamos a fórmula e a seguiríamos à risca. Infelizmente a vida nos ensina que o modelo que nosso pai nos impôs provavelmente não funcionará com nossos filhos. Temos que nos adaptar para não os perdemos para os amigos. Temos que saber apertar e afrouxar na hora certa, mas sem condicioná-los da maneira que achamos certo. Devemos analisar verdadeiramente qual a maneira correta de educação. Se não tivesse que ser assim, como você me explica que em uma família que tem dois filhos, um cresce e acaba por virar médico, dessa forma salvando vidas; o outro cresce e acaba por virar um serial killer, tirando vidas. Onde que está o erro nessa maneira de criação?

– Nem imagino – responde Maria com sinceridade.

– Na diferenciação do amor ao apego – tornou Pedro, sorridente. – Pois quem ama perdoa, aceita e ajuda a seu próximo. Se o que temos é apego, acabamos por optar por um dos dois filhos, sufocando-lhe a vida e o desejo de conquista. Dessa forma terá que buscar novas fontes de satisfação, daí em diante passa a ser uma caixinha de surpresa o que fará. Se entendermos isso, deixaremos de ser possessivos e aceitaremos a vontade dos nossos filhos e esposo ou esposa, deixando-os mais livres e menos sufocados. Dessa forma chegaremos ao conhecimento de uma das mais importantes leis que regem o universo, o desejo de conquista.

– Muito interessante, Pedro. Obrigado por me mostrar a luz. Começarei hoje mesmo a pensar sobre a forma como tenho direcionado a minha vida, analisando os prós e os contras, tentando acertá-la. E principalmente respeitar a vontade de meu esposo, da minha filha e a minha – responde Elaine com presteza e segurança.

– Elaine, só mais uma coisinha – tornou Pedro, sorridente. – Amar também não significa deixar nossos filhos fazerem tudo o que querem. Temos que lhes aplicar o amor exigente. Temos que analisar suas vontades, ver se será bom de alguma forma para eles, ainda que a vontade deles contrarie a nossa vontade. Sempre devemos respeitá-los e apoiá-los em suas decisões. Mas se o que escolherem para eles, após a sua análise você chegar ao veredicto que em nada lhe será bom, tem que aconselhá-los e mostrar-lhes os prós e os contras, quer dizer, mostrar futuramente as consequências que esse ato lhes trará. De forma alguma deve concordar com eles, se o que querem vai trazer prejuízos à sua pessoa física, como, por exemplo, se eles pedirem para fumar, você deve aconselhá-los, mostrar as consequências e os males, e lhes impor o amor exigente. Poderá começar falando que não aceita que fumem em sua presença ou em casa, mas não tente recriminá-los, pois será pior, porque acabarão fumando escondido e você não poderá ajudá-los a se recuperar, e fatalmente começarão a fazê-lo nas casas de amigos, que nesse momento os abraçam. Lembre-se também, amor exigente não significa jogá-los na rua, pois se você não abraçá-los, os traficantes e os falsos amigos abraçam. Temos que lhes falar: "te amo, mas não amo sua atitude". A partir desse ponto diariamente deve buscar um diálogo amigável no intuito de lhes mostrar as consequências de seus atos. Eles acabarão por perceber em você uma pessoa amiga e não um juiz que só aponta os erros, e começarão a confidenciar os seus problemas. Dessa forma estaremos da maneira correta cumprindo a verdadeira missão de um pai e uma mãe, que é apenas criar, ensinar, aconselhar e torcer pelo crescimento espiritual dos filhos. E nunca, de forma alguma, condicioná-los a fazer o que achamos que é bom para eles, pois isso pode fazê-los muito infelizes, o que fatalmente repercutirá em nós.

E continuou:

– Devemos frisar também que ao cumprirmos a nossa missão como pais, nós estamos seguindo o que nos destinou a natureza e as leis de Deus, porém, não podemos esquecer que temos o dever de auxiliá-los e não de dar-lhes regalias. Luxo só devemos oferecer-lhes como um troféu, um prêmio pelos seus bons atos. Mas se após uma análise justa sobre suas escolhas e seus atos, chegarmos a uma conclusão de que estão andando pelo caminho errado, devemos imediatamente lhes cortar as regalias que mais gostam como internet, sair no fim de semana, etc... Dessa forma impondo-lhes o amor exigente, como a dizer: "te amo, mas não amo o que você faz". Não lhes negando as necessidades básicas, pois isso é nosso dever de lhes conceder, isso, claro, dentro das nossas possibilidades, porém as demais coisas só devemos dar-lhes quando merecerem. Após fazermos isso, pode ter certeza que eles pensarão melhor sobre seus atos e escolhas.

– Agora tenho que ir, Elaine, já está passando do horário do almoço – disse Pedro, olhando o relógio de pulso.

– Meu Deus, Elaine, me deixe mandar preparar a mesa para servir o almoço, já está passando da hora. Angélica já deve estar chegando, e com certeza, com muita fome – tornou Maria, percebendo que passou da hora e o tempo passou de forma rápida.

– Tenha um bom dia, Pedro, e muito obrigada por tudo. Em outro momento gostaria de falar mais contigo. Sou muito agradecida a você pelos conselhos. Fez-me ver coisas e atitudes que estavam diante de mim e eu nunca as tinha percebido – tornou Elaine sorridente.

– Não há de quê, Elaine. Sempre que quiser terei prazer em falar contigo. Vejo que é uma boa pessoa, só se perdeu nas curvas da estrada da vida. Mas hoje começou a encontrar de novo, pois o primeiro passo para recomeçar é entender que precisa recomeçar. Fique com Deus. Em minhas orações apresentarei a sua causa e o Dr. Orlando. Se Deus quiser logo estarão juntos de novo, mas, para que isso aconteça, temos que fazer muitas orações para que Jesus interceda pelos nossos pedidos. Até mais – despediu-se Pedro, indo em direção do jardim buscar suas ferramentas para em seguida ir almoçar. Teria que se esforçar muito à tarde no serviço para recuperar o tempo que ficou aconselhando Elaine. Mas Pedro estava muito feliz, pois se sentiu útil e sentiu que Deus o estava usando para ensinar o caminho da luz a uma alma cansada e aflita.

Nem bem tinha começado a recolher as ferramentas quando o ônibus escolar da filha de Elaine adentrou os portões da mansão, e Angélica desceu sorridente ao ver sua mãe esperando na porta da sala. Pedro não pôde deixar de perceber o abraço gostoso que Elaine deu em Angélica e algumas palavras que disse depois. Não dava para escutar daquela distância, mas sabia que deveriam ser palavras boas, pois Angélica, após escutá-las, deu um grande beijo no rosto de Elaine. Ambas sorridentes e abraçadas entraram na casa, fechando a porta às suas costas.

O jardineiro deixou-se levar pela magia do momento e percebeu que duas gotas de lágrimas banharam seu rosto. Estava contente. Só Deus sabe quanto tempo fazia que mãe e filha não se beijavam e se abraçavam. Sentindo um ar de missão cumprida, Pedro fechou o cachecol para tentar se esconder do vento gélido de fim de inverno que lhe surrava a face e direcionou-se ao seu veículo, que apesar de ser usado estava em bom estado, para pegar a sua marmita e degustar o fruto de seu trabalho. Com o horário avançado e o frio constante, o seu almoço com certeza já estava frio, mas para Pedro isso era apenas um detalhe, pois há pouco havia participado do banquete espiritual da vida, que se resume em amar ao próximo como a si mesmo. Valeu a pena o seu esforço, pois entrou um pouco de paz e felicidade naquele lar carregado de tanta tristeza e dor. Com isso ele cumpriu um dos mandamentos do Senhor Jesus: "Dar comida a quem tem fome". Isso não se resume só em alimento para o corpo terreno, e sim em palavras de amor para as almas cansadas pelo enfado de se viver sem paz.

Capítulo 11

Não muito distante dali Orlando, junto ao novo amigo, esperava os restos que Birita pegava diariamente do restaurante para comer. Tinha conversado com Birita, pedindo a sua ajuda e explicando que realmente era novo na rua, porém não contou os seus segredos. Birita também disse que na rua não devemos perguntar sobre a vida pregressa das pessoas, pois cada um tem a sua história. E se escolheram estar ali era porque de alguma forma queriam manter suas intimidades em sigilo.

Birita explicou a Orlando algumas coisas básicas e disse que as demais coisas ele aprenderia no cotidiano. Orlando, mostrando humildade, escutou tudo muito atento, e a partir daquela manhã ele se tornou o ajudante de Birita. Não viviam apenas da mendicância; durante o dia buscavam catar papelão, plástico e latinhas de alumínio para revender o material a empresas que trabalhavam com reciclados. Ganhavam poucos trocados, mas dava para comprar cigarro e cachaça, pois a comida geralmente ganhavam. A bebida forte era usada entre eles para se aquecerem nas noites frias, mas na verdade Orlando percebeu que, assim como ele, todos os que estavam naquela situação queriam esquecer-se de alguma coisa, ora do passado, ora do presente ou por medo do futuro. Encontrara na bebida um falso refúgio. A cada dia se autodestruíam. Orlando ficou do começo daquele terceiro dia até o fim da tarde grudado em Birita, sempre atento para ver se conseguia encontrar o seu tão visado álibi. Orlando se surpreendeu com o número de pessoas que vivem nas ruas. Antes ele nunca os tinha notado. Até os via, mas não se atentava aos detalhes. Eram em número incontável. Orlando percebeu que a missão de encontrar aquela testemunha não seria fácil, pois não sabia nem o seu nome. Mas aquele olhar de medo e surpresa com que ele o fitou na hora daquele maldito incidente ficou gravado na mente de Orlando. Nos poucos momentos em que conseguia dormir naquelas condições precárias e sob o frio intenso, Orlando sonhava com o rosto do pobre homem que matou. Quando não, sonhava com o homem caído, e com o olhar de espanto do amigo, vendo-o sangrar sob Orlando. E para piorar o frio, a falta de cuidado e a muita friagem que passou provocaram em Orlando uma dor de ouvido acompanhada de uma dor de dente. A dor começava a aumentar, e com o pouco dinheiro que ganhou comprou bebida forte; sem perceber já estava viciando-se, pois não ficava mais do que algumas horas sem beber. Sem dinheiro para comprar anti-inflamatórios ou antibióticos, a inflamação aumentava a cada minuto. Ao prenúncio da noite, Orlando, junto a Birita e mais alguns mendigos, jaziam em volta de uma fogueira com madeiras pontiagudas nas mãos. Estavam sendo usadas como espetos, assando algumas linguiças que ganharam de um supermercado. A essa altura o teor alcoólico já estava alto e os ânimos a mil. Cantarolavam e se embebedavam, olhando aquele céu maravilhoso, todo estrelado com um luar resplandecente. A dor de Orlando acabou por diminuir pela grande ingestão de álcool. Não demorou muito, entrou debaixo de uns papelões que estavam sob uma cabana improvisada de lona. Deitado, com a cabeça encostada, Orlando olhava o esplendor da lua e a sua luminosidade, que entrou por uma buraco da lona. Ficou pensando na vida passada e de como estava aprendendo com as novas experiências; ainda que de uma maneira meio agressiva, sentia que estava tendo uma oportunidade de mudar o seu destino. Envolto em seus pensamentos, sentindo muita saudade de sua família, acabou por dormir.

Naquela noite, Elaine, Angélica e Maria ficaram sentadas em volta do fogão à lenha da cozinha da edícula da mansão dos Moraes. As três estavam próximas uma da outra, enroladas em um grande cobertor. Comiam pipoca e tomavam um chimarrão bem quente, com ervas aromáticas misturadas para saborear a erva tradicional. A cada vez que colocavam a água quente na cuia com a erva, subia aquele cheiro delicioso. Ficaram até tarde da noite, conversando, orando, rindo e chorando. Enfim, acabaram por fazer algo que desde a infância de Angélica não faziam mais. Ficaram unidas.

No final daquele terceiro dia Orlando e Elaine acabaram por subir mais um degrau no conhecimento das leis que regem a vida e o universo. Sem perceber, Orlando, de um lado da cidade, e Elaine, com sua filha do outro lado, acabaram praticando naquela noite um ato que no passado lhes era comum, que o faziam quase todas as semanas. Mas por terem se perdido no caminho que escolheram, movidos pelo egoísmo, naquela noite eles o estavam fazendo separados. Seus corações estavam dilacerados pela separação, que trouxe vontades há tanto tempo esquecidas, como simplesmente sentar juntos em volta de um fogão à lenha ou uma fogueira, falando sobre qualquer assunto, simplesmente pelo prazer da união e do carinho pelo próximo. Descobriram da pior forma que o dinheiro é dom de Deus; que se soubermos usá-los, ele nos proporciona prazeres muito bons, porém se por possuí-los acabarmos pisando no próximo e esquecermos de praticar o amor, não ajudando a quem pudermos, o dinheiro acaba por ser uma maldição. Na própria Bíblia está escrito que o "amor" ao dinheiro é a raiz de todo mal. Enfim, mais uma vez, se o amor for confundido com apego, acabamos por sofrer. Apegando-se ao dinheiro, a família Moraes descobriu que ele lhes trouxe a tecnologia de uma televisão de plasma, porém junto veio a tristeza de não terem mais tempo para a família se unir. Descobriram que com a boa condição financeira lhes vieram o pensamento de liberdade, por poderem ir aonde desejassem, mas acabaram presos e escravos de si mesmos. Descobriram que com a boa condição financeira lhes veio os privilégios de poder cozinhar os mais exóticos e bons pratos culinários, porém seguiam o protocolo da sociedade onde comer é proibido, pois engorda ou lhes faz mal, aumentando o colesterol. Descobriram que, com a boa condição financeira, tiveram acessos às mais novas pesquisas no campo sexual, porém não o praticavam, pois estavam desinteressados, cansados demais pelo muito trabalho. Descobriram que tinham as melhores e mais confortáveis camas, porém era mais uma conquista vazia, pois na correria do dia a dia e a preocupação do dia de amanhã acabou por lhes faltar o fundamental, o sono. Mas a vida, em sua majestosa maneira de ensinar, lhes permitiu uma segunda chance e acabaram por descobrir que não devemos confundir amor com apego, e que o desejo de conquista deve ser cultivado e controlado, pois dessa forma conseguiremos atingir a felicidade plena. E principalmente descobriram que Deus tem sido o nosso refúgio, de geração em geração.

Elaine e Orlando acabaram por entender o que falou o rei Davi sobre a misericórdia e o amor de Deus. E mesmo Orlando e Elaine dormindo com o cansaço do dia que se evidenciou em suas vidas, os olhos de Deus repousavam sobre eles. Vencidos pelo sono, não puderam se lembrar da frase que o salmista escrevera há muitos anos.

> ***Aquele que habita no esconderijo do Altíssimo à sombra do onipotente descansará.***
>
> ***Direi do senhor: Ele é o meu Deus, o meu refúgio, a minha fortaleza, e nele confiarei.***
>
> ***Salmo 91***
> ***Versículos 1 e 2***

A FÉ

E, entrando Jesus em Cafarnaum, chegou junto dele um centurião, rogando-lhe e dizendo:

– Senhor, o meu criado jaz em casa paralítico e violentamente atormentado.

E Jesus lhe disse: – Eu irei e lhe darei saúde.

E o centurião, respondendo, disse:

– Senhor, não sou digno de que entres debaixo do meu telhado, mas dize somente uma palavra, e o meu criado estará salvo.

E maravilhou-se Jesus, ouvindo isso, e disse aos que o seguiam:

– Em verdade vos digo que nem mesmo em Israel encontrei tanta fé.

Então, disse Jesus ao centurião:

– Vai, e como creste te seja feito.

E, naquela mesma hora, o seu criado sarou.

Mateus
Capítulo 8, Versículos 5, 6, 7, 8, 10 e 13

Capítulo 12

Elaine abriu os olhos, sonolenta, empertigando-se no sofá. Com o peito arfante, levantou-se e caminhou vagarosamente para a janela. Pôde observar a grama esbranquiçada pela geada que a cobriu durante a madrugada. Foi uma noite muito fria e angustiante. Elaine tinha ficado até tarde com Maria e sua filha conversando. Falaram do passado, presente e até fizeram planos. Ao falar do futuro, Angélica e Maria faziam planos sem em nenhum momento deixarem Orlando de fora. Até parecia que ele estava ali, ao lado delas, participando daquela conversa, montando as estratégias para tirar o máximo de proveito de suas férias, que, aliás, nos últimos anos foram feitas de forma individual. Elaine, ao observar a filha e a governanta falarem com entusiasmo sobre os locais que visitariam, tentava dissimular sua preocupação e falta de fé. Algo dentro dela não a deixava acreditar que voltaria a ver Orlando, ainda que isso fosse tudo o que mais queria. Provavelmente devesse ser a forma em que ambos viveram nos últimos tempos. Apesar de morarem na mesma casa e em nenhum momento falarem sobre separação, esse fato a cada dia se evidenciava.

Elaine sofria muito, pois amava Orlando mais do que a própria vida; só de se imaginar longe dele lhe dava arrepios. Sofria muito e lhe doía só de pensar nisso. Mas a cada dia se evidenciava o inevitável. Chegou a pensar que Orlando tinha arrumado uma amante, mas essa ideia logo se dissipou quando contratou um detetive particular que anunciava seus serviços nos classificados de um jornal local. Ele seguiu e vasculhou a vida de Orlando por vários dias e não encontrou nada. Essa notícia lhe deu uma alegria momentânea que desapareceu tão rapidamente quanto veio. Se Orlando não tinha uma amante e mesmo assim a evitava, então era porque ele tinha enjoado de sua companhia, o que seria pior, pois não teria como reconquistá-lo, pois provavelmente não lhe daria chance nem de aproximar-se. Elaine sabia que a grandeza de uma mulher não está em conquistar todo dia um homem diferente, e sim em reconquistar todo dia o mesmo homem.

Ao começar a madrugada elas foram se deitar, Angélica e Maria cheias de fé que logo Orlando apareceria e poderiam colocar em funcionamento os objetivos criados há pouco. Elaine, vendo o entusiasmo delas, entrou na conversa como a acreditar no que falavam, mas esperava o pior. De dois meses para cá Orlando havia mudado muito. Elaine percebeu que ele começou a ficar taciturno e ia dormir no quarto de hóspedes, sempre a evitando. Não a procurava mais intimamente, ainda que ela se produzisse toda, vestindo roupas íntimas provocantes e usando os melhores perfumes que o dinheiro podia comprar. Ainda assim, Orlando, logo após o jantar, dizia que estava cansado e que iria se recolher. Ela perguntava por que ele ia para o quarto de hóspedes, ele simplesmente respondia que queria se isolar para poder ter inspiração e escrever. Ela percebia que não era verdade, pois ele ficava assistindo televisão até tarde, e logo depois um silêncio se evidenciava, mostrando que tinha ido dormir. Elaine, ainda na sua janela, enrolada em uma coberta para se esconder do frio gélido, deixou-se levar pela beleza simplória da natureza, e com o olhar perdido no horizonte quase não percebeu quando Maria falou com ela.

– Dona Elaine, bom dia. Percebo que a senhora levantou cedo, dormiu bem?

– Bom dia, Maria. Infelizmente assim que me deitei peguei no sono, mas logo acordei com o coração arrítmico e suando frio. Tive um sonho horrível com Orlando. Assustada, não consegui dormir mais. Logo desci até aqui e fiquei ao lado do telefone no sofá, onde cabei adormecendo – responde Elaine com os olhos marejados de tristeza.

– Meu Deus, Dona Elaine. A senhora tem que tentar se acalmar. Tem que tentar dormir um pouco também, lembra-se do que Pedro falou? Temos que fazer as nossas orações e termos fé que tudo se resolverá – tornou Maria, tentando entusiasmar Elaine.

– Eu sei, Maria. Mas ele também falou que as coisas chegam no lugar a seu tempo. E que a vida cuida para que a gente aprenda tudo, inclusive a ter fé. Mas lhe confesso, Maria, já é o quarto dia que Orlando está sumido, e minha fé, que nunca foi grande, acabou por terminar – continuava Elaine, mostrando-se totalmente descrente na volta de Orlando.

– Angélica foi à aula hoje? – pergunta Elaine com a voz atarracada.

– Sim, Dona Elaine – responde Maria, mostrando-se preocupada com o estado de Elaine.

Maria ficou por alguns segundos observando Elaine ali, estática, junto à janela olhando para fora. Dirigia-lhe algumas perguntas e respostas, mas sem ao menos lhe direcionar um olhar. Não era o seu costume, pois sempre gostava de olhar nos olhos das pessoas com quem dialogava. Maria começou a preocupar-se muito com Elaine. Claramente ela começava a demonstrar sinais de depressão, acentuando que precisaria de cuidados médicos o quanto antes. Maria ainda a observava absorta nesses pensamentos quando ouviu tocar o telefone.

– Lar dos Moraes, bom dia! – atende Maria educadamente. – Um minuto, por favor. – Dona Elaine, é sobre aquelas mudas de árvores que a senhora encomendou na semana passada. Com licença, vou atender na cozinha – justifica-se Maria, afastando-se de Elaine, que estava com o pensamento muito distante daquela sala.

Maria mentiu a Elaine sobre quem era, pois o interlocutor disse que era da parte do delegado Dr. Pacheco. Viu que Elaine estava preocupada em demasia e podia ser uma notícia ruim, quem sabe se a pior... Estava decidida, mentiu para poupá-la. Foi até a cozinha para saber do que se tratava.

Elaine estava refletindo sobre sua vida pregressa, sobre seus medos e anseios. Lembrou do dia em que conheceu Orlando. Ele aproximou-se cumprimentando-a. Seus olhos ligeiros e brilhantes, seu sorriso exuberante e seu corpo másculo lhe fizeram faltar o ar naquele momento inexplicável de paixão. Elaine pouco a pouco se sentia enfeitiçada por Orlando, seduzida pelo seu charme, elegância e sua forma gentil de lidar com situações e pessoas. Ficava cada dia mais embasbacada por ele, nem percebia seu joguinho de sedução. Não passaou muito tempo e Orlando a convidou para tomar um sorvete. Foi a pior desculpa que escutou de um homem ao convidá-la para sair. Mas aceitou sem pestanejar, pois se apaixonou por Orlando na primeira vez que o viu. Naquele fim de domingo, logo após saírem da sorveteria, Orlando aproximou-se dela, e envolvido pela magia do momento, abraçou-a com volúpia e beijou-a com vigor. Nunca mais esqueceu aquele beijo apaixonado... Que momentos agradáveis... Mas aos poucos essa chama foi se apagando, foram se distanciando e ultimamente viviam como dois amigos dentro de casa. Trocavam algumas poucas palavras e nada mais, sem uma palavra de carinho ou amor. Tinha certeza, Orlando a tinha deixado, matou-se ou fugiu para muito longe querendo demonstrar que sumiu, dessa forma poupando-se de escândalos, pois sabia que Orlando detestaria isso. A sua falta de fé a deixava mais triste e sem motivação para lutar contra o que estava acontecendo. Só lhe restava chorar e esperar a derradeira notícia sobre o pior. Era o que pensava Elaine envolta em seus pensamentos negativos, olhando os raios solares desfazerem aquele esbranquiçado de gelo sobre a grama verdinha.

Birita tentava acordar Orlando, que se encontrava todo encolhido embaixo daqueles papelões. A fogueira havia se apagado na madrugada e Orlando, vendo a chama aos poucos sumindo, não teve forças e coragem de se levantar para alimentá-la.

– Orlando, acorde! Já são quase nove horas da manhã. Temos que trabalhar. Se demorarmos alguém passa na nossa frente e pega os papelões das lojas em que o pessoal os guarda para mim – falava Birita, mostrando-se altruísta.

Orlando tinha bebido tanto que Birita parecia fora de foco, e também não conseguia entender o que o amigo dizia. Sua visão estava totalmente fora de óptica. Orlando via que Birita falava com ele, mas não conseguia concatenar as ideias. Foi voltando a si aos poucos... Com os olhos anuviados, Orlando começava a conhecer e a entender o que Birita tentava lhe dizer.

– Vamos, Orlando, levanta-te! – tornou Birita, vendo que o novo amigo tremia como uma vara verde. Movido pela curiosidade, Birita colocou a mão na testa de Orlando e percebeu que ele ardia em febre.

– Meu Deus, Orlando, você está mesmo mal. Está sentindo alguma dor? – pergunta Birita, vendo que o amigo realmente não estava fingindo nem estava com preguiça.

Ainda tentando assimilar os fatos, Orlando com a voz trêmula responde a Birita que estava com muita dor de ouvido e dente. Ao se declarar doente, Birita fitou o olhar até a face esquerda de Orlando e percebeu um edema ruborizado em evidência. Logo viu que se tratava de algo sério, pois dor de dente e ouvido era insuportável, ainda mais naquele frio intenso.

– Birita... Estou mal... Ajude-me... Acho que vou morrer... Está doendo muito – responde Orlando, evidenciando a sua mão trêmula ao levantá-la em direção de Birita.

– Vamos, Orlando, vou te levar a um posto de saúde. Lá eles nos atendem de graça – tornou Birita, mostrando compaixão pela situação caótica de Orlando.

– Não, lá não! Não vou a nenhum hospital ou posto de saúde. Não posso ir lá – tornou Orlando, mostrando-se consternado com aquela opinião.

– Eu preciso de dinheiro para comprar remédios, só isso – continuou Orlando, desesperado. – Sabe, Birita, um dia talvez eu lhe conte, mas eu não posso ir a lugares onde tenha que me identificar. Fiz coisas das quais não me orgulho, e esse fato me impede de ir a um posto de saúde.

– Tudo bem, Orlando, fique aqui. Vou tentar arranjar dinheiro e emprestarei pra você comprar remédios. Volto logo – disse Birita, saindo em seguida.

Orlando quedava-se perplexo como Birita entendia a sua situação e não lhe fez nenhuma pergunta sobre os motivos pelos quais ele não poderia ser identificado. Certamente Birita estava acostumado a conviver com todo tipo de gente, e provavelmente já vivenciara muitas histórias tristes e absurdas. Orlando, sentindo o calafrio da mortalha envolvê-lo, acreditou que daquele dia não iria passar. A febre estava muito alta e a dor insuportável; chegou a titubear quanto à decisão de permanecer naquela vida miserável. Com muitas dores, ainda refletindo sobre a sua decisão, Orlando sentiu no rosto uma folha de jornal que o vento trouxe. Estava deitado no chão envolto em papelões. Mesmo com a visão e os sentidos aturdidos, começou a ler o noticiário. Quase tivera um enfarto do miocárdio ao ver a manchete.

> *"Escritor desaparece dois dias após assinar novo contrato com editora. No novo contrato Orlando Moraes subtrai os direitos de seu agente literário. Também assina um testamento que se encontra em poder da editora, que o repassará à Justiça para validação, deixando todos os seus bens editoriais apenas para sua filha, Angélica Moraes. Não incluiu em seu testamento a esposa, Elaine da Cunha Moraes. Seria suicídio? Onde estará Orlando?"*

– Meu Deus! – Mesmo estando sozinho Orlando acabou por soltar uma exclamação em voz alta. – Estão tentando me encontrar – disse Orlando, assustado. Logo acima da chamada da manchete, o jornal noticiava sobre uma entrevista do Dr. Júlio. Ele não tinha o resto do jornal onde detalhadamente se explicava que essa notícia não fazia parte da entrevista do Dr. Júlio. Mas ele não teve dúvidas, só o Dr. Júlio sabia do testamento e do novo contrato. Ele havia lhe confidenciado esse assunto há poucos dias. Sabia que o Dr. Júlio era um homem muito inteligente e perspicaz; ele havia mudado a notícia para encontrar Orlando, sabia que na verdade qual era a sua razão para mudar as notícias. Orlando, apesar de muito doente e fraco, levantou-se rapidamente, olhou em todas as direções para verificar se alguém estava olhando. Como não havia ninguém olhando, reacendeu a fogueira e colocou a folha do jornal do dia anterior no fogo. Os mendigos não poderiam ver aquela folha de jornal; poderiam reconhecê-lo e posteriormente denunciá-lo. Nem bem tinha começado a mexer no lixo próximo para ver se encontrava mais algum jornal ou restos daquele, Orlando sentia a cabeça titubear e as pernas amolecerem. Quase desmaiou. Segurando-se nas paredes ao lado, direcionou-se até a lona, sentindo muita dor. Mal acabou de deitar, seus sentidos sumiram e Orlando quedou-se imóvel, desmaiado. A fraqueza e a dor insuportável no dente e ouvido lhe provocaram um apagão, roubando-lhe a consciência.

Capítulo 13

Na mansão dos Moraes o clima estava pesado e tenso. Cada hora passada aumentava o sofrimento e a angústia da família. Onde estaria Orlando? O que teria acontecido com ele? Essas e muitas outras perguntas desfilavam nas cabeças daquela família desesperada.

– Alô, quem fala? – pergunta Maria, preocupada.

– Maria, a Dona Elaine está? Preciso falar com ela. Aqui é o Dr. Pacheco – diz o delegado de polícia, reconhecendo a voz de Maria.

– Dr. Pacheco, ela está, mas muito abalada. Estou na família há muitos anos e tenho liberdade com eles. Acredito que posso tentar lhe ser útil em qualquer assunto, pois Dona Elaine realmente está muito triste e se possível eu gostaria de poupá-la – tornou Maria, mostrando-se altruísta com a família Moraes.

– Tudo bem, Maria. Acredito que possa me ajudar. Afinal de contas o assunto que tenho a tratar, possivelmente você é a pessoa certa para me ajudar – continuava Dr. Pacheco com a voz melíflua, tentando dissimular o impacto que a notícia que daria poderia trazer.

– Segundo a investigação que já fizemos, somada a alguns depoimentos, chegamos à conclusão de que o doutor Orlando estava caminhando com roupa esportiva, tênis, camiseta e um conjunto de moletom da marca Difusão. Você por acaso se lembra da cor dessa troca de roupa? – perguntou Dr. Pacheco, sugerindo que havia encontrado alguma pista nova.

– Sim. É claro que me lembro, doutor Pacheco. Sou eu quem prepara as trocas de roupa dele. E nesse dia em especial não foi diferente, eu lhe prepararei um moletom azul claro, uma camiseta e um tênis pretos – responde Maria com presteza e convicção.

– Pois bem, Maria. Acreditamos que encontramos a roupa que Orlando estava usando no dia em que sumiu. Ela foi encontrada por um policial no parque central. O pior é que está toda suja de sangue. Gostaria que disfarçadamente você desse um jeito de vir à delegacia para verificar se realmente essa troca de roupa pertencia a Orlando. Mas venha sem que Dona Elaine perceba, pois se ela começar a fazer escândalos vai chamar a atenção dos repórteres que estão ávidos por notícias sobre o assunto, e isso poderá atrapalhar as nossas investigações – tornou Dr. Pacheco.

– Meu Deus... Será que o doutor Orlando está machucado? – pergunta Maria, começando a chorar.

– Maria. Pare com isso! – exclamou Dr. Pacheco. Eu preciso que você seja forte. Tem que ajudar Dona Elaine. Se você começar a se desesperar imagine como ela ficará?

– Tu... Tudo bem, doutor Pa... Pacheco. Tentarei ser forte – tornou Maria, engolindo seu choro balbuciado. – Vou hoje à tarde. Vou dizer que tenho que fazer algumas compras. Vou ao supermercado e em seguida até aí. A que horas devo chegar? – perguntou Maria, tentando esconder seu desespero.

– Te espero às dezesseis horas. Até mais – tornou Dr. Pacheco, desligando o telefone.

Maria quedou-se perplexa e assustada com a notícia que recebeu. Agora tinha que se recompor e pensar em alguma desculpa para poder sair sozinha à tarde e ir à delegacia. Pensou em Pedro. Ele era uma pessoa muito centrada, cheia de espiritualidade e demonstrou ser a pessoa certa para ajudá-la nesse problema. Mas como faria para conseguir sair sem chamar a atenção?

– Tudo bem, Maria? Conseguiu resolver o problema do pedido das plantas? – perguntou Elaine, entrando na cozinha de supetão, quase matando Maria de susto.

– O que aconteceu, Maria? Parece que viu um fantasma – tornou Elaine com um leve sorriso.

– Nada não, Dona Elaine. A senhora entrou em silêncio e quase me matou de susto – responde Maria, dissimulando a tensão. – Consegui resolver sim, Dona Elaine. Inclusive estava olhando agora na dispensa e percebi que ando meio distraída ultimamente com tantos problemas que estamos vivenciando. Vi que está faltando muita coisa, portanto quero avisar à senhora que hoje à tarde, lá pelas três horas, vou ao supermercado fazer compras – tornou Maria, tentando disfarçar o susto que levou quando Elaine entrou na cozinha, também tentando conseguir a desculpa que precisava.

– Tudo bem, Maria. Mas acho que vou contigo. Vou seguir seus conselhos e sair um pouco – tornou Elaine sem imaginar o que estava acontecendo.

– A senhora ir ao supermercado comigo? A senhora nunca foi, acho que não fica bem. Pode deixar que eu vou sozinha, depois lhe faço companhia para ir aonde quiser – fala Maria, sem acreditar no que estava acontecendo.

– Fique tranquila, Maria. É por isso mesmo que eu quero ir contigo. Nos últimos anos de minha vida, acabei me privando de coisas simples, mas que eu gosto de fazer. Esse negócio de etiqueta disso, etiqueta para fazer aquilo já me encheu a paciência. Quero voltar a ser quem eu era. Não quero nem saber se a sociedade vai gostar disso ou não – responde Elaine com firmeza e clareza.

– Tudo bem, Dona Elaine, vamos juntas então. Será uma honra. A senhora me dá licença? Tenho que ver como vão os serviços com os outros funcionários – tornou Maria, saindo com os sentimentos embaralhados. Estava contente por ver Elaine começar a reagir e não só no ânimo de sair, como também sobre as suas atitudes. Elaine começou a ver que tinha se perdido em algum ponto do passado e agora estava começando a se encontrar de novo. "Isso era um bom sinal", pensava Maria, contente. – Mas o que fazer a respeito? Como ela iria até a delegacia sem que alguém percebesse? Precisava de um milagre urgente, pois dali a poucas horas Elaine descobriria que ela estava mentindo, e pior do que isso era ela ver as roupas de Orlando sujas de sangue. Ela já estava sem fé, imagine a partir daí o que poderia acontecer.

ꕤ

– Orlando, acorde! Venha, vamos atrás de comida – chamava Birita empurrando pelos ombros Orlando, que estava deitado dormindo.

– Birita, estou com muita dor. Conseguiu dinheiro para comprar remédio? – pergunta Orlando consternado.

– Infelizmente não consegui. Juro que tentei de todas as formas, mas ninguém me deu. Falei que era para comprar remédio para você, mas acho que eles não acreditaram. Deviam achar que era para comprar cachaça, afinal de contas você sabe qual é o meu apelido. Sabem que eu gosto de beber um pouquinho – explica Birita a Orlando, tentando animá-lo.

– Birita, eu não sei se consigo...

– Orlando, você tem que tentar. Hoje é o quarto dia que você chegou aqui e a cada dia está mais magro. Provavelmente a sua imunidade está baixa por falta de alimentação e isso ajuda a aumentar dores e inflamações. Venha, vamos tentar comer alguma coisa!

Birita, mostrando-se humanizado, ajuda Orlando a levantar-se. Pôde perceber que o amigo estava realmente mal, ardia em febre.

– Birita, me deixe aqui para morrer. Não quero comer, não tenho fome, e mesmo que tivesse o meu dente não me deixaria comer – tornou Orlando, mostrando-se totalmente desmotivado e sem fé. Orlando ficou pensando sobre quem era o Birita. Sabia que ele se chamava Paulo, mas qual era o seu sobrenome? De que família veio? Por que estava sendo tão gentil e como sabia sobre tantas coisas daquele jeito? Orlando acabou por chegar a uma conclusão: Birita era um homem culto. Provavelmente teria estudado, quem sabe até cursado uma faculdade, mas por que estaria naquela situação tão terrível? Será que, também assim como ele, cometeu algum crime e estava se escondendo da sociedade? Ambos caminhando por um longo trecho totalmente em silêncio e Orlando viajando em seus pensamentos nem percebeu que logo chegaram ao restaurante. Só se deu conta disso quando Birita lhe disse:

– Orlando, fique aqui sentado! Vou à cozinha do restaurante para ver se arrumo alguma coisa para a gente comer. Quem sabe se o cozinheiro não nos arruma um remédio ou dinheiro para comprá-lo; ele é um homem muito bom – exclamou Birita, deixando Orlando a poucos metros da entrada da porta dos fundos do restaurante.

– Birita... Não sei por que vim até aqui. Já te falei que não quero mais comer. Quero morrer! – exclamou Orlando, com voz atarracada.

– Olha aqui, seu Orlando de Moraes! Não vou deixar-lhe morrer à míngua. Se não lutar para viver, eu o entrego para sua família. Pelo menos lá não vão deixá-lo morrer de fome. E a minha consciência ficará tranquila, pois nunca mais quero participar da morte de ninguém – tornou Birita com voz firme e forte. Fique aqui! Vou atrás de comida.

– Bi... Bi... Birita... Espere um pouco. Do que você me chamou mesmo? – pergunta Orlando, vendo Birita lhe virar as costas e adentrar o pátio do restaurante. Tinha certeza, Birita o chamou de "Orlando de Moraes". Meu Deus, ele me descobriu. Será que vai me denunciar? – pensava Orlando. – Acredito que não, senão já o teria feito. Mas quando ele o reconheceu? Orlando não acreditava no que estava acontecendo.

⁂

– Mãe. Você vai sair com Maria? – pergunta Angélica, após acabar de engolir um saboroso suco de laranja natural, que abrilhantava aquele almoço quentinho e saboroso.

– Sim, filha. Já combinamos tudo. Vou com Maria ao supermercado – responde Elaine, esforçando-se para sorrir.

– Dona Elaine, telefone para a senhora. É o Doutor Mauro. Falei que estava almoçando, mas ele insistiu – explica Maria, dissimulando a alegria que sentiu com essa notícia.

– Bom dia, Elaine. Você não me telefonou. Fiquei esperando sua ligação desde... Você sabe. Estou morrendo de saudades. Está melhor? – pergunta Dr. Mauro com a voz melíflua.

– Mauro! Estou péssima. Não tivemos notícias de Orlando até agora. Você sabe de alguma novidade, algo que possa me contar? – falava Elaine, mal escondendo o entusiasmo de falar com Mauro. Angélica a observava de soslaio.

– Posso passar aí lá pelas duas e meia para podermos conversar? – pergunta Mauro.

– Bem... Espera aí... – responde Elaine olhando para Maria e sua filha. – Pode, sim! Eu o espero.

– Tudo bem. Até mais tarde. Um beijo. – Mauro desligou o telefone sorrateiramente pensando que poderia fazer daquela visita uma tarde especial.

– Mãe! A senhora não ia sair com Maria? – perguntou Angélica com rancor e mostrando-se enciumada.

– Tudo bem, Angélica. Dona Elaine está certa. Ela precisa conversar com Mauro para saber o andamento das investigações, pois ele, junto com o doutor Júlio, ficou de nos ajudar em relação ao assunto. Se souber de alguma coisa, o doutor Pacheco vai nos procurar primeiro, por isso é importante que Dona Elaine receba o Doutor Mauro hoje – fala Maria, aproveitando a oportunidade que a vida dava para ela sair daquele problema até então insolúvel. Maria não gostava de Mauro, pois ela percebia suas intenções, mas nesta tarde ele apareceu em sua vida como um anjo.

– Angélica, pare de ser criança! Já falamos sobre esse assunto. Até Maria sabe que Mauro é um amigo que está tentando ajudar. Vou outro dia ao mercado – tornou Elaine, aproveitando a deixa de Maria.

– A senhora é quem sabe! Mas não suporto aquele sujeito – responde Angélica com voz áspera, pouco antes de jogar de maneira brusca os talheres que estavam em sua mão sobre os pratos na mesa em que comia. Levantou-se e foi para seu quarto. Não suportava aquilo. O pai desaparecido e a mãe sendo cordial com aquele homem que ela odiava. Sabia que ele gostava de sua mãe só pela maneira que ele a olhava. Isso a deixava nos nervos.

– Menina mal-educada, essa minha filha – tornou Elaine, mostrando-se contrariada com a atitude de Angélica.

– Não se preocupe, Dona Elaine, ela está passando por momentos difíceis. É muito apegada ao pai. Ela é uma boa menina, só tem um gênio meio forte – tornou Maria, intermediando a situação, como sempre. Mal sabia Maria que sua missão na Terra era ajudar aquela família a encontrar o caminho do crescimento espiritual. Maria sentia-se muito feliz em morar com eles. Quantas e quantas vezes Maria, de uma forma singela e meiga, aconselhou a um ou a outro, sempre buscando paz e harmonia. A vida de uma forma sábia a introduziu na vida dos Moraes para ajudá-los a subir os degraus do conhecimento divino e, principalmente, a ensiná-los sobre o amor, paz, fé e esperança. Mesmo sendo muito simples, de uma forma ou de outra conseguia aconselhá-los. Quando não conseguia fazê-lo sozinha, recorria a Pedro, que por sua vez tinha prazer em ajudar. Deus nos coloca em caminhos que não conhecemos, porém ao passá-los, nos tornamos mais amáveis e perseverantes, e aprendemos que devemos confiar que tudo dá certo a seu tempo. Também aprendemos que a pior dificuldade que existe é aquela que estamos passando no momento: ao sairmos do outro lado da dificuldade e obtermos a vitória, olhando para trás, veremos que Deus nos ajudou a passar aquela dificuldade. Acabamos por descobrir que a principal arma que pode nos ajudar a viver a vida é a "fé", pois a fé nos traz a esperança, e a esperança nos traz a experiência. A experiência nos traz a certeza de que se tivermos fé tudo se resolverá a seu tempo. Dessa forma devemos colocar em nossos lombos a couraça da justiça. Calçarmo-nos no evangelho da paz. Armarmo-nos com a espada do espírito. Vestirmo-nos com o capacete da salvação e protegermo-nos com o escudo da "fé". Maria sentia-se realizada em poder ajudar. Sabia que Deus a colocou junto aos Moraes para ensinar, aprender, errar e acertar. Esses quatro elementos são os pilares da formação humana. Basta tirarmos algo de bom cada vez que a vida nos trouxer à frente uma dessas etapas do crescimento espiritual humano.

Capítulo 14

Orlando, junto ao amigo mendigo, foi ao costumeiro restaurante onde Birita havia encontrado um homem de bom coração que todos os dias lhe dava o que comer.

– O cozinheiro veio para ajudá-lo, Orlando. Vamos, levante-se e venha até nós! – ordenou Birita, próximo ao portão do pátio dos fundos. Acenava para Orlando ao chamá-lo.

– Tudo bem! Estou indo – responde Orlando. Levantou o olhar e viu o cozinheiro ao lado de Birita. Pôde observar que em uma das mãos daquele homem havia um objeto que parecia uma caixa de remédios. *Sim, é remédio mesmo*, pensava Orlando, fixando o olhar nas mãos do cozinheiro. Uma leveza tomou sua alma, sentiu um prazer momentâneo, um sentimento de alívio, pois poucos metros à sua frente, nas mãos daquele homem, estava a libertação para aquela dor insuportável que o estava matando. Orlando levantou-se e foi em direção a eles com o olhar fixo na mão do cozinheiro. Ao aproximar-se um pouco, ergueu os olhos e acabou por fitar o rosto do homem.

– Meu Deus! O que é isso? É alguma piada? – gritou Orlando para Birita e para o cozinheiro. – Não adianta, Emanuel, você não vai me prejudicar. Suma da minha vida! – gritou Orlando. Depois saiu correndo em sentido ignorado.

– Você o conhece seu Emanuel? – pergunta Birita ao cozinheiro, que estava totalmente aturdido.

– Nunca o vi antes. Mas como sabe o meu nome? Você falou para ele? Por que falou aquelas coisas e saiu correndo daquela forma? – perguntou Emanuel, surpreso com aquela situação inusitada.

– Sei não... – responde Birita, pensativo.

– Eu quero falar com ele, onde o encontro? – pergunta Emanuel, curioso.

– Eu nem imagino, seu Emanuel – tornou Birita, tentando proteger Orlando.

– Não me venha com essa, Birita. Se não me contar não vou lhe dar mais comida. Tenho certeza de que sabe exatamente onde encontrá-lo – disse Emanuel com firmeza.

– Por hoje eu já terminei o meu expediente. Espere-me; vou pegar alguns pertences e já volto. Quero que me leve exatamente a esse seu amigo, quero saber como sabe o meu nome e de onde me conhece. Suspeito de algo e quero tirar isso a limpo.

– Tudo bem, eu levo o senhor até onde eu acredito que ele possa estar. Mas lhe aviso que não tenho certeza de que estará lá – respondeu Birita, mostrando-se preocupado. Ele poderia não falar nada sobre o local onde possivelmente Orlando poderia estar, porém ele sabia que se Orlando não comesse algo ou tomasse algum remédio, sua situação poderia piorar. E ele não queria ser cúmplice de nada, principalmente da morte daquele homem perturbado de espírito.

– Vamos, Birita! Já estou pronto. Vamos a pé, uma vez que você falou que não fica longe – tornou Emanuel, entusiasmado ao pegar uma mochila dentro do estabelecimento. Ambos fizeram o percurso imersos em funesto silêncio, cada um imaginando o que sobreviria pela frente.

Nesse momento, não muito longe dali, para uma limusine em frente à casa dos Moraes. Após identificar-se, o carro adentra os portões da luxuosa mansão.

– Boa tarde, senhora Anastácia. Há quanto tempo a senhora não aparece – cumprimenta Maria, mostrando-se surpresa com a visita inesperada.

– Boa tarde, Maria – responde Anastácia com voz rancorosa. Elaine está?

– Boa tarde, tia Anastácia. Que surpresa agradável – comenta Elaine de forma singela. – Conhecia o humor da tia, e sabia que se estava ali era porque já devia saber do sumiço de Orlando. Não que ela se importasse muito com isso, mas com certeza deveria estar furiosa por tê-la deixado sem notícias.

– Como você não me informou sobre o que estava acontecendo a meu sobrinho?! Tive que saber sobre ele pela televisão – aliás, esse assunto é manchete em quase todos os canais – diz Anastácia de forma ríspida.

– Me desculpe, tia Anastácia, eu quis poupá-la. Também não acreditei que a situação fugiria do controle dessa forma. Acreditava que Orlando logo apareceria. Mas vejo isso de forma mais distante a cada dia – tornou Elaine. – Na verdade Elaine quedou-se perplexa com a forma que ela perguntou por Orlando, pois sempre o tratava com desdém, e agora ela o tinha chamado de sobrinho. O que estava acontecendo? Será que de alguma forma Pedro realmente estava certo e a vida estava lhes ensinando?

– Já tomaram todas as medidas possíveis para achá-lo? – pergunta Anastácia, deixando as lágrimas banharem seu rosto. Eu não sou de demonstrar sentimentos, mas eu gosto muito de Orlando. É o último parente vivo que conheço, a não ser por sua mãe, de quem ninguém mais teve notícia. Se estiver viva, são os últimos parentes que conheço, e não suportaria ficar sem Orlando.

Elaine estava aturdida com o que estava escutando. Anastácia sempre foi indiferente com Orlando. Deu por várias vezes amostras de que não gostava dele. Na verdade ela sempre o repudiava, mas agora derramava lágrimas por ele. "Será que eram lágrimas de verdade?" – pensava ela ao observar a tia-mãe de Orlando limpando suas lágrimas.

– Tia Anastácia, o doutor Júlio e Mauro já encaminharam tudo. Fizeram contato com um delegado amigo e as investigações já estão em andamento. Suspeitamos de crime político – tornou Elaine.

– Falei para Orlando não lançar esse livro – continuou tia Anastácia. Mas essa mania que ele tem de tentar mudar o mundo... Se pessoas inocentes estão morrendo pelo descaso das autoridades, isso não é um problema dele. Devia ter me escutado.

– Eu sei, tia... Mas a senhora conhece o Orlando... Ele, por não ter tido um pai e por ter sido abandonado pela mãe, acabou querendo ser os pais de todos esses jovens que estão morrendo. Ele acreditava que se alguém tomasse uma atitude como a que ele tomou, mostrando ao mundo a verdade oculta, alguém poderia ouvi-lo e fazer algo para mudar essa situação caótica. Ele sempre falava que o preço do descaso é a morte de inocentes – explicava Elaine à tia, mostrando o quanto Orlando era altruísta com os jovens e adolescentes, ainda que fosse avarento nos demais assuntos.

– A senhora já almoçou? O almoço ainda está na mesa – disse Maria a Anastácia.

– Ainda não, Maria. Muito obrigada. Vou tomar um banho. Depois desço para almoçar. Pegue as minhas malas e leve para o quarto de hóspedes, vou ficar aqui até que essa situação se resolva – ordenou Anastácia com vigor, mostrando-se autoritária e indiferente.

– Isso mesmo, tia, vá tomar um banho! Esperaremos aqui para conversarmos mais – tornou Elaine com voz meiga, tentando quebrar a barreira criada pela tia. Ela demonstrou enorme descontentamento por ficar sem notícias dos fatos recentes, e incrivelmente mostrou-se amável em relação a Orlando. Elaine pôde observar os seus olhos marejados e algumas lágrimas escorrerem pela face, demonstrando-se amorosa e afetuosa a Orlando. Isso era incrível, pois Orlando sempre sofreu pelo descaso da tia. Ela sempre foi amarga com ele. Ah... Se Orlando pudesse ter visto essa cena certamente ficaria muito feliz, pois afinal de contas ele descobriria que, ao contrário do que a tia sempre demonstrou, ela se importa com ele.

Orlando acreditava que a "justiça" era injusta e cega com as pessoas. A desigualdade e o protecionismo acentuavam a sua revolta. Acreditava que a palavra justiça era apenas algo para preencher lacunas de um dicionário qualquer. Orlando parado ao parapeito de um viaduto, olhava os carros indo e vindo. Na verdade não achava mais motivo para viver e nem fé para mudar aquela situação em que entrou. Quedou-se totalmente desmotivado, a exuberância e a essência da vida junto com a sua crença acabaram por esmaecer. Só tinha certeza de que ainda estava vivo pela dor insuportável que estava sentindo, e, para acentuar o seu estado, a febre aumentava a cada minuto. Percebia que suas lágrimas, ao caírem sobre o parapeito daquele viaduto, molhavam um punhado de terra que jazia ali. Após alguns poucos minutos o vento forte levava toda aquela poeira ao tempo, acabando por levar parte de si embora, assim como os seus últimos resquícios de fé. Decidiu-se pelo pior; ergueu uma das pernas e começou a subir o parapeito. Sem perceber subiu os degraus do desespero e da destruição. À sua volta, sem que pudesse ver, estava cheio de espíritos maus a serviço daquele que um dia ousou tentar tomar o lugar de Deus, tentando-o para que desse aquele mergulho fatal.

Sentindo o vento gelado na face, Orlando pensava como estava frio. O vento parecia lhe cortar o rosto como uma navalha. Não sentia mais as orelhas nem as mãos, pois estavam totalmente congeladas. Olhando os carros lá embaixo, já do outro lado do parapeito, sendo seguro apenas pelas mãos, Orlando ficou refletindo em seu fracasso. Do que lhe adiantou mourejar o sucesso com tanto afinco, esforçar-se tanto, planejar, lutar? E agora o que lhe restou da vida? Não vale a pena lutar por um ideal, pois o resultado do esforço foi o fracasso. Esse era o pensamento de Orlando, revoltado consigo mesmo. Por que nada dava certo? Parecia que a vida se comprazia em destruir todos os seus sonhos. Preparava tudo, mas, quando chegava a hora de colocar as mãos sobre a sua vitória, algo acontecia ou outro a pegava. Ele ficava só no quase. Desde a sua adolescência sempre foi assim, muita luta e muito sofrimento. Nunca conseguiu nada. Até os bens que possuía eram herança de seu falecido tio. Era o único da família que demostrava carinho e afeição por ele. Orlando tratava-o como a um pai. Já a tia, que era irmã de sua mãe, sempre o tratou com desdém. Orlando acreditava que era porque ela nunca pôde ter um filho. Mas todo o amor que a tia não lhe deu, e o que a sua mãe não pôde dar por ser ausente, seu tio Benjamim lhe dera. Orlando amava o tio, e até isso lhe foi tirado. Foi vencido por um câncer de próstata. Muito conservador, nunca fez o exame do toque retal; acabou sendo surpreendido por uma célula maligna. Em seguida buscou a medicina, mas já era tarde: foi derrotado pela ignorância. Após a sua morte, sua tia Anastácia, confundindo o sentimento de amor por apego, se fechou para a vida, entregando-se a uma depressão profunda. Orlando tentou várias vezes ajudá-la, mas ela não aceitava ajuda de ninguém, se trancou em seu mundo e não queria ver mais nenhuma pessoa. Vivia na casa da fazenda tendo como companhia duas funcionárias e o chacareiro com seu filho. Orlando lembra que a sua tia Anastácia ainda era uma mulher bonita, no auge de seus cinquenta e seis anos. Apesar da depressão, ela nunca se descuidou, estava sempre muito bem arrumada, cheirosa, charmosa, esbelta, mas ela não queria ouvir falar em casamento. Era cinco anos mais nova que a mãe de Orlando. Vieram de uma família pobre; os pais do seu tio Benjamim tiveram que engolir o orgulho quando irrepreensivelmente seu filho decidiu casar-se com uma das filhas de seu chacareiro. A tia Anastácia o amava muito, sempre o tratou com muito amor e carinho. Mas, dez anos atrás, a mortalha envolveu o tio Benjamim e ele morreu vencido pela enfermidade. Orlando se lembra que ele e sua tia choraram muito, a dor da separação foi muito grande ao ver aquela vida que se apagou como a chama de uma vela se apaga ao vento forte. As lágrimas a partir daquele dia foram a mais fiel amiga e companheira de sua tia. Sem rumo, ela acabou por ficar na casa da fazenda cuidando de seu sogro, já com a idade avançada. A vida transcorre de forma que não entendemos, Anastácia foi rejeitada por ele ao se casar com seu filho Benjamim e os seus últimos anos de vida foram sob os cuidados da nora que ele tinha rejeitado. Tia Anastácia cuidou dele como se fosse seu próprio pai. Também veio a falecer dois anos mais tarde, de insuficiência respiratória.

Tia Anastácia o enterrou ao lado de seu filho, tio Benjamim. O tempo e a vida nos ensinam de forma que desconhecemos, nos mostrando que neste mundo tudo é vaidade. Pois tudo o que é belo e bonito, quando menos esperamos envelhece, mostrando-nos que estamos aqui nesta terra em uma breve passagem. Quando menos esperamos, nós, assim como as ervas dos campos, secamos e morremos. Orlando tentou várias vezes trazer tia Anastácia para morar com ele, mas foram vãs tentativas. Ela era uma pessoa muito boa com as pessoas, porém com ele sempre foi indiferente. Sempre rude. Passavam duas coisas pela cabeça de Orlando: sua tia o tratava com desdém porque nunca pôde ter um filho e via em Orlando o seu insucesso, ou era porque ela tinha ciúme da forma com que o seu tio Benjamim o tratava, como pai. Orlando teve uma infância perturbada. Nunca conheceu o pai, a mãe foi embora quando ele tinha oito anos e nunca mais voltou. O tio que tanto amava morreu há dez anos, seu outro tio, Paulão, que era irmão do tio Benjamim, estava preso há vinte e sete anos, portanto Orlando não se lembrava mais da feição dele. Orlando se lembra que em sua infância por algumas vezes pediu ao tio Benjamim para visitar o tio Paulão na prisão, pois sentia saudades, mas tio Benjamim dizia que era muito perigoso ir até o presídio e que era para esquecê-lo.

Tia Anastácia ainda está viva, mas não gosta dele. Acreditava que a sua esposa o traía com seu advogado, Dr. Mauro. A única chama que ainda o alienava para a vida era a sua amada filha Angélica, porém não queria decepcioná-la ao saber que tinha um pai homicida e ladrão. Orlando perdeu para a vida a sua amada filha... Estava decidido, não queria mais viver, pois havia perdido a fé na vida. Agora que parecia que conseguiria se estabilizar financeiramente, caiu na miséria e provavelmente seria preso, se antes não encontrasse a morte. Diante de tais fatos qual é a essência de viver? Se Deus existe, onde está? Por que Deus é tão ingrato com ele? Orlando estava desconsolado pela ingratidão da vida, não encontrava mais forças para lutar. Envolto nesses pensamentos, deixou algumas lágrimas rolarem pela face. Sua história começou triste ainda na infância, quando o destino o arrancou dos braços de sua amada mãezinha. Jurou naquele triste dia lutar e vencer na vida, pois dessa forma nunca mais ninguém arrancaria a sua mãe de seus braços. Sua mãe foi embora para estudar e trabalhar e nunca mais voltou, desapareceu pelo mundo. Nem sabia se ela estava viva ou morta. Orlando lembra-se que cresceu rápido. Era muito inteligente e logo aprendeu como ser um bom comerciante com o tio Benjamim. Começou a trabalhar na loja do tio muito cedo, ainda nos seus brilhantes onze anos. Foi uma forma que encontrou para fugir da companhia da tia Anastácia naquelas tardes vazias. Ele sempre foi um aluno aplicado, ficando sempre com as melhores notas. Tinha uma motivação além do comum. Mas, com o passar dos anos, o pai de seu tio Benjamim, um homem muito rude, começou a perceber o apego de seu filho Benjamim a Orlando e começou a criar dificuldades para a progressão profissional de Orlando na empresa da família. Queria manter a sua fortuna nas mãos da família de sangue, portanto Orlando estava fora deste contexto. Como o seu filho Paulão estava preso e nunca teve descendentes, e seu outro filho, Benjamim, também não os tivera pois sua mulher, Anastácia, não os podia ter, ele acabou compreendendo que a sua tão ambiciosa fortuna inevitavelmente acabaria nas mãos de Orlando. Não aceitando aquela situação, o pai do tio Benjamim decidiu gastar tudo o quanto podia para não deixar os seus tão preciosos bens nas mãos de um estranho. Orlando achava isso uma grande injustiça, pois ele estudou, trabalhou desde sua adolescência, tinha competência, porém sempre foi rejeitado. Não demorou muito tempo e toda a fortuna se desfez, sobrando apenas a loja de autopeças e a casa da fazenda. Orlando cansou de ser preterido, de ficar em segundo plano, de esperar que os pais de seu tio Benjamim reconhecessem a sua capacidade. Tinha que fazer alguma coisa, não podia continuar assim. Orlando percebeu que para progredir teria que transgredir. Estava determinado, o mundo era um jogo de interesses. O mais astuto levava vantagem sempre. Se esse era o caminho para o sucesso, ele o percorreria. As pessoas no mundo dos negócios eram frias e cruéis. Não demonstravam clemência e nem solidariedade; era dessa forma que ele teria de ser para progredir. Estava decidido, motivado pela promessa que fizera a si mesmo. Orlando a partir daquele dia, sendo ainda apenas um mancebo, vestiu a máscara da impiedade e do desprezo. Endurecia seus sentimentos e só enxergaria os próprios objetivos. Afinal, ele não pertencia a uma família abastada, teria que lutar pelo seu sucesso. Orlando, ao tomar essa nova atitude, não se deu conta que ali começaria o caminho da derrota, e um dia perceberia que se perdeu. Vendo a vida passar como um filme, Orlando solta uma das mãos para pular daquele viaduto ao encontro da morte. Fechou os olhos, prendeu a respiração e se preparou para o mergulho fatal, mas num relampejo do destino, Orlando escutou uma voz ao longe, sem perceber que, nos recônditos do seu eu, algo clamava por justiça.

– Orlando, não faça isso! – gritou Birita ao se aproximar.

– Isso mesmo, venha para este lado, não vale a pena fazer isso – disse Emanuel, o cozinheiro.

– Não se aproximem! Vão embora daqui! – ordenou Orlando, recuperando-se do susto que levou com a chegada inesperada de Birita e Emanuel.

– Orlando, deixe de bobagem. Venha para cá. Vamos conversar, a vida é muito bela e tudo pode ser resolvido, por mais difícil que seja a questão. Pense em sua família, nós sabemos que você tem uma, e eles estão desesperados à sua procura – argumentou Emanuel com a voz melíflua, mostrando-se muito altruísta.

– Você sabe quem sou e eu sei quem você é, e se vim até aqui não foi para acusá-lo e sim para ajudá-lo! Pelo que estou vendo, você está precisando muito de um ombro amigo. Eu lhe trouxe remédios e uma bela refeição, veja aqui... – continuou Emanuel abrindo a bolsa para Orlando ver o que havia dentro. – Um dia eu estava desesperado e cometi um erro. Não encontrei o perdão desse meu erro, porém os fatos que se apresentaram depois, nunca teriam acontecido se eu fosse perdoado naquele dia. Por isso eu acredito que Deus sabe o que faz e nós não sabemos o que falamos. A vida é em demasiado sábia, e tem as suas formas de agir que desconhecemos. Só vamos entender depois...

– Vamos, desça daí que eu conto tudo! Mas antes quero lhe pedir perdão, você me perdoa por ter roubado a sua loja naquele dia? – pergunta Emanuel, deixando as lágrimas banharem sua face.

– Eu... Eu... Te per... Perdoar? – pergunta Orlando, aturdido com a situação e com a voz aos soluços. – Eu é que tenho que pedir perdão a você!

– Sim, Orlando, você me perdoa? A atitude que você tomou de fato não foi a mais acertada, porém se naquele dia a sua atitude fosse diferente, a minha vida nunca teria mudado. Venha, desça daí! Vamos a algum lugar para sentarmos e conversarmos um pouco, mas antes você tem que tomar alguns remédios que eu trouxe – tornou Emanuel estendendo-lhe uma mão, ajudando-o a sair daquela situação de risco. Orlando nem imaginara que nesse momento alguns anjos vindos do céu o envolveram, passando-lhe pensamentos de paz e harmonia, ajudando-o naquela situação desesperadora. A vida em sua exuberante forma de nos ensinar acabou por dar a Orlando mais uma chance de consertar os seus erros, e principalmente voltar a ter fé. Após saírem daquele viaduto, os três andaram em direção a um bosque que ficava perto. Orlando sentia-se aturdido, pois foi nesse bosque que há poucos dias sua vida perdeu o rumo. Mas, apoiando-se nos ombros de Birita e Emanuel, Orlando caminhava em silêncio, esperando ver o que a vida iria proporcionar a ele, pois estava totalmente assustado com a situação. Por que a vida incumbiu-se de aproximar Emanuel a ele depois de tantos anos? Por que será que se reencontraram, foi coincidência ou projeção divina? Qual o objetivo do reencontro? E por que Emanuel apareceu em sua vida no momento em que mais lhe faltavam esperança e fé, aparecendo do nada como um anjo salvador? – Orlando quedava-se aturdido com os fatos, e queria ver o desenrolar para saber onde iria dar aquele filme da vida privada. Orlando nesse dia descobriu o verdadeiro motivo de as pessoas buscarem o suicídio. Ele descobriu que as pessoas não querem morrer e sim fugir de seus problemas. Desconhecem que ao tomarem essa atitude impensada estão postergando e aumentando os seus problemas. A vida não acaba com a morte, pelo contrário, ela começa com a morte. Como iremos viver a nossa vida pós-morte definimos ainda em vida. Seremos aferidos na balança da justiça. Seremos bem-aventurados se os nossos atos bons prevalecerem sobre as nossas fraquezas e os nossos erros. Ao buscarmos nossa fuga na morte, escolhemos plantar destruição ao invés de vida. Escolhemos contenda ao invés de paz. Fatalmente colheremos os frutos da desilusão, pois a paz é fruto da justiça.

Capítulo 15

Na casa dos Moraes, tia Anastácia foi deitar, estava muito doente. Apesar de ainda ser muito nova, seu coração começava a falhar. Tinha que fazer uma cirurgia cardíaca urgente, caso contrário sua morte seria certa. A cirurgia só poderia ser feita no exterior, pois era um caso incomum, e a tecnologia em questão ainda não existia no Brasil. Tinha almoçado tarde, e começou a conversar com Elaine, não vendo a hora passar. Há pouco havia chegado Dr. Mauro, e Anastácia, após cumprimentá-lo, revolveu subir para o quarto de hóspedes. Mauro, vendo que a tia Anastácia estava na casa, não quis abusar da sorte, cumprimentou Elaine, falou poucas palavras e foi embora. Maria chegou da delegacia totalmente transtornada e aturdida. Reconheceu que se tratava mesmo das roupas de Orlando, e isso era sinal de que ele realmente poderia estar morto. Mas prometeu ao Dr. Pacheco que não comentaria nada com Elaine. Na volta passou no supermercado e comprou alguns víveres para disfarçar. Foi logo preparar o jantar, pois o entardecer se evidenciava e o sol começava a declinar ao horizonte.

Orlando, Birita e Emanuel, após caminharem um pouco, entraram naquele fim de tarde no bosque. Orlando, apesar das lembranças ruins que tinha dali, não pôde deixar de ver a paisagem bucólica e lírica daquele lugar agradável junto à natureza. Mesmo com a sua tristeza deixou-se envolver pela aura daquele ambiente majestoso, e acabou por ser tocado pela esperança e fé de uma renovação espiritual. Após ter tomado remédios para suas dores e digerido uma bela refeição que Emanuel levou, Orlando desatou em um choro de desabafo, como a lavar a alma.

– Olha, Orlando, como já falei, a vida tem a sua maneira de nos ensinar – dizia Emanuel com voz firme. – Ela nos manda sinais a todo instante, como uma estrada bem sinalizada. Ao andarmos um pouco por ela, encontramos uma placa de Pare, daqui a pouco encontraremos outra placa nos falando Curva à esquerda ou à direita, e assim por diante. Se o condutor do veículo não prestar atenção e virar para lado oposto do que dizem as placas, acabará por causar um acidente, que muitas vezes poderá ser fatal. Assim como você estava por fazer há pouco, seria um acidente fatal, não teria mais solução. Mas enquanto se tem o fôlego de vida, ainda que machucado, ainda que quebrado, ainda que rasgado ou amassado, se tem um jeito. Eu, assim como você, em uma das curvas da minha vida não prestei atenção às sinalizações que a vida me mandou, e acabei por causar um acidente, que por sua vez quase me foi fatal. Mas foi uma forma que a vida encontrou de me ensinar. Eu nunca ia visitar a minha mãezinha, que morava em uma cidade não muito distante daqui. Também tinha uma vida meio sem rumo, fazendo o que vinha à cabeça, sem me importar se me prejudicaria ou não. Queria viver o momento sem se preocupar com o amanhã. Na verdade o amanhã pertence a Deus, e também está escrito nas Sagradas Escrituras que basta a cada dia o seu mal. Porém, o amanhã pertence a Deus, mas preparar o dia de amanhã pertence a nós. Se não nos prepararmos, acabaremos por errar; é aí que começa o sofrimento. Naquela véspera de Natal, eu só queria me preparar para as festas, comprando cervejas, carnes para a ceia, etc. Na verdade eu nem ligava para o verdadeiro motivo daquelas reuniões familiares, eu só queria beber e festejar. Naquela época já fazia cinco anos que a minha esposa tinha falecido. Nunca tivemos filhos, então eu acreditava que não valia mais a pena viver. Pensava só no dia de hoje, e nunca em me preparar para o amanhã. Acabei por virar alcoólatra. Naquela tarde, eu gastei tudo o que tinha na preparação das festas, quando recebi a ligação de uma vizinha falando que minha mãe estava à morte. Sem dinheiro e sem crédito por ser alcoólatra e ter aprontado todas, eu fui até a sua loja, falando que estava com o nome no cadastro de inadimplentes por causa de uma dívida do filho que eu nunca tive. Foi a pior mentira que falei em minha vida. Bom... O resto você já sabe. Vou contar o que ocorreu depois.

– Após os dois policiais me surrarem, eles me deixaram ao acaso todo machucado e sangrando nos fundos do restaurante no qual eu trabalho hoje. Logo após me deixarem para morrer, o gerente geral de minha empresa, o Sr. Devanir, apareceu para verificar se os portões estavam fechados. Ao aproximar-se deles ele deparou-se comigo. Eu estava desacordado. Imediatamente me pegou e me levou a um pronto-socorro. No outro dia ele apareceu no hospital e perguntou-me o que tinha acontecido. No momento tive receio, medo e vergonha, porém não lhe neguei a verdade. Ele se emocionou com a minha sinceridade, e me emprestou um dinheiro para eu poder ver a minha mãe. Eu de imediato recusei, mas ele insistiu, e me disse que quando voltasse eu o procurasse, pois me arrumaria emprego para poder lhe pagar. Dessa forma fui visitar a minha mãezinha, que de fato morreu logo após eu chegar lá. Até parece que estava esperando para me ver, e depois descansar da enfermidade que a assolou por muitos anos. Logo que voltei de lá, procurei o Sr. Devanir; ele não só me deu um emprego, como também me ajudou a me encontrar de novo. Nunca esquecerei a minha esposa, porém já superei a sua morte. Parei de beber e renasci. Deus colocou o Sr. Devanir na minha vida, e você, Orlando, foi um instrumento dele para isso – explicava Emanuel, entusiasmado, vendo os olhos de Orlando começarem a brilhar de novo.

– Eu a serviço de Deus? Imagine Emanuel! É mais fácil eu estar a serviço daquele que é contra Deus. Não sei se Deus manda alguém quase matar o seu próximo – responde Orlando.

– Olha, Orlando. Deus não precisa da maldade das pessoas para ensinar suas leis. Porém, quando alguém age mal, ele aproveita os acontecimentos para torná-los proveitosos a todos. Ele é sábio em abundância. A nossa sabedoria é loucura para Deus. Isso quer dizer que não sabemos quase nada sobre a forma que Ele atua. Só sabemos que Ele é infinito em sua misericórdia. Você, assim como eu, estava em caminhos errados, Ele apenas usou a força de seu erro a favor de algo bom. Isso quer dizer que Ele é sublime e colhe onde não planta. Se você não tivesse tido aquela atitude, eu ainda estaria procurando consolo em uma garrafa de cachaça, provavelmente ainda estaria desempregado, não teria conhecido a pessoa maravilhosa que é o Sr. Devanir, e, o pior de tudo, não teria salvado a sua vida hoje. Agora me responda: isso tudo são coincidências ou uma provisão divina?

– Você acabou tendo sorte, Emanuel – responde Orlando com os olhos rasos d'água, recuperando-se do choro desconsolado. Eu nunca fiz nada certo, nunca venci em nada, e nunca conseguirei nada, nem me matar eu consegui.

– Calma, Orlando, também as coisas não são bem assim – falou Birita sorrateiramente a Orlando.

– Como não, Birita? Veja você mesmo, apesar de ser uma pessoa amiga e excepcional, não passa de um mendigo – tornou Orlando com voz irada a Birita.

– Calma aí, amigo! Sem ofensas, por favor – tornou Birita, apaziguando a forma ranzinza de Orlando.

– Orlando – continuou Emanuel –, nós não podemos ser negativos, pois, se você acreditar que não consegue fazer algo, provavelmente não conseguirá mesmo. A negatividade acaba por nos tirar a motivação e a concentração naquilo que estamos fazendo, diminuindo a nossa capacidade de ação. Quando nos propomos a fazer algo, fatalmente durante o processo passaremos por momentos críticos, em que a atenção aos mínimos detalhes será fundamental. E isso será o diferencial do vencedor e do perdedor. Ao estarmos relaxados, confiantes e serenos, nos projetamos totalmente sobre o assunto em questão, nesse caso, ainda que não estejamos preparados para fazê-lo, a motivação nos colocará um passo à frente, e provavelmente chegaremos ao sucesso naquilo em que nos propomos a fazer.

Pelos olhos de Orlando passou um lampejo de reflexão. Depois de alguns segundos, perguntou:

– Tentei o sucesso e não consegui nada. O pouco capital que tenho herdei de meu falecido tio.

– Orlando, você tem que entender o que realmente é o sucesso. Tem muita gente inescrupulosa que junta fortunas de formas duvidosas, pisando em tudo e sobre todos para subir. Erguem impérios e obtêm fama. Porém, estão amarrados à infelicidade. Amontoam dinheiro, mas carregam problemas graves na alma, doenças no corpo, como depressão e infelicidade. Onde está o sucesso nisso? Dinheiro é um bem que pode ser colocado para dar ênfase à felicidade, mas sozinho, sem o bem-estar, tranquilidade, saúde, gosto pela vida, prazer, entusiasmo, alegria e principalmente paz, o dinheiro acaba por nos tornar pessoas avarentas, amargas, sem o simples prazer de deitar a cabeça no travesseiro e dormir, ou sentar em uma lanchonete com as costas viradas para a rua. As pessoas que fazem tudo para subir a escada do sucesso acabam por pisar em várias pessoas, praticando o mal. Ainda que consigam o dinheiro, não conseguem a felicidade de alma e a paz de espírito. Onde está o sucesso nisso?

– Você fala bonito, Emanuel, mas isso não é para mim. Eu não consigo mesmo, sou um perdedor. Quando tentei cultivar uma amizade que poderia me abrir portas, acabei por estragar tudo – retrucou Orlando de maneira evasiva.

– Orlando, você se desvaloriza muito. Julga-se menor do que certas pessoas. Você busca a aceitação da sociedade e não uma satisfação própria. Isso é vaidade.

– Vaidade? – pergunta Orlando, mostrando-se surpreso com a resposta de Emanuel.

– Sim, vaidade. O que importa que os outros possam pensar sobre você? Para você a opinião alheia é mais importante do que a sua? O seu maior inimigo é você mesmo, julgando-se menor, valorizando os preconceitos sociais em detrimento dos verdadeiros valores do coração. Nesse ato você acaba por ir contra a sua felicidade. Você pode mudar isso valorizando seus verdadeiros sentimentos.

E continuou, animado, ao notar em Orlando uma repentina melhora, até percebia seus olhos brilhando.

– Pare!... Pense!... Analise e veja as suas melhores qualidades e as cultive. Deixe de lado o negativismo. Seja positivo. Acredite que é capaz de realizar grandes coisas. Todos podem. Basta querer.

– O que devo fazer para conseguir o sucesso sem ter antes que ser aceito pela sociedade?

– Nada! Ou melhor, quase nada. Simplesmente reconheça o que há de melhor em você. Busque se informar, se preparar. Estude bastante, em diversas áreas. Leia também, pois a leitura nos leva a mundos e lugares em que não conhecemos. A leitura abre a mente, potencializando os nossos pensamentos e o nosso conhecimento. Existe um livro muito bom de um escritor que demonstra muito conhecimento sobre a vida. O livro chama-se *Anjos ou Demônios? – o segredo*, de Edson Gobi.

– Vou procurar nas livrarias assim que tiver condições – respondeu Orlando, mostrando-se mais animado, e principalmente com fé, que lhe trouxe a esperança de sair daquela situação precária.

– Está começando a escurecer, temos que ir, pessoal! – exclama Birita olhando as réstias de raios solares transporem as copas das árvores. Estava começando a ficar muito frio com o prenúncio da noite.

– Já vamos, Birita. Deixe-me terminar com Orlando – tornou Emanuel, entusiasmado com a conversa. – Isso mesmo, Orlando, assim que sair dessa situação em que se encontra, procure praticar a leitura. Eu sei que é um ótimo escritor, porém vejo que não é um bom leitor, pois, se você praticasse a leitura, conheceria vários livros bons que existem, principalmente a Bíblia, e dessa forma refletiria melhor sobre suas atitudes. Tem que praticar a leitura visando o apogeu do conhecimento da vida.

"No livro *Anjos ou Demônios? – o segredo* o autor nos fala que o caminho que leva ao sucesso e o que nos leva ao insucesso é o mesmo. O que diferencia é a forma de vermos as coisas. Também esse escritor, Edson Gobi, fala-nos que devemos resgatar a autoconfiança que muitas vezes está oculta em meio às nossas frenéticas batalhas psicológicas, e nos motiva a enfrentar nossos medos inconscientes. Assim como eu, Gobi acredita que seu livro é um romance que nos revela um dos maiores segredos do universo. Para onde vamos após a morte? A vida realmente acaba após a morte? Qual o segredo da vida? Este clássico da literatura nos leva a acreditar em nós mesmos, e principalmente na sabedoria divina de conduzir a vida, que mais cedo ou mais tarde nos proporcionará uma oportunidade. Devemos estar preparados para aproveitá-la a nosso favor. Sempre a vida nos abrirá uma porta, porém devemos ter olhos clínicos para observá-la. Às vezes esperamos um grande movimento, mas muitas vezes a oportunidade está ali, ao alcance de nossas mãos e não estamos enxergando. Quando saímos da melancolia de que 'eu não posso', 'eu não consigo' e resolvemos de verdade fazer a diferença, então realmente fazemos a diferença.

"Quando nos propomos a fazer algo, devemos fazê-lo da melhor maneira possível. Às vezes temos um emprego do qual não gostamos e queremos outra oportunidade, então enquanto estivermos ali, naquele emprego do qual não gostamos, devemos ser os melhores funcionários, desempenhando aquela função que detestamos da melhor maneira possível. Se tivermos que cavar uma fossa, que é um serviço honesto, porém exige maior esforço físico, muitas vezes a remuneração não é atrativa, e para potencializar o exemplo, dizemos ainda que temos capacitação para algo com remuneração melhor, ainda assim devemos dar o melhor de nós. Temos que ser considerados os melhores cavadores de fossa do planeta. Se decidirmos trilhar o caminho do conhecimento, que é um atalho para o sucesso, e resolvermos fazer alguns cursos, devemos ser os melhores alunos da sala de aula. Porque como encontramos no livro *Anjos ou Demônios? – o segredo*, e como eu também acredito, a vida é sublime e extremamente inteligente e justa. Quando menos esperamos, ela nos colocará diante de uma situação em que, se formos positivos, animados e 'para cima', dessa forma sendo amigáveis, acabaremos enxergando, ou o que é melhor, 'seremos vistos', e aparecerá como um passe de mágica a oportunidade que esperamos. Ao sermos pessoas otimistas, carismáticas e alegres atraímos pessoas que verão essas qualidades em nós, e nos mostrarão o caminho das pedras. Às vezes ao cavarmos a fossa, alguém olha o nosso entusiasmo e comprometimento, e nos faz uma nova proposta de trabalho. Às vezes, lá no cursinho, alguém ou o próprio professor, vendo que você não é o mais inteligente, porém é o mais animado e esforçado, acaba contagiando-se pela sua alegria e o indica para um serviço ou até mesmo o convide para trabalhar com ele. O que eu quero dizer é que temos que acreditar em nós mesmos, sem nos preocuparmos com o que os outros pensam. Não precisamos ficar agradando esse ou aquele, ou criando situações para tirarmos proveito na ânsia de nos promover. A vida é sábia; ela encontrará uma forma de nos dar uma oportunidade naquilo que queremos, só que para usufruí-los devemos estar preparados. Lembre-se: a fórmula do sucesso é a preparação somada a uma oportunidade. Prepare-se, pois logo aparecerá em sua vida a oportunidade. A provisão divina nunca falha. Se não se preparar, quando a oportunidade bater à porta, você não poderá usufruí-la, e acabará vendo o seu amigo, o seu vizinho, aproveitando aquilo que veio para você. E seja também uma pessoa alegre, animada e carismática, pois transmitimos às pessoas o nosso estado de espírito. Se formos pessoas entusiasmadas, atraímos ao nosso convívio pessoas também entusiasmadas. A vida age como um reflexo num espelho. Se formos pessoas frias e calculistas, negativas, avarentas, atraímos pessoas que têm o mesmo estado de espírito. A luz não tem comunhão com as trevas. O azeite não se mistura com a água. Dessa mesma forma a vida recicla as nossas amizades e companhias. Motivados e entusiasmados, atraímos as pessoas de sucesso para o nosso lado, pois eles não suportam pessoas derrotadas. Não seja um derrotado, seja um vencedor, tenha ânimo, mude as suas atitudes, faça a diferença, não seja apenas mais um, pois a vida vai ajudá-lo nisso, criando situações que proporcionem a sua escalada espiritual. Tendo paz de espírito, o sucesso fica mais perto a cada dia".

– Meu Deus, Emanuel, que conselhos bons... Fez-me ver que eu posso fazer a diferença – falou Orlando, já sem dores pelo efeito dos remédios, e feliz por alguém lhe mostrar o caminho da luz perdida há muito tempo.

– Orlando, o verdadeiro guerreiro não é aquele que matou mais inimigos, e sim aquele que derrotou seus próprios demônios interiores. Mude! Você pode! Comece a ser carismático, uma pessoa positiva, animada, entusiasmada e emotiva. Acabará rodeado de pessoas vencedoras. Viva e se deixe viver.

– Muito obrigado, Emanuel. Vamos, Birita! Já está escuro, vamos para o nosso beco. Emanuel, você me fez acreditar que posso voltar a viver de novo. Eu fui feliz um dia, lá pelos meus vinte anos. Depois mudei. Acreditei em algo e na forma errada de vencer, e isso me colocou na enrascada em que me encontro. Amanhã nos vemos, só lhe peço que não comente com ninguém que eu estou aqui. Ainda estou pensando numa forma de sair dessa situação. Amanhã quero me abrir com vocês, quem sabe até podem arrumar uma maneira de me ajudar. Emanuel, depois lhe pago o que está fazendo por mim. Até mais. – Orlando despediu-se com um sorriso, começando a caminhada até o lugar onde costumava dormir, segurando no ombro de Birita, pois ainda estava muito debilitado. Estava feliz como nunca, pois percebeu que a sua fé havia voltado, e junto com ela a esperança de um dia melhor. A dor foi embora, e ainda tinha mais remédios para dar continuidade ao tratamento. Logo chegaram ao beco onde dormiam. Orlando despediu-se de Birita e depois de quatro dias foi dormir sem fome e sem dor.

Na casa dos Moraes todos foram dormir cedo também, pois tia Anastácia acordava muito cedo, acordando a todos também. Orlando reencontrou a fé que havia perdido, Maria perdeu a fé que tinha, e assim findou-se mais um dia no planeta Terra. Nós, os seres humanos, vemos, mas não enxergamos. Tocamos, mas não sentimos. Escutamos, mas não entendemos. Lemos, mas não assimilamos. Nessa ciranda da vida vemos que um dia subimos, no outro descemos. Um dia estamos fortes, no outro estamos fracos. Um dia nascemos, no outro morremos. Um dia temos fé, no outro perdemos a esperança. Acabamos por entender que há um tempo determinado para todas as coisas.

Tudo tem o seu tempo determinado, e há tempo para todo o propósito debaixo do céu.

Há tempo de nascer e tempo de morrer; tempo de plantar e tempo de arrancar o que plantou.

E também que todo homem coma e beba e goze do bem de todo o seu trabalho. Isso é um dom de Deus.

O que é já foi; e o que há de ser também já foi; e Deus pede conta do que passou.

E disse em meu coração: Deus julgará o justo e o ímpio; porque há um tempo para todo intento e para toda obra.

Todos vão para um lugar, todos são pó e todos ao pó tornarão.

Eclesiastes
Capítulo 3, Versículos 1, 2, 13, 15, 17 e 20

A Vaidade

Lembra-te do teu Criador nos dias da tua mocidade, antes que venham os maus dias, e cheguem os anos dos quais venhas a dizer:

– Não tenho mais neles contentamento.

Antes que escureçam o sol, e a luz, e a lua, e as estrelas, e tornem a vir as nuvens depois da chuva.

No dia em que tremerem os guardas da casa, e se curvarem os homens fortes, e cessarem os que olham pelas janelas.

E o pó volte à terra, como o era, e o espírito volte a Deus, que o deu.

Vaidade de vaidade, diz o Pregador, tudo é vaidade.

Eclesiastes
Capítulo 12, Versículos 1, 2, 3, 7 e 8

Capítulo 16

Elaine abriu os olhos assustada ao escutar Maria, eufórica, chamando por ela.

– Dona Elaine, acorde! Pelo amor de Deus, a senhora não vai acreditar no que está acontecendo. Vamos, venha! Tem uma pessoa esperando a senhora na sala de estar.

– Maria, que horas são agora? – pergunta Elaine, tentando assimilar os fatos. O sol já ia alto; depois de algumas noites insone, ela conseguiu dormir profundamente nessa noite. – Diga-me que é o Orlando que apareceu. É ele?

– Já passa das dez horas – tornou Maria, mal conseguindo dissimular a euforia que tomava conta dela. – Infelizmente não, Dona Elaine, mas é uma pessoa que a senhora gostará muito de conhecer.

– Venha, vamos descer! – ordena Maria com delicadeza e alegria. – Não vou dizer quem é, mas tenho certeza que gostará da surpresa.

– Vou higienizar-me e desço logo. Seja quem, for peça-lhe para esperar um pouquinho, por favor – tornou Elaine educadamente, direcionando-se ao lavabo. Depois de um banho rápido, Elaine vestiu-se discretamente e desceu até a sala de estar. Chegando, viu tia Anastácia e outra mulher. Percebeu que ela estava chorando. Elaine assustou-se, porém, ao prestar atenção mais detalhadamente percebeu um contraste no rosto da tia, pois apesar das lágrimas no rosto, ela estava sorrindo.

– Tia Anastácia, tudo bem? O que está acontecendo aqui? Quem é a senhora, por que chora e faz a minha tia chorar? – pergunta Elaine, direcionando a voz à mulher que estava à sua frente. Elaine percebeu que a mulher que a fitava era muito bonita. Aparentava ter entre cinquenta e cinquenta e cinco anos, muito bem conservados. Estava vestida impecavelmente; mostrava ser uma pessoa que dispunha de uma boa condição financeira. Seus cabelos eram negros e lisos, tinha pequenas ondulações que lhe caíam aos ombros. Também tinha uma pele clara e brilhante que combinava com os olhos claros e grandes. Seus lábios carnudos enfeitavam aqueles dentes branquinhos e bem distribuídos. Mas em seu olhar via-se um vazio, uma tristeza embutida. Seus olhos delatavam que era uma pessoa sofrida, pois o seu olhar era sem brilho. Afinal, quem era aquela jovem e bonita senhora?

– Minha filha, eu me chamo Luciana. Você não me conhece, mas já ouviu falar muito de mim – responde a simpática senhora. Eu sou a mãe de Orlando.

– Meu Deus! – Elaine nem bem acabou de exclamar, sentiu suas pernas amolecerem. Titubeando com a notícia que recebeu, procurou acomodar-se ao sofá que estava ao lado.

– Você está bem? Maria traga-lhe um copo de água com açúcar, urgente! – ordenou prestamente tia Anastácia. – Maria sem pensar duas vezes correu até a cozinha para executar o pedido de Anastácia. A notícia foi muito forte para Elaine. Ela estava passando por momentos turbulentos, e agora essa notícia lhe caía como uma bomba.

– Mãe, a senhora está bem? É a minha avó, mãe. Veja o que Deus nos trouxe. Enfim, uma notícia boa – falou Angélica, sorridente. Estava eufórica. Era a melhor notícia que tinha recebido em sua vida. Melhor que essa notícia, só quando soubesse que seu pai tinha voltado para casa, pensava Angélica contente com a novidade.

– Sim, eu estou bem. Acredito que tive uma queda de pressão. Não tomarei essa água com açúcar Maria, muito obrigada. Se for queda de pressão vai piorar se eu ingerir isso – responde Elaine, aturdida com a notícia que recebera. Elaine estava sentindo um misto de alegria e dor. Um sentimento de plenitude e ao mesmo tempo tristeza. Bem à sua frente estava a sogra que ansiava muito por conhecer. Porém, quando a vida lhe concedeu o desejo de seu coração, o seu esposo não estava ali para participar daquela alegria. O que estava acontecendo? Por que a mãe de Orlando que havia sumido há tantos anos, que nunca deu notícia, nem sabiam se estava viva, aparece assim do nada, justo quando Orlando tinha sumido? O que a vida estava proporcionando? Será que o sumiço de Orlando foi o caminho que a vida encontrou para trazê-la, depois de tantos anos? – Elaine ainda confusa recorda das palavras de Pedro:

> *– Elaine, o momento que está passando realmente é muito difícil, mas temos que ter fé que tudo se resolverá da melhor forma possível. Não cai uma folha de árvore se não for a vontade de Deus. Se vocês estão passando por isso, com certeza Deus vos dará forças para suportar o momento agonizante. Lembre-se, Elaine, a vida busca uma forma de nos ensinar. Ela manda sinais, às vezes não percebemos, mas está aí, à nossa frente. Se tivermos que aprender algo, a vida encontrará uma forma de nos ensinar. A vida é muito sábia e conspira a nosso favor, visando um crescimento espiritual até chegarmos à estatura de um varão perfeito.*

– Você é mais bonita do que eu imaginei. A sua foto que temos é muito antiga, ainda em preto e branco. Mas agora, vendo-a pessoalmente, percebo que Orlando se parece muito contigo – tornou Elaine, sentindo-se mais calma, após meditar sobre o que Pedro lhe disse alguns dias atrás.

– Veja, Elaine, ela é tão bonita quanto eu. Um pouco mais jovem, porém somos muito parecidas – falou tia Anastácia sorridente, brincando com a situação. Demostrou uma felicidade que como essa, só no tempo em que o tio Benjamim era vivo. Estava trasbordando de felicidade, pois havia encontrado a irmã que há tantos anos tinha desaparecido.

– Por onde andou? Por que nunca voltou? Onde mora? Já sabe do desaparecimento do papai? – perguntava Angélica, acariciando os cabelos da avó, mostrando-se totalmente curiosa em relação ao assunto.

– É uma longa história, minha criança, mas terei prazer de lhe explicar tudo, nos mínimos detalhes. Vocês merecem satisfações. Também já sei do sumiço de Orlando. Eu moro em Miami, nos Estados Unidos. Fiquei sabendo pela televisão. O sumiço de Orlando é uma notícia que está correndo o mundo, pois sugerem que é um crime político. E o tema sobre o qual escreveu seu livro é um tanto polêmico. A Itaipu Binacional é conhecida no mundo todo; logo a notícia se espalha pela curiosidade. Há anos que tento criar coragem de voltar para rever Orlando e a minha irmã Anastácia, e lógico, conhecer essa neta maravilhosa que tenho e minha nora. Porém nunca tive forças para tal façanha. Depois de tantos anos, ficava difícil de imaginar a reação de Orlando ao ver-me. Será que me aceitaria? Será que me odiaria ou me amaria? Todas as noites eu me fazia essa pergunta, e o tempo foi passando... Mas não aguentei, tinha que conhecer a família de meu filho. Deus sabe quantas lágrimas derramei em minha vida. Todos os dias, todas as noites eu orava e chorava, ora por saudade, ora por sentimento de culpa, ora por me sentir acovardada em não voltar e tentar acertar os meus erros do passado. Depois que vi os noticiários não tive mais dúvidas, criei coragem e voltei. Agora só me resta aceitar o vosso perdão, e orar para que eu tenha a chance de ver meu filho com vida pelo menos mais uma vez. – Luciana, que viu tudo o que ocorreu em relação a Orlando pela televisão, sobre o lançamento de seu livro e depois sobre o seu desaparecimento, não resistiu e descambou a chorar. Tinha evitado todos aqueles anos o filho que tanto amava, achando que, se ela voltasse, seu filho correria risco de vida, e que a sua irmã nunca a perdoaria sobre o erro que cometera no passado, mesmo que o seu coração relutava mostrando ao contrário. Mas estava decidida a reparar aquele erro.

– Nossa, vó! Não sei os motivos que a levaram para longe de sua família, mas de uma coisa eu tenho certeza: a senhora deve ter sofrido muito. Percebo isso pela maneira de falar, pelo tom de sua voz e pelos seus olhos. Sou muito nova ainda, mas já descobri duas coisas muito importantes na vida: em tudo se pode mentir ou fingir, mas há duas coisas que nem os melhores artistas conseguem fazer em relação ao beijo e aos olhos. Finge-se um beijo ardente de paixão, finge-se o beijo quente do sexo, porém o beijo do amor, aquele que damos com carinho, sentindo a energia do nosso companheiro, esse não conseguimos fingir. A segunda coisa é o olhar. Isso também não conseguimos fingir, pois o olhar reflete os sentimentos da alma. É só olharmos dentro dos olhos de uma pessoa, fixando o olhar, e já saberemos se está mentindo ou não. Eu falo por mim, mas vovó, antes de saber a sua história já lhe digo que a perdoo. O mais importante é que no dia de hoje eu vi cumprir as orações que eu fazia todas as noites para Deus lá no céu. Como eu queria conhecer a minha vovozinha. Aliás, nessa parte eu me enganei, a senhora de vovozinha não tem nada. É uma mulher linda, muito cuidada, com certeza teve muitos pretendentes em sua vida. É casada, vovó? – falava Angélica, eufórica pela alegria que a contagiava. – Que momento mágico e lindo. Uma pessoa veio a conhecer a sua avó já na mocidade. Orava todos os dias em que se lembrava dela, porém, lá no fundo lhe faltava fé de que um dia viria a vê-la. Que felicidade.

– Minha menina. Vou responder todas as suas perguntas, mas antes desejo fazer uma pergunta. Vocês têm alguma notícia de Orlando? – tornou Luciana, mostrando-se preocupada com o sumiço do filho.

– Não, Dona Luciana, ainda não tivemos nenhuma notícia de Orlando desde o seu sumiço – respondeu Elaine à sua sogra.

– Por favor. Nunca mais ouse me chamar de Dona. Você para mim é como uma filha que eu nunca tive, apesar de só conhecê-la hoje – tornou Luciana sorridente e com a voz melíflua, mostrando-se simpática e meiga.

– Desculpe-me. Vou chamá-la pelo nome, pois vejo que você é muito humilde – tornou Elaine sorridente.

– Vamos todos tomar um cafezinho que acabei de fazer – interrompe Maria. Eu vou servir. Maria, mal acabando de lhes servir o café, ouve o toque do sino que vinha da cozinha, dizendo que algum funcionário precisava falar com ela, a governanta.

– Com licença, já volto. Esperem um pouco, por favor, quero ouvir tudo. Só um minuto – explicou Maria, saindo ligeiramente.

– A Maria é como uma irmã mais velha para mim. Ela é mais que uma governanta, faz parte da família. Não ligue para o jeito dela – falou Elaine, sorrindo pela maneira com que Maria falou. Elaine percebeu que a sua sogra ficou aturdida pela forma que um empregado lhe dirigia a palavra. Após explicar que seus relacionamentos eram estreitos, Luciana ficou mais tranquila, pois ela era uma mulher compreensiva e veio de uma família pobre, assim como Maria.

– Dona Elaine, é o Pedro. Veio apenas para falar que já terminou o seu serviço e está indo embora. Como eu sei que a senhora gosta muito dele eu pedi que esperasse lá na cozinha. Posso dispensá-lo? – pergunta Maria, insinuando sobre o que Elaine deveria fazer.

– Dona Luciana, quero dizer, Luciana, o Pedro é um homem espetacular de extrema confiança. Tem uma genialidade divina em sua forma de ver a vida. De vez em quando, ele nos aconselha sobre alguma coisa, se ele souber o que está acontecendo. Sobre a sua aparição, logo falaria que é uma provisão divina. Tem nos ensinado muito, é uma excelente pessoa. Eu acredito que seria uma excelente ideia ele acompanhar as nossas conversas, poderia nos ajudar muito. Isso claro, se você concordar – explicou Elaine, pressentindo que aquela conversa necessitaria de toda ajuda possível, ainda mais a ajuda de uma pessoa lúcida como o Pedro viria bem a calhar.

– Eu não sei não... – falou Anastácia. – Minha irmã pode se inibir na presença de pessoas estranhas. Além do mais, é um assunto de família.

– Imagine. O que eu tenho para falar realmente não será fácil, porém se a minha nora fala que esse Pedro é uma pessoa boa, que nos pode até ajudar, eu faço questão de respeitar a vontade e a opinião dela. Pode chamá-lo – tornou Luciana com firmeza e disposição. Não demorou muito, Maria voltou com Pedro.

– Bom dia, senhoras. Eu não queria entrar, mas Maria insistiu falando que seguia ordens de Dona Elaine, então não pude recusar. Mas podem ficar tranquilas: tentarei passar despercebido, só falarei alguma coisa se realmente eu tiver certeza que de alguma forma trará algo de bom sobre o assunto – explicou Pedro, sorridente ao entrar.

– Bem, pessoal, vamos começar as explicações então... – falou Luciana, fazendo um breve intervalo para degustar o aromático café que Maria trouxe. – Mas antes quero deixar claro que declararei tudo que tenho ensaiado por vinte e dois anos. E também gostaria de não ser interrompida; ao final terão oportunidade de perguntar o que quiserem. Se me interromperem não sei se terei coragem para continuar. – Prosseguia Luciana olhando os olhos de sua irmã marejando. Como era insólita aquela situação, Luciana treinou todos os dias o que falaria a seu filho e a sua irmã; agora que ela havia voltado, o destino levara o seu filho para longe. Será que estavam predestinados a viver longe um do outro? Será que o amor deles seria para sempre como o amor do sol pela lua, que quando um aparece o outro vai embora? Teria ela coragem de dizer toda a verdade para a sua irmã? Esses pensamentos dançavam na mente de Luciana. Eram como um casal de apaixonados dançando levemente uma valsa pelo salão de festas. Luciana estava envolta em seus longínquos pensamentos quando foi interrompida.

– Minha irmã, coloque tudo para fora. Não esconda nada, acredito que chegou a hora de lavarmos a roupa suja – falou Anastácia, passando energias positivas à irmã.

– Tudo bem. Que Deus nos ilumine nesta manhã – tornou Luciana, criando coragem. – Como vocês sabem, fui embora ainda quando Orlando tinha oito anos. Meu Deus, como eu sofri. Lembrava-me de seu sorriso, de sua maneira alegre de falar. Lembrava-me até a sua forma de respirar, sempre ofegante quando me via chegar do trabalho nos finais de tarde. Lembrava-me das noites frias em que ficávamos em frente à fogueira, fazendo juras de amor eterno. Acredito que deixei evidenciar o meu sofrimento quando ele me enchia de perguntas sobre o pai que nunca conheceu... – Luciana tentava achar a linha de raciocínio para explicar o inexplicável: o verdadeiro motivo de sua partida. Em suas lembranças, as cenas do passado continuavam desfilando vivas, como se houvessem acontecido naquele dia, nutrindo os sentimentos mais impuros do ser humano, amargura, ódio e medo, o que posteriormente declinava a uma depressão contínua, flagelando seu corpo e alma. Ficou muda por alguns instantes; foi interrompida pelos soluços seguidos de um choro de desabafo, dor e tristeza.

Todos ficaram quietos respeitando aquele momento tão particular e preciso. Ela estava lavando a alma. Sentia que precisava fazer aquilo há muitos anos. Aquele era o momento, aquela era a hora e aqueles eram os espectadores que a vida havia escolhido para ouvi-la. Ela tentava mostrar-lhes como o destino tripudiara dos seus sentimentos, levando-a a expor seu filho à maledicência e ao preconceito por não ter pai.

– Desculpem, não pude segurar – continuava Luciana, desculpando-se por ter desabafado aos prantos.

"Tudo começou quando papai, sendo muito pobre, trabalhando para o pai do tio Benjamim, vendo que as suas duas filhas não teriam um bom futuro se ficassem presas, ali, naquela fazenda, resolveu mandar uma das filhas para morar na cidade, na casa do compadre João Pitanga para estudar. Lógico, essa filha era eu. Ainda muito criança fui mandada para morar no interior do Paraná, em Cornélio Procópio. Eu não queria ir, mas meu pai, na ânsia de me dar o que nunca pôde ter, me forçou, acabando por sufocar o meu sentimento de conquista. Eu fui ainda muito criança, ao sete anos. Revoltada por morar lá, contra a minha vontade, fui crescendo e me tornando uma adolescente problemática. Comecei a me envolver com algumas amizades um tanto duvidosas, e comecei a fazer coisas das quais não me orgulho. Tudo piorou quando chegou a notícia da morte do papai. Ainda nem tinha me recuperado do susto e chegou a notícia de que mamãe também tinha morrido de desgosto pela filha distante e por saudades do amado esposo. Não demorei muito, fugi da casa do seu João Pitanga e fui morar sozinha. Nessa época eu ainda nem bem tinha feito dezesseis anos, mas seu João viu esse meu ato irresponsável como um alívio, pois só lhe trazia problemas. Levada pelas amizades, fui morar com algumas pessoas que eu considerava amigas no Rio de Janeiro. Foi aí que começou o meu drama. Em um determinado dia, numa festa com um grupo de rapazes que estavam comemorando suas formaturas que seriam no dia seguinte, eu me entreguei a uma pessoa, não que isso fosse novidade, mas naquele dia embalada pela bebida forte, esqueci de tomar o anticoncepcional. Aí vocês já imaginam o que aconteceu. Fui descobrir o que eu tinha feito três meses depois. Estando grávida eu me vi desesperada... O que fazer? Estava sozinha no mundo, a única família que eu tinha na Terra era minha irmã em São Paulo. Fazia alguns anos que eu não dava notícias, nem sabia se ela ainda era viva ou se morava lá. Não minto para vocês que não me passou pela cabeça fazer um aborto, mas a cada dia que passava eu aprendia a amar aquela criança, sentia os seus movimentos, sentia o seu toque. Eu tinha certeza, era um menino, e seria jogador de futebol.

– Desculpe interromper, vó, mas a senhora não procurou o pai da criança? – pergunta Angélica, emocionada com o que escutava. Todos mostravam expressões de sentimentos, ora riam, ora as lágrimas teimavam em descer pelas meninas de seus olhos, ora mostravam entusiasmo a ponto de torcerem pelo resultado da frase que Luciana ainda nem tinha terminado. A plateia acompanha toda a história com delicadeza e compaixão.

– Sim, meu anjo. Eu o procurei – tornou Luciana sorridente. – Mas nunca o havia encontrado até um determinado dia... Voltei lá no clube onde houve a festa, ninguém se lembrava. O clube alugava os salões para os bailes. Todo fim de semana tinha festa naquele local, como haveriam de saber?

– Você o amou, vó? – indagou Angélica.

– Minha filha, pare de interromper a sua avó. Deixe-a terminar sua história – disse Elaine à Angélica.

– Apesar de pedir para não me interromperem, eu lhes peço que a deixe. É curiosidade de mocidade, eu também era assim, vejo que puxou a avó – tornou Luciana sorridente, passando as mãos nos cabelos de Angélica.

– Não, minha filha, eu não o amava. Na verdade nem sei por que me entreguei àquele rapaz daquela forma. Acredito que pela alta ingestão de álcool, para mostrar que éramos adultos, e principalmente por pena que senti dele – continuava Luciana, com os olhos brilhando, escolhendo com cuidado as palavras que falava. – Os amigos tiravam sarro dele, falando que ele era virgem, e que nunca tinha saído com uma mulher. Ele nem queria deitar com ninguém, mas você sabe como são os amigos, quando querem, infernizam a vida de uma pessoa. Quando eu os percebi tirando sarro dele, me aproximei e lhe dei um beijo, daí em diante vocês já sabem, ele se mostrou um garanhão. E ao contrário do que eles imaginavam, ele tinha sim tido relações com outra mulher. Quando acabamos aquele momento de aventura, ele me confessou que era a primeira vez que tinha traído a sua noiva, pois a amava mais que a vida. Foi muito educado comigo e carinhoso, mas mostrava-se totalmente apaixonado pela sua pretendente. Eu achei bonito o sentimento dele e, a partir daquele dia, prometi para mim mesma que só me entregaria a alguém por amor. De fato isso aconteceu. Só me entreguei a um homem depois daquela noite, mas assim como aconteceu com o Orlando, o destino o arrancou das minhas mãos.

– Quer dizer que nunca mais se casou? Ou teve outro homem além de Paulo, irmão de Benjamim? – Agora quem interrompeu a conversa foi Anastácia, aturdida com o que escutou.

– Nossa, tia Anastácia, a vovó teve um caso com o tio Paulo e a senhora nunca nos disse isso? – perguntou Angélica.

– Não a culpe, minha neta querida. Ela teve que me prometer que nunca contaria isso a ninguém – explicou Luciana a Angélica.

– Gente, essa conversa está ficando boa... – comenta Maria, sorrindo.

– Bem, pessoal – tornou Luciana, mostrando-se apreensiva com o que iria revelar. – Como ia dizendo, eu já estava grávida de sete meses de Orlando, quando me vi desesperada. Sozinha, naquela cidade enorme que é o Rio de Janeiro, sem dinheiro e sem condições de ter o meu filho, eu quase enlouqueci. Mas em um determinado dia procurei um posto de saúde para fazer um exame de rotina, e lá naquele posto de saúde, por ironia do destino eu conheci o Marcelo. Ele apaixonou-se por mim à primeira vista. Dava até medo, ele tinha fixação por mim. Sua tia Anastácia o conheceu. Ele era estudante de enfermagem, e estava no Rio fazendo uma pós-graduação. Contei-lhe a minha história e para minha surpresa ele morava em São Paulo. Como o pai do tio Benjamim era um homem de muitas posses e também era do comércio, ele o conhecia. Logo se ofereceu para me ajudar. Pagou minha passagem de volta para São Paulo, e toda a despesa da estrada. Também me ajudou no nascimento de Orlando, e tudo mais. Mas a minha surpresa maior foi quando cheguei à fazenda do pai do tio Benjamim. Anastácia me recebeu alegremente, não sabendo o que fazer por mim. Vendo que eu estava grávida começou a me encher de perguntas, só foi interrompida quando o seu esposo entrou na sala em que estávamos. Ele quase morreu de susto, e eu quase tive o seu pai ali, naquela sala, naquele momento inesperado.

– Nossa, vó! Que drama. Por que tanto susto dessa forma? – perguntou Angélica.

– Porque naquela manhã sua avó encontrou o pai do filho dela! – respondeu Anastácia com a voz forte e firme.

– O quê? O que a senhora disse mesmo? – perguntou Elaine totalmente aturdida.

– Isso mesmo que você escutou, o meu marido Benjamim era o pai de Orlando – tornou Anastácia com os olhos brilhando. Eu sempre desconfiei disso. Não é verdade Luciana? Benjamim é o pai de Orlando?

– Sim. Isso é verdade – respondeu Luciana convicta e com presteza.

– Vixi... Preciso tomar um copo d'água. Alguém quer também? – perguntou Maria num tom irônico.

Naquele momento um silêncio fúnebre se fez na sala, naquela manhã fria. Ninguém ousou falar mais nenhuma palavra. Ficaram estáticos, esperando o resultado daquela revelação que poderia mudar totalmente o destino da família Moraes. Luciana olhava a sua irmã pensativa, tentando imaginar o que estava passando em sua mente naquele momento tão difícil. Porém Luciana sentia-se aliviada; conseguiu colocar para fora aquele peso que a atormentou a vida toda. Pensou que, quando ela via a injustiça tomando conta do mundo, e os maus tinham sorte e os bons eram prejudicados, ela se perguntava qual era a vantagem de se ter honra e ser honesto. Hoje ela descobriu que a consciência limpa é uma delas. Sentia-se aliviada. Finalmente criou coragem de contar a verdade a todos que amava. Não precisava mais se esconder, pois o passado desfilava sobre o presente, libertando a sua alma. O sentimento de culpa é um jugo muito pesado. Agora, sentindo Deus bem pertinho dela, podia perceber que o seu fardo é leve e seu jugo suave. A vaidade evidenciou-se na vida de Luciana. Ela, por medo da reação das pessoas, por medo do que pensariam dela, por medo de ser humilhada, esperou todos esses anos para voltar para casa e enfrentar seus problemas. Mas a vida encontrou uma forma de trazê-la de volta. Luciana deixou de lado suas vaidades e aprendeu com suas atitudes errôneas. Prometeu a si mesma que jamais repetiria aqueles atos nefastos.

Capítulo 17

Após uma leve madorna, Luciana acorda assustada ao escutar Maria chamando por ela.

– Dona Luciana... Dona Luciana, acorde... Já são quatro da tarde. Todo mundo está esperando a senhora para continuarmos a nossa conversa.

– A minha irmã também está me esperando? – perguntou Luciana, esfregando os olhos e se esforçando para abri-los. Viajou a noite toda, estava muito cansada. Ao escutar a confissão de sua irmã pela manhã, Anastácia saiu aos prantos para o quarto de hóspedes. Luciana ainda tentou falar-lhe, porém ela não queria falar com ninguém. Pedro, ao ver o que estava acontecendo, segurou Luciana pelos braços, pois ia ao quarto em que sua irmã estava para lhe explicar tudo. Mas Pedro de forma sublime explicou que naquele momento o melhor remédio era o choro. Luciana, vendo sobriedade naquele conselho, resolveu segui--lo. Marcou continuar aquela conversa à tarde, às três e meia, e já tinha passado meia hora.

– Me desculpem o atraso. Vocês sabem que eu viajei a noite toda, estou muito cansada – explicou Luciana, descendo as escadas rapidamente e acomodando-se no sofá.

– Minha irmã, eu sei que você ficou transtornada com a notícia que lhe dei pela manhã, mas já quero avisar que isso foi apenas a ponta do iceberg, o pior está por vir – tornou Luciana de forma convicta e firme.

– Pelo que eu sei você deixou de viver desde que o seu marido Benjamim faleceu, mas de antemão quero lhe explicar que essa sua atitude é errônea.

– Olha aqui, Luciana, não quero que dê opinião em minha vida. Fale o que tem que falar e retire-se, por favor – disse Anastácia de forma arrogante.

– Não vou sair porque essa casa é do meu filho, e tem mais: se quiser ficar para escutar quero que fique em silêncio, pois o que eu tenho para dizer eu vou dizer, e se não quiser escutar pode retirar-se, pois saberá tudo amanhã pela televisão – tornou Luciana com autoridade, impondo respeito.

– Anastácia, tente compreender, a ferida do seu coração ainda está aberta. Está na hora de perdoar, esquecer. Você ainda é uma senhora muito jovem. Tem muita vida pela frente. Enquanto guardar essa mágoa no coração não poderá ser feliz. Dê uma oportunidade de sua irmã lhe explicar, pois ela não retornaria depois de tantos anos só para fazê-la mais triste do que você está – falou Pedro com a voz melíflua.

– Está certo! Não a interromperei, quero saber qual a sua desculpa – respondeu Anastácia.

– Minha irmã, entenda uma coisa, ninguém é de ninguém o tempo todo. Um dia chegam a hora e o momento da separação. Se aceitarmos isso como uma atitude natural da vida, onde morrer é tão comum quanto nascer, acabamos por nos conformar e entender que a nossa vida continua, e temos que viver – começou Luciana a explicar, mostrando-se conhecedora das leis que regem o universo. – Devemos lembrar os belos momentos que vivemos com os nossos entes queridos com alegria, não com tristeza. A saudade é uma manifestação natural que serve para nos lembrar o quanto a pessoa que partiu era querida, não como uma enfermidade que nos consome aos poucos. A alegria é o pilar da sustentação humana na Terra, pois além de fazer bem à nossa alma potencializa o nosso corpo terreno, aumentando o nosso tempo de vida.

"Se ficamos tristes, o nosso corpo provoca uma cadeia de reações hormonais que fatalmente prejudicará os nossos órgãos internos. Só para entender, quando ficamos muito tristes e por longo tempo, acabamos tendo depressão, que é uma resposta natural do organismo humano. Nós temos uma glândula em nossa cabeça, situada na base do encéfalo, denominada hipófise. Quando o nosso corpo entra em estresse, ela entende que o nosso corpo deve preparar-se para alguma ação; dessa forma, essa glândula libera informações químicas, provocando reações em cascata, uma estimulando a outra. Da hipófise as informações químicas descem pra outra glândula chamada tireoide, situada em nosso pescoço, e segue descendo por vários lugares, acabando nas glândulas suprarrenais. É uma cadeia de processos para preparar os nossos órgãos e músculos para fazer uma ação, como um exercício físico ou subir em uma árvore. O nosso encéfalo, ao fazer essa preparação, está mandando uma informação falsa ao nosso corpo, pois está dizendo: '– Ei! Prepare-se! Faça algo!' Mas essa falsa informação começou lá com a nossa tristeza exagerada, que nos levou ao estresse, nós acabaremos por não fazer nada. Não subiremos em uma árvore ou pularemos de uma altura considerável, apenas ficamos ali, tristes, estressados e depressivos. O problema disso tudo é que aos poucos vamos matando o nosso coração, pois todas essas reações químicas adentram os nossos músculos, preparando-os para uma ação, quando na verdade é só estresse e tristeza. As nossas glândulas, comandadas pelo nosso encéfalo, ao preparar todo esse processo acreditando que o nosso corpo o usará e isso não ocorre, libera substâncias químicas que vão aos poucos lesionando os músculos cardíacos. É uma morte lenta e silenciosa, e pior, sem sintomas. Quando nos damos conta e sentimos algo, já faz pelo menos dez anos que o nosso coração está doente. Aí, minha irmã, quando se chega a sentir algo, geralmente já é tarde. A vida continua; temos que prestar atenção com os entes queridos que ainda estejam vivos, amá-los, respeitá-los e curti-los. Devemos amar o nosso próximo com toda a força da nossa alma, como se não houvesse o amanhã. Quando realmente isso acontecer, e para o nosso próximo não houver um amanhã pois a morte lhe ceifou a vida, teremos em nossa consciência que fizemos o nosso máximo enquanto podíamos. Depois que já se foram não adianta mais lamentar. Viva e deixe viver. Se fizermos a nossa parte bem-feita, e se o ente querido que se foi também fez bem a parte dele, com certeza um dia nos encontraremos no esplendor do firmamento, lá no céu. Eu me arrependi pelos atos errados que pratiquei no passado, hoje eu estou dando um passo à frente, um passo em direção à luz. Temos que fazer algo bom agora, neste dia que se chama hoje, porque chegarão os dias em que falaremos: não tenho neles mais contentamento. Porque, querendo ou não, chegaremos à velhice. Você é muito bonita ainda, procure ser feliz, busque algo de bom, você merece. Não fique se preocupando com o que os outros irão achar ou falar de você, isso é vaidade. Apenas preocupe-se em voltar a viver e ser feliz".

– Luciana falava divinamente; mal ela sabia que estava sendo influenciada pelo espírito santo de Deus. Os anjos lhe mandavam bons pensamentos, visando paz, amor e harmonia.

Naquela mesma tarde não muito distante dali, Birita, Orlando e Emanuel se encontraram de novo. Após uma longa conversa, Orlando contou tudo sobre a vida dele, os seus medos, anseios, como sofreu na infância, como mudou com os passar dos anos, falou da mãe que desapareceu sem nunca lhe dar notícias, falou do tio Paulo que amava quando criança e de como sua tia Anastácia e o tio Benjamim o afastaram dele, contando os seus erros e de como virou bandido e foragido da lei. Contou também como errou na vida ao ser avarento, vaidoso, não tendo amor e nunca perdoando a ninguém. Comentou como foi cair naquela situação. Contou os crimes que cometeu, e que agora estava sendo procurado por roubo e assassinato. Emanuel e Birita escutaram tudo em silêncio, deixou Orlando desabafar. A voz de Orlando só era interrompida pelos soluços que Birita tentava esconder. Emanuel quedou-se abismado com a história de Orlando, e muito mais ao saber que Birita, que se mostrava uma pessoa tão durona, era na verdade um sentimental. Depois de Orlando se lamentar, Birita e Emanuel puderam perceber o quanto ele era vaidoso. Tudo em sua vida era vaidade.

– Orlando, você duvida de sua própria capacidade, faz de tudo para provar aos outros o quanto é bom, porém quanto mais se empenha, mais está afirmando o quanto teme o seu desempenho. Não confia em si próprio e nem em Deus. Sendo negativo e na ânsia de sua aceitação pela sociedade, você colocou o pódio do sucesso acima de tudo e de todos, inclusive acima de sua família e de você mesmo. Não observou o quanto estava sufocando a sua alma e o seu "eu" interior, sem falar o quanto fez sofrer a sua família. Você sempre os deixou em segundo plano, não os amando nem os respeitando como deveria – explicava Emanuel de forma eloquente.

"Querendo sempre ser o melhor em tudo, você estava praticando a 'vaidade'. Ao praticá-la, você acabou por ser soberbo, arrogante e desprezível. Ao adquirir essas más qualidades, você acaba por atrair para si pessoas que agem e pensam da mesma forma. Pessoas como o Dr. Júlio, Dr. Mauro e outros que você mesmo sabe. Pessoas pretensiosas que só se aproximam de alguém com segundas intenções. Nós somos o que pensamos e agimos. É a lei da atração. Nós refletimos o que somos como em um espelho, atraindo para nós pessoas e coisas ruins, como um ímã. Se formos bons e espirituais, acabamos por atrair bons fluidos e os anjos que Deus pai nos envia à Terra para nos ajudar. Porém, se formos avarentos, inescrupulosos e praticarmos a maldade, pisando em outras pessoas, para subir na vida ou por quaisquer outros interesses, atrairemos os anjos caídos que atuam ao mandado daquele que é contra Deus. Inclusive nem devemos ficar prenunciando o nome dele, pois isso também os atrai. Há pessoas que por qualquer coisinha já o chama, parece até que gostam de sua presença. Na verdade muitos fazem isso sem saber, mas eu sempre digo que a boca fala o que o coração está cheio. Veja o que aconteceu contigo, caiu nessa situação por negligenciar a bondade. Pode ter certeza, o que está acontecendo com você é uma forma que a vida encontrou para aproximá-lo da luz, para você transcender a linha tênue do incompreensível voltando aos trilhos da verdade, da bondade e da paz. E se não fosse dessa maneira, a vida encontraria outro caminho, pois a vida atua sob a sabedoria divina. O objetivo de tudo é único; induzir-nos a buscar uma evolução espiritual, dia a dia, até chegarmos à estatura de um varão perfeito. Nesse momento, estaremos preparados para ocupar os lugares dos anjos caídos, lá no céu. Porém nessa caminhada e escalada espiritual encontraremos fadiga e dor. Teremos muitos tropeços, pois aqueles que moravam no céu sabem o quanto lá é bom, e pior do que isso sabem que nunca poderão retornar para lá. Dessa forma nos invejam e sabem que se progredirmos espiritualmente, fatalmente herdaremos a coroa da vida eterna. Eles tentarão nos impedir de todas as formas, mas se formos firmes e fiéis, Deus manda os seus anjos para nos amparar. Uma vez lá no céu, encontraremos todos os que amamos e juntos a Abraão, Isaac e Jacó, veremos a face de Deus como ela é. Mas não podemos nos esquecer que a missão de levarmos a nossa alma ao céu vem pelo nosso corpo terreno. Ao sermos bons, nos tornamos templo e morada do Espírito Santo de Deus. Devemos fazê-lo ainda em vida, pois no túmulo quem louvará a Deus?

"Nós somos criadores do nosso destino. Assumir a responsabilidade por nossa própria vida torna-nos fortes e desenvolve nosso potencial. Ninguém pode crescer espiritualmente se não for dessa forma."

Continuava Emanuel, entusiasmado ao ver Orlando prestando atenção.

"Ainda não percebeu que se você não se julgar capaz ninguém o fará? Você e o seu modo de agir determinam como as pessoas vão tratá-lo. A vida é muito mais do que imaginamos. Devemos entender que, acima das nossas limitações, uma força maior e divina determina com sabedoria as leis da vida. Conduz-nos a situações em que menos esperamos para aprender com os nossos erros e acertos. Se formos inteligentes e observarmos os sinais que a vida nos manda, poderemos aprender a cada instante. Quando passarmos por uma dificuldade, devemos tirar o máximo de proveito dela. Devemos parar para pensar e olhar qual o objetivo daquela dificuldade. Deus não é vingativo, pelo contrário, é misericordioso, então por que passamos por tal dificuldade? Porque nós somos iguais ao ouro. Quanto mais o ouro é submetido ao fogo, mais puro fica. As suas impurezas são retiradas pelo calor do fogo. Assim como as nossas impurezas são queimadas pelo calor das dificuldades, pois ao passá-las nós fatalmente lembramos mais de Deus, suplicando-lhe misericórdia. Veja você mesmo, Orlando, agora que está em dificuldades, está mais humilde. O calor da dificuldade está queimando as suas impurezas. Quando o poderoso Orlando Moraes sentaria em uma lata de lixo como você está agora, e escutaria um conselho de um cozinheiro? Se hoje estou aconselhando você é porque um dia eu passei por uma situação difícil também. Só que não fiquei querendo pular de um viaduto ou ficar pelos cantos chorando; ao contrário, tirei proveito daquela experiência. Aprendi com os meus erros. Por isso, Orlando, entenda que errar muitas vezes é melhor que acertar. Errar faz parte do crescimento humano. Nunca saberemos o sabor do acerto se nunca provarmos o dissabor do erro. Agora está em nós entendermos e não errar mais. E sempre aproveitar o conhecimento adquirido por uma dificuldade, para ajudar outras pessoas a encontrar a luz do caminho espiritual, ensinando-as a trilhar a escada das leis que regem o universo. Errar é o primeiro passo para o acerto. O segundo e mais importante passo é reconhecer esse erro, e mentalizá-lo a nosso favor, o que fatalmente nos motivará a buscar a paz."

Emanuel percebeu que Orlando escutou tudo sem pestanejar. Em alguns momentos ria, noutros enrijecia a face. Em outros momentos Emanuel via os seus olhos marejarem, sempre atento, concordando com tudo o que ele falava. Aquilo era um bom sinal. Sinal de que estava se desvencilhando do passado e começando a projetar o futuro.

Capítulo 18

A noite já ia alta, mas todos na casa dos Moraes seguiam firmes em seus diálogos, fazendo apenas pequenos intervalos para um café, ir ao banheiro, etc...

"Quando cheguei à fazenda acabei descobrindo que Benjamim era o pai de Orlando. Queria morrer – continuava Luciana a contar os desatinos da vida – logo ele deu um jeito para ficarmos a sós e conversamos sobre aquela enorme coincidência que a vida nos impôs. Eu nunca gostei do Benjamim, como falei hoje pela manhã, só tivemos uma aventura impensada e o resultado fugiu ao controle. Também acreditei que esse meu sentimento era recíproco, dessa forma, juramos segredo sobre Orlando, pois se não iríamos mais nos relacionar intimamente, por que fazer a minha irmã Anastácia sofrer com uma notícia daquela? Na verdade essa ideia partiu de Benjamim. No começo até relutei, mas depois analisei bem e achei que era a melhor saída para aquela situação. No dia em que nos conhecemos, logo após o nosso relacionamento íntimo, Benjamim mostrou-se totalmente arrependido. Disse que amava a sua noiva, que foi a primeira vez que ele a traiu, falava coisas desse tipo. Acabei por acreditar que isso era verdade, mas foi tudo um plano que ele armou para poder aproximar-se de mim. Sabia que, se essa conversa viesse à tona, fatalmente Anastácia não me aceitaria em sua casa. A ele, certamente minha irmã acabaria perdoando, mas não posso dizer o mesmo de mim, ainda que tivesse sido uma enorme coincidência. Isso me amedrontou. Minha situação financeira era miserável, quero dizer, eu dependia totalmente de vocês. Com Orlando prestes a nascer, Benjamim prometendo que te amava e que nunca tentaria nada comigo, por que não aceitar aquela ideia? Ia tudo bem, por seis anos ele realmente nunca tentou nada comigo, sempre me respeitou, ainda que eu percebesse que ele praticamente me possuía com o seu olhar. Tudo começou a dar errado depois de seis anos, quando comecei a namorar o Paulo, que era mais novo que Benjamim e também seu único irmão. Ao me envolver com Paulo acabei por amá-lo, descobri o homem da minha vida. Paulo era alto, forte, olhos claros e brilhantes. Sempre muito elegante, sempre com a barba bem-feita, muito perfumado, lábios grossos e mãos fortes. Era o tipo de homem que passa segurança a uma mulher. Senti-me envolvida pelo calor de seus braços e pela sua maneira simples de ser, que contrastava com a sua forma enérgica de agir. Logo, acabei por aceitar o seu convite de casamento. Paulo até aquele momento não sabia quem era o pai de Orlando, só foi saber depois, de forma abrupta. Desde pequeno Orlando sempre foi muito apegado a ele. E uma vez consumado o casamento, Orlando teria o amor de Paulo e de Benjamim, o seu verdadeiro pai, ainda que não o soubesse. Estava tudo muito perfeito, eu tive uma adolescência perturbada, mas agora o destino iria dar uma folga, me deixaria ser feliz. Paulo, assim como você, Anastácia, nunca soube da verdade sobre Orlando. Aquele segredo me consumia aos poucos. Depois de muito pensar, decidi e planejei contar tudo a Paulo, pois não queria enganar mais ninguém, já bastava enganar a irmã que eu tanto amava e que me tratava como uma filha. Procurei Benjamim e contei-lhe que me casaria com Paulo, mas que antes disso eu contaria a ele sobre Orlando. Ele não aceitou de forma alguma e declarou o seu amor por mim, me deixando aturdida. Não acreditava no que escutava. Falou que sempre me amou e que nunca me esqueceu. Disse que acreditava que o meu relacionamento com o seu irmão mais novo fosse passageiro, mas agora que eu lhe contava sobre a nossa decisão de nos casarmos, ele não poderia aceitar. Naquele dia o meu conto de fadas desmoronou, de princesa virei bruxa e a minha vida virou um inferno. Supliquei a Benjamim que preferia a morte a você, Anastácia, naquela altura do campeonato, saber sobre o verdadeiro pai de Orlando. Nós havíamos falado para todo mundo, inclusive ao próprio Orlando, que seu pai havia falecido. Como o desmentiria daquela forma? O que acharia de mim? Será que me perdoaria? E você, Anastácia, será que me perdoaria? Qual seria a sua reação? Como Paulo reagiria se não fosse contado por mim e sim pelo seu irmão, da maneira dele? Meu Deus, como eu desejei a morte naquela época. Preferia fugir dos problemas a enfrentá-los. Passou um tempo e decidi colocar um basta naquele sofrimento. Procurei Benjamim e falei-lhe que dali a três dias, quando Paulo chegasse de Curitiba, onde tinha ido a negócios a mando do pai, eu lhe contaria tudo. Para a minha surpresa naquele dia Benjamim aceitou a minha decisão, até me elogiou, falando que admirava a minha perspicácia. Fiquei contente e aliviada, esperando Paulo chegar, mas Benjamim na verdade percebeu que eu estava amando seu irmão, e que, se ele se opusesse à nossa união, eu passaria a odiá-lo. Foi aí que ele colocou em ação o seu plano macabro. Usaria um terceiro para executar os seus objetivos, dessa forma nada poderia ser provado contra ele, e eu nunca o odiaria. Benjamim sabia que Paulo me amava, e que não me faria sofrer de forma alguma. Sabia que Paulo estava cego por amor e, se preciso fosse, iria até embora se a sua presença me fizesse sofrer. Sabia disso porque uma vez, quando nós ainda não namorávamos, Paulo tentava me conquistar, e eu mesmo apaixonada por ele o rejeitei, pois tinha medo do amor, então ele foi embora. Tive que correr e ir à rodoviária para impedi-lo, não sei se foi sorte ou azar, mas consegui chegar a tempo e impedir que fosse. Talvez se não tivesse conseguido chegar a tempo naquele dia, muitas pessoas sofreriam menos. Porém, analisando o presente, vejo que seria uma injustiça, pois a verdade dessa forma também nunca apareceria, talvez as consequências fossem piores. Nesse dia começamos a namorar. Benjamim sabia que Paulo faria qualquer coisa por mim. Na rodoviária quando declarei que o amava, Paulo me abraçou e me beijou. Quando nos recuperamos e voltamos à realidade, Benjamim estava parado ao nosso lado, nos olhando. Lembro-me até hoje de seu olhar me fulminando e da frase que disse: '– Como o amor é lindo! Pena que pertença a poucos'. Rindo ao final daquela frase, ele nos chamou para irmos para casa. Dissimulando a raiva que sentia, Benjamim começou naquele dia, ainda lá na rodoviária, a querer nos separar. Embevecido pela vaidade, Benjamim decidiu acabar com o meu relacionamento a ferro e fogo, sem se importar com as consequências."

– Meu Deus, vovó, que história cabulosa – comentou Angélica, atenta às palavras de Luciana.

– Realmente, minha filha, é um tanto sinistra – disse Luciana.

– Benjamim lembrou-se de Marcelo, sabia o quanto me amava. Sabia que na época que Marcelo me trouxe do Rio de Janeiro, quando eu ainda estava grávida de Orlando, ele fez de tudo para ficar comigo. Até se propôs a falar que Orlando era o seu filho. Propôs registrá-lo em seu nome e tudo mais. Por fim desistiu porque Benjamim deu-lhe um chega para lá. Como Benjamim era muito poderoso e ele um simples enfermeiro, resolveu me deixar em paz, porém nunca me esqueceu. Sempre manteve acesas em seu coração as chamas da esperança. Benjamim, mostrando-se sem escrúpulos, começou a colocar em prática o seu maquiavélico plano. Com a desculpa de que não me achava uma boa pessoa para se casar com o seu irmão, Benjamim planejou com Marcelo um exame de sangue a que Orlando se submeteu inocentemente. Ele tinha apenas oito anos... Supostamente o enfermeiro, ou melhor, o Marcelo, descobriu que Benjamim era o verdadeiro pai de Orlando. Mas na verdade foi o próprio Orlando quem contou. Nesse dia Marcelo, tomado pelo sentimento de apego, posse e arbitrariedade colocou em funcionamento a segunda parte dos planos de Benjamim. Levado por sua vaidade, Marcelo, que sempre foi vidrado em mim, começou a me chantagear, falando que se eu não desistisse do casamento ele me delataria a Anastácia e a Orlando. Mas eu nunca soube da participação de Benjamim nesse plano diabólico, a não ser há alguns anos... Fiquei desesperada, pois para Paulo eu iria contar, mas você e Orlando estavam fora de meus planos, Anastácia. Naquele momento da vida essa notícia só os faria sofrer, e isso eu não queria. Se bem que eu teria sofrido menos. Também achei injusto fazê-la passar por uma situação humilhante dessas, ainda mais que naquela época fazia poucos dias que você tinha pegado os resultados de exames que afirmavam que você nunca poderia ter filhos. Às vezes eu me pergunto: será que o que Benjamim sentia por mim era amor, ou por que eu era a única mulher do mundo que tinha e teria um filho seu? Eu nunca soube as repostas para essas perguntas. Benjamim, sempre muito astuto, viajou até Curitiba no dia seguinte atrás de Paulo, e lhe contou tudo sobre Orlando, lógico, menos a parte em que se declarou a mim, e sobre a ajuda extra que Marcelo estava dando a ele. Mas antes de Benjamim contar a seu irmão o que queria, ele o fez prometer que nunca contaria à sua esposa, Anastácia, e nem a mim. Para Paulo acreditar na história, Benjamim lhe mostrou o resultado do exame de paternidade que supostamente havia conseguido com o enfermeiro. Falou que o enfermeiro valeu-se de um exame de rotina e acabou por descobrir a verdade. E que ele, Benjamim, até então também não sabia do fato. Forçando a mente acabou por lembrar-se de uma festa que participou uma vez, no Rio de Janeiro, porém estava tão bêbado que não lembrava o rosto da mulher, e que, assim como ele, também estava surpreso. Eles tinham que fazer alguma coisa, pois sua mulher, Anastácia, nunca poderia saber disso, muito menos Orlando, pelo quanto ele poderia sofrer, pois certamente Anastácia expulsaria todos da fazenda. Fazendo-se de vítima e mostrando-se preocupado com a situação, Benjamim convenceu o irmão mais novo a tomar alguma atitude. O mais correto seria ceder às chantagens de Marcelo e desmanchar aquele namoro e casamento. Dessa forma tudo ficaria bem, como sempre. Benjamim, usando de maledicência, mostrando-se totalmente astuto, ainda falou para Paulo que Marcelo havia confidenciado a ele que, se Paulo fosse embora, ficando distante de mim, assim como Paulo ele também iria me deixar em paz, pois para Marcelo, se eu não pudesse ser dele, também não poderia ser de ninguém. Que para Marcelo não precisaria ficar comigo, bastava apenas que ninguém me possuísse. O plano de Benjamim era diabólico e perfeito, ele sabia como controlar Marcelo. Ele o usaria para os seus propósitos, depois era só ameaçá-lo de morte e pronto, eu estaria livre para ele tentar me conquistar de novo. E pior, nós nunca saberíamos de sua participação nessa tramoia toda. Para convencer Marcelo a fazer o que ele queria, Benjamim usou a sua vaidade, falando que ele não poderia me perder para o seu irmão, pois se perdesse para ele, de quem iria ganhar? Fez essas colocações com o intuito de mexer com o brio da pessoa, e pior que conseguiu. Disse-lhe que eu era uma aventureira e que não servia para o seu irmão. Ainda falou que Paulo poderia até sofrer um pouquinho, mas logo esqueceria, pois sempre foi muito namorador e nunca se apegava a ninguém por muito tempo. Falou também para Marcelo que ele estaria fazendo um favor à família Moraes, pois estaria livrando a fortuna deles de parar nas mãos de uma vigarista, pois ela havia aproveitado dele quando estava bêbado em uma festa no passado. Marcelo, convencido pelas tantas argumentações de Benjamim, aceitou participar daquele maldito plano. Confesso que Benjamim foi muito inteligente. Pensou em tudo, menos que Paulo poderia realmente me amar e não querer me entregar assim de bandeja para Marcelo. Infelizmente Paulo resolveu tirar a limpo aquela história ao invés de simplesmente ir embora, como queria Benjamim. Paulo foi até a casa da família Moraes, pegou uma arma e dirigiu-se até a casa de Marcelo com a intenção de matá-lo. Paulo era uma pessoa boa, nunca fez mal a ninguém, antes mesmo de chegar já tinha desistido de fazer o pior. Pelo caminho pensou e decidiu que Marcelo teria que ir embora daquela cidade sem falar nada a ninguém sobre o assunto em questão; caso não o fizesse, aí sim, a conversa seria diferente, mas antes daria a ele uma chance de sumir. Uma vez adentrado a casa de Marcelo, ambos começaram a discutir. Em um determinado momento Marcelo, sentindo medo de morrer, de forma singela pegou uma faca e partiu para cima de Paulo. Sorte que Paulo estava atento e desviou-se rapidamente: a faca passou a alguns milímetros da sua jugular cortando-lhe apenas de forma superficial a pele. Marcelo ainda continuou em sua tentativa de matar Paulo, porém por estar assustado e com medo de morrer do que por ser machão, Paulo sacou a arma que até então estava guardada em sua cintura e, num ato intuitivo, fez um disparo certeiro no abdômen de Marcelo, que caiu instantaneamente. O disparo, que transpassou Marcelo, ao sair pelas costas havia atingido a coluna, impossibilitando-o de andar. Paulo, assustado, saiu correndo, deixando a arma com as suas digitais no local do crime, e foi direto à casa de seu irmão Benjamim. Benjamim, escutando tudo o que o seu irmão contou, sentiu um calafrio percorrer sua a espinha, um misto de prazer e sentimento de culpa. Juntos, voltaram ao local do crime para analisarem a situação. Ao chegarem à casa de Marcelo, puderam observar que ninguém havia escutado nada. Adentraram com cuidado, e ao chegar ao quarto de Marcelo ele estava caído, imóvel, como Paulo o tinha deixado.

– Será que eu o matei, Benjamim? Ele está da maneira que eu o deixei antes de sair – perguntou Paulo, totalmente assustado.

– Vou verificar – respondeu Benjamim, indo em direção a Marcelo. Ao chegar perto do corpo, Benjamim abaixou-se tocando-lhe o pescoço para tentar sentir a pulsação do seu coração, pois no pulso não a sentiu. Inesperadamente Marcelo acorda e desfere um enorme arranhão no rosto de Benjamim que lhe arrancou a pele, deixando o sangue escorrer.

– Miserável! Gritou Benjamim, desferindo um golpe na cabeça de Marcelo com uma barra de ferro que haviam levado para qualquer emergência ou eventualidade. Naquele momento eles puderam ver o enorme corte que se abriu na parte occipital da abóboda craniana de Marcelo.

– Meu Deus, Luciana. Quer dizer então que Benjamim participou da morte de Marcelo? – perguntou Maria, aturdida.

– Não só participou como terminou de fazer o serviço – respondeu Luciana. Marcelo não morreu naquele momento, morreria três dias depois, se esvaindo em sangue. Benjamim sempre foi frio e calculista, e naquele dia não foi diferente, tirou proveito da situação. Levou o seu irmão a um hotel onde conhecia o dono, hospedando-o com um nome diferente. O dono logo percebeu que havia alguma coisa errada, mas não se atreveria a meter-se com o poderoso Benjamim. Na verdade a família Moraes sempre foi muito respeitada na região; o velho pai era da época dos coronéis, sempre andou com um revólver na cintura, enfim, haviam adquirido fama de bravos. Benjamim instruiu seu irmão Paulo a ficar ali esperando para fugir da repercussão que aconteceria nos próximos dias. Deveria esperar pelo menos uns três ou quatro dias, só então ele viria buscar Paulo. Na verdade Benjamim nunca mais voltou àquele hotel. Combinaram que Benjamim voltaria à casa de Marcelo e o pegaria levando-o a um hospital, dessa forma poderiam provar na justiça que foi em legítima defesa, e o ato de levarem Marcelo a um hospital atenuaria a sentença, pois dessa forma seria enquadrado como um crime culposo e não doloso. Paulo aceitou a ajuda do irmão Benjamim e ficou por cinco dias esperando a sua volta. Assustado e incomunicável, no sexto dia Paulo resolveu sair e ir à casa de Benjamim para saber dos fatos, porém ao sair no saguão do hotel a polícia já o estava esperando. Foi preso. Isso que estou lhes contando é a versão verdadeira, a versão oficial vocês já sabem.

– Meu Deus, Luciana, você tem certeza do que está falando? – perguntou Elaine, consternada. O que saiu na imprensa e o que nós ficamos sabendo foi que depois de quatro dias o enfermeiro foi achado morto em sua casa. Tinha um tiro na barriga. Quanto à suposta pancada em Marcelo de que você está falando na época foi dito ele sofreu ao cair após o tiro.

– Sei que é difícil acreditar, porém Anastácia lembra que na época que Paulo foi preso, ele dizia que era inocente, e que atirou sim em Marcelo, mas em legítima defesa – tornou Luciana. O que pesou contra ele foi o fato de não prestar socorro à vítima após defender-se, deixando-o morrer aos poucos, à míngua. Paulo nunca contou a verdade à polícia e nem a nós. Nunca falou que Benjamim tinha participação ativa no crime.

Essa nova versão dos fatos eu só fui saber há poucos anos, precisamente quando Benjamim morreu.

– Na época, o Benjamim nos contou que Paulo em um momento de fúria e ciúme matou Marcelo e, pior do que isso, nos falou que os irmãos do Marcelo que moravam em outro estado ameaçaram matar você, Luciana. Falaram que vingariam a morte do irmão nem que fosse a última coisa que fariam no mundo – disse Anastácia com a voz mais amena, mostrando-se aturdida com os novos fatos.

– Conforme Benjamim havia combinado com Paulo, ele deveria voltar à casa de Marcelo e levá-lo ao hospital contando aos médicos a verdade sobre os fatos, e falar que seu irmão se apresentaria após três dias com um advogado na delegacia – continuou Luciana. Porém Benjamim nunca voltou à casa do enfermeiro, deixou que ele morresse aos poucos, esvaindo-se em sangue. Quando Benjamim e Paulo saíram da casa de Marcelo, eles tiveram o cuidado de vistoriar toda a casa, e retiraram todos os telefones. Ligaram o rádio no volume máximo para abafar possíveis pedidos de socorro e trancaram Marcelo em seu quarto. Marcelo, após acordar da pancada, sem poder andar, arrastou-se até a porta do quarto na tentativa de sair. Vendo que a porta havia sido trancada por fora, arrastou-se até o seu guarda-roupa, onde guardava um kit de primeiros socorros. Como era enfermeiro, colocou em si mesmo, de forma intravenosa o soro, prolongando sua vida. Tudo isso está no laudo policial que foi feito na época. O que matou Marcelo não foi o tiro e sim as complicações causadas, pois o projétil não atingiu nenhum órgão vital, porém a hemorragia não se estancou, era caso de cirurgia. Com o soro, conseguiu sobreviver um pouco mais, porém quando o soro acabou não conseguiu mais resistir. A polícia encontrou várias embalagens de soro vazias, foi terrível a cena. Ele lutou para sobreviver até o último momento. A polícia só foi chamada após os vizinhos observarem que já fazia alguns dias que o som da casa de Marcelo estava muito alto e ininterrupto. Então chamaram a polícia para saber o que estava acontecendo, e por fim descobriram os fatos.

– Então quem matou o Marcelo na verdade foi o tio Benjamim? – perguntou Angélica, assustada. Na sala as pessoas escutavam com atenção; Pedro, Maria, Anastácia, Angélica e Elaine nem piscavam os olhos, não queriam perder nada. Estavam assustados, eufóricos, contentes e tristes com as revelações que sucederam. Na mente de cada um formava uma opinião diferente, alguns pensamentos em comum, mas em um ponto todos tinham o mesmo sentimento: estavam pasmados diante de tantos fatos novos que se revelaram.

Capítulo 19

As revelações seguiam animadas, deixando os espectadores aturdidos diante de tantos fatos novos. Tudo o que acreditavam ser a verdade agora mostrou-se ser mentira. Toda a mágoa que tinham por uma determinada pessoa agora passou a ser um sentimento de compaixão. Todo o amor que sentiam agora passou a ser ódio. O passado desfilava sobre o presente, mostrando que nem tudo é como acreditavam ser, e nem tudo é como acreditavam ver. Começaram a entender que muita gente se mostra boa, porém são crápulas escondidos sob o verniz social. Aquelas pessoas estavam aprendendo com a vida que não devemos julgar alguém pela aparência e sim pelo coração. A intuição daquelas pessoas foi colocada de lado há muito tempo. Descobriram que o preço por isso tinha sido muito alto, pois confiaram nas aparências e desprezaram o sentimento e a sinceridade de Paulo. Sentiam-se envergonhados, nunca haviam lhe feito uma visita sequer enquanto esteve preso. Escondiam-se por trás do medo, porém na verdade o que sentiam era desprezo, prejulgando os seus valores.

Após Paulo ser preso, Benjamim procurou-o na prisão, ameaçando-o, dizendo que as coisas tinham fugido ao controle. Ele mandou Luciana para um lugar seguro que só ele sabia onde era, e que se ela tentasse incriminá-lo, ele negaria tudo e ainda daria o endereço de onde Luciana estava aos irmãos do Marcelo.

"Paulo ficou muito assustado, pois me amava mais que a própria vida. Benjamim ainda ordenou que Paulo assinasse um documento abrindo mão de todos os seus direitos, pois dessa forma estaria protegendo a fortuna da família contra os advogados inescrupulosos. Paulo não era bobo, logo entendeu a intenção de Benjamim, e negou-se a fazer tal ato. Benjamim, vendo que não teria sucesso nessa forma de agir, acabou por ser totalmente avarento; falou que se ele não assinasse aquele documento, ele daria o meu endereço aos irmãos de Marcelo. Paulo, vendo que ficaria muitos anos preso e que não poderia me defender, acabou por fazer a vontade de Benjamim. Benjamim usou os mesmos argumentos comigo, falando que se eu não fosse embora, os irmãos de Marcelo me matariam. Muito assustada, ele acabou por me convencer a deixar Orlando, dizendo que, se eu o tentasse levar, ele me delataria a Anastácia, e entraria com o pedido de paternidade da criança. Como era rico, falou que tomaria Orlando de mim de qualquer forma. Fiquei totalmente assustada, sem rumo, sem saber o que fazer. Enfim, me convenceu a fugir e deixar o meu filhinho. Meu Deus, como isso doeu e dói em mim até hoje. Mas sendo uma fugitiva, sem recursos financeiros, sem ajuda de ninguém, como eu poderia dar uma vida boa a meu filho? Eu teria que fugir dos irmãos do Marcelo e da Justiça, pois se Benjamim cumprisse o que prometeu, tentaria tomar o meu filho. Que situação desesperadora. Não tinha o que fazer, então fugi. Benjamim arrumou-me um passaporte e dinheiro. Fui primeiro para a Espanha, depois para Miami, nos Estados Unidos da América. Como eu não sabia de todas as falcatruas de Benjamim, com o passar dos tempos eu acabei perdoando-o e minha mágoa foi aos poucos sumindo. Eu acreditei que não tinha nascido para amar, que a vida era injusta e que o significado da palavra amor era sofrer. Longe do único homem que eu amei na vida e longe do meu maior tesouro, que era o meu filho Orlando achei que fosse enlouquecer. Não enlouqueci porque mergulhei de cabeça nos estudos e no trabalho."

– Muitas vezes o sentimento de raiva nos impulsiona, somado à vontade de provar que se é capaz, inteligente e forte, nos conduz a uma vida de ganhos materiais, dessa forma auxiliando a galgar o caminho da esperança, refletindo no prenúncio do sucesso – interrompeu Pedro. – Porém, isso não é suficiente para preencher o vazio da alma. O sentimento de solidão acaba por nos destruir aos poucos. Pode ter certeza, Dona Luciana, o sinônimo da palavra amor é amar. A seu tempo você descobrirá isso.

– Eu sei Pedro. Há poucos dias descobri isso – tornou Luciana, sorridente. – Bem, continuando, Benjamim todos os meses fazia transferências de dinheiro para a conta bancária que ele abriu para mim em Miami, pois era o mesmo banco que Benjamim mantinha as contas da firma. Ele também de vez em quando mandava algumas fotos de Orlando para mim. Como eu sofria... Algumas vezes eu falei em voltar, mas Benjamim sempre me contava como os irmãos do Marcelo rondavam a região atrás de mim. Foram passando os anos, Orlando foi crescendo, até que chegou num ponto em que não tinha mais como voltar. Depois que me formei, fechei a conta do banco. Benjamim conseguiu com o banco o meu telefone e insistiu para eu receber os depósitos, porém eu lhe expliquei que não precisava mais, pois estava bem. Pedi para ele ajudar Orlando a ser um grande homem, e eu lhe seria grata pelo resto da vida. Comecei a ganhar muito dinheiro, pois me tornei uma profissional muito competente. Formei-me em medicina e me especializei em cirurgia cardíaca; sou uma das melhores em minha área. Agora estou me especializando também em outra área, só que mais para passar o tempo e por curiosidade, pois o que gosto mesmo é de salvar vidas que estão condenadas à morte pela enfermidade.

– Meu Deus! Você é especialista em cirurgia cardíaca? – perguntou Elaine atônita.

– Sim, sou. Mas por que a surpresa? – tornou Luciana vendo o repentino interesse de sua nora.

– É por... – Nem Elaine havia começado a falar, Anastácia a interrompe com rancor.

– Por nada, não! Continue a sua história.

– Tudo bem, continuarei – respondeu Luciana, observando que tinha algo errado. Depois haveria de descobrir o que era, no momento deveria terminar o que havia começado.

– Tentei esquecer Paulo, pois como eu poderia me envolver com uma pessoa assassina e desequilibrada? Benjamim por várias vezes me contou coisas terríveis que Paulo fez na prisão.

– É verdade, tio Benjamim para mim mesma contou muitas histórias terríveis, tenho até medo que o tio Paulo um dia possa aparecer aqui – falou Angélica, dando ênfase ao que a avó contava.

– Tentei esquecer o seu tio Paulo, porém nunca consegui. Até tentei me relacionar com alguns homens, mas ao me tocarem eu só lembrava-me de Paulo. Paulo ficou guardado em meu coração, e nos dias de minha solidão, a saudade só chamava o seu nome. Vendo que não o esqueceria, nunca mais me relacionei com nenhum homem – continuou Luciana, deixando algumas gotas de lágrimas cristalinas lhe banharem o rosto. Todos os que a olhavam também não conseguiram conter os seus sentimentos. Ainda que se esforçassem, as meninas de seus olhos soltavam algumas gotas de lágrimas. Lágrimas... Palavra triste. Lembra saudade, lembra amor, lembra paixão. Lágrimas... Até de Jesus elas foram companheiras...

– Quando foi que soube de tudo isso, Luciana? – perguntou Anastácia, enxugando as lágrimas.

– Quando Benjamim morreu. Paulo, antes de fugir da prisão naquela terrível rebelião que houve, fez amizade com um preso. Dentro da prisão Paulo salvou a vida dele, protegendo-o de alguns agressores. Quando esse amigo de Paulo saiu da cadeia, isso tudo antes da rebelião, ele prometeu a Paulo me localizar e lhe passar o meu número. De uma forma que eu desconheço, ele conseguiu o meu número. Acredito que rastreando os depósitos que Benjamim fez para mim. Porém, Paulo nunca teve coragem de me ligar, só o fez há dez anos, quando Benjamim morreu.

– Então o que você está nos contando é apenas suposição, Luciana, não pode provar nada! – disse Anastácia, mostrando irritação.

– Quando Paulo me telefonou há dez anos, eu também achei que pudesse ser mentira – tornou Luciana. – Mesmo o meu coração falando ao contrário eu não quis acreditar no que Paulo me falava. Contou-me tudo. Falou de todas as armações que Benjamim preparou. Sobre um documento que assinou lhe passando todos os direitos sobre a herança da família. Eu queria morrer. Escutava a voz dele, a sua respiração ofegante ao telefone... Deus! Como eu queria correr para os braços dele. Mas senti medo, tive dúvidas, achei que ele poderia estar querendo o meu dinheiro... Fui avarenta... Coloquei as coisas materiais acima de tudo. Era muita coisa para acreditar. Desliguei o telefone com ele ainda a falar... Fiquei assustada: se ele havia conseguido me encontrar, certamente os irmãos de Marcelo também poderiam me encontrar. Larguei um bom emprego que tinha e fugi para outra cidade. Fiquei nessa cidade morando até dois anos atrás. Nessa nova cidade comecei a trabalhar em uma empresa muito poderosa que fabrica produtos cirúrgicos na área da estética.

– Cheguei a acreditar que você estava envolvida na morte de Marcelo – falou Anastácia. – Benjamim sempre dera a entender esse fato. Mas ao analisar bem, vi que você jamais faria isso.

– Eu te amo, minha irmã – tornou Luciana. – Você me julgou pela intuição e não pelo que lhe foi apresentado. Eu não. Não segui a minha intuição. Assim como vocês também não acreditaram no que eu acabei de falar, por ser apenas o relato feito pelo Paulo, eu também não acreditei. Ele na época já era foragido da cadeia, achei que tinha inventado essa história para me impressionar, tirando proveito do amor que sinto por ele.

– Mas se você não acreditou nessa história dez anos atrás porque agora começou a acreditar? – indagou Maria, procurando saber dos fatos.

– Então, Maria, tudo começou a se esclarecer há dois anos em uma conferência de medicina de que participei em Lisboa – continuou Luciana. – Participei daquela conferência a serviço da empresa em que trabalhava. O tema da conferência era cirurgia plástica.

– Ham... Então é por isso que a senhora está toda esticadinha... Parece até que tem trinta anos... – falou Maria com sua simplicidade em tom simpático.

– Maria, tenha modos! Vai deixar a Luciana constrangida – exclamou Elaine tentando não rir com o que escutou.

– Deixe-a, Elaine – tornou Luciana. – Esse nosso corpo vai retornar ao pó de onde veio. Eu não acho que é vaidade você se sentir bem. Tendo condições financeiras, tendo saúde para tal e o companheiro estando a favor, por que não fazer? Nós não devemos nos entregar ao adultério e à fornicação; devemos amar e respeitar o nosso companheiro, pois ao nos entregarmos ao casamento, tornamo-nos um só, como uma carne única. Você não acha justo se produzir para a pessoa que amamos? É o que falei, não devemos fazer para usufruir de forma errada, virando escravo da própria vaidade, porém devemos fazer para satisfazer a nós mesmos. Sentir-se bem não tem preço. Levanta a nossa autoestima e o moral. Devemos nos sentir desejadas, amadas e felizes... E felicidade não tem preço... É isso mesmo, Maria, me estiquei toda, pois quando eu encontrar Paulo eu quero estar linda.

– Nooossaaaa!!! Que coisa mais linda gente... Você realmente o ama. Gostaria de encontrar alguém e amá-lo dessa forma – tornou Maria, soltando um suspiro.

– Pessoal, chega de assuntos supérfluos! Já está tarde e estou muito cansada. Mas antes de me retirar eu gostaria de saber a verdade. Por favor, continue minha irmã – exclamou Anastácia, mostrando demasiado cansaço ao falar. Também se mostrou com sudorese e fadiga. Luciana, que era uma médica muito eficiente, já havia percebido que algo ia errado com a irmã, porém esperava que ela se pronunciasse sobre o assunto.

– Gostaria de saber como você chegou à conclusão com tanta convicção sobre a inocência de Paulo – tornou Anastácia.

– Desculpe-me, minha irmã. Acabamos por desviar o nosso assunto... – continuou Luciana. – Como estava falando, estando em Lisboa na convenção médica, eu conheci um médico e acabamos por fazer amizade. Por ironia do destino, ou melhor, por provisão divina, ele estudou e fez a sua residência médica aqui em São Paulo. Além da residência médica que fazia no Hospital das Clínicas, na época ele também reforçava o orçamento prestando serviços a um médico que trabalhava no I.M.L. No dia em que o enfermeiro foi achado morto, adivinhe quem era o médico em que estava de serviço? Isso mesmo. Era ele. O Dr. Márcio sempre foi muito esforçado. Sempre estudou muito, e logo se prontificou a liberar o corpo do Marcelo. Até essa altura do campeonato eu não tinha me identificado ao Dr. Márcio, apenas falei que morava na cidade na época e que foi um caso complexo, e tinha curiosidade de saber sobre os fatos. Ele me contou que fez a autópsia no corpo de Marcelo, e que encontrou sangue e restos de epiderme sob as suas unhas. Logo pegou as amostras e mandou para o laboratório para análise, pois tudo levava a crer que Marcelo ainda em vida lutou com alguém. Com o Paulo preso, o crime foi dado por encerrado pela Justiça, mas o Dr. Márcio estava começando a sua carreira, queria mostrar serviço e principalmente colocar em prática o que tinha aprendido na faculdade; não se deu por vencido, tudo indicava que aquelas amostras seriam de Paulo, pois ele tinha sido preso, e todas as provas confirmavam o seu crime, principalmente as suas digitais na arma. Mas o Dr. Márcio seguiu a sua intuição. Quando saiu o resultado do exame patológico, ele teve uma ideia genial, foi ao banco de sangue verificar se aquele DNA retirado das amostras era compatível com alguns pacientes que por uma razão ou outra tinham feito algum exame de pedido de DNA. Bingo! Na época, poucos dias antes do incidente, um paciente havia feito um pedido de exame de DNA, para comprovação de paternidade. Adivinhem quem era? Alguém se arrisca? – Luciana olhava e percebia que provavelmente todos já sabiam a resposta, porém não se arriscavam a dizer nada, pois seria a maior coincidência do mundo. – Vejo que ninguém se arriscou a dar palpite, porém tenho certeza que já desconfiam que seja. O sangue era do Benjamim Moraes. Você se lembra que na época ele apareceu com enorme arranhão no rosto Anastácia? Ele falou que tinha feito aquilo em um galho de árvore seco. O pior é que não acabou por aqui. Quando o Dr. Márcio percebeu o que tinha descoberto, saiu de forma energética, ainda com o resultado nas mãos junto a outros documentos, para levar ao médico legista. Dr. Márcio estava contente, afinal tinha solucionado um caso de assassinato, e iria tirar um inocente da cadeia. Contra Paulo pesava a prova de sua digital na arma, porém isso poderia ter sido plantado, pois não tinham feito exame de balística. Dr. Márcio, eufórico com a novidade, entrou na sala do médico legista de supetão e quase caiu de costas, pois ali, na frente do médico legista, estava sentado ninguém mais e ninguém menos que o Benjamim. Quase morreu de susto. Não pôde deixar de perceber o médico legista pegar um enorme volume de dinheiro das mãos do Benjamim e colocá-lo na gaveta de sua escrivaninha.

– Dr. Márcio, bom dia. Este é o Doutor Benjamim, amigo da família há muitos anos. Veio me pagar um terreno que eu lhe vendi.

– Bom dia, Doutor Márcio, tudo bem? – perguntou Benjamim sem desconfiar de nada.

– Tu... Tudo bem. Desculpe-me. Eu não sabia que tinha alguém na sala – responde Dr. Márcio tomando o cuidado de misturar o resultado do exame em meio aos outros papéis, tentando dissimular o susto que levara.

– Doutor Márcio, você já pegou o resultado do exame do material encontrado sob as unhas do corpo daquele cidadão? – perguntou o médico legista.

– Infelizmente aconteceu um desastre, Doutor. O senhor sabe que eu não tenho muita experiência e acabei colocando muita solução para contraste e acabei por estragar as amostras. O resultado saiu alterado, portanto não dá para ver nada. E não tem mais amostras – falou o Dr. Márcio, percebendo que sua vida poderia estar correndo perigo.

– Tudo bem, meu filho, acontece a toda hora. Não se preocupe, o caso já está resolvido mesmo, só cuide mais da próxima vez. Muito obrigado, pode se retirar – tornou o médico legista.

– Obrigado, Doutor. Até amanhã.

– Ao sair da sala, o Dr. Márcio não pôde deixar de escutar o médico legista falando a Benjamim – continuou Luciana.

– Como eu ia lhe dizendo, Doutor Benjamim, aquela prioridade agora já não é mais problema; como você mesmo viu, já resolvi tudo – falava o médico legista.

– O doutor Márcio saiu de lá tremendo de medo. Aquelas pessoas eram perigosas – continuou Luciana.

– Meu Deus! Você tem esses exames? – perguntou Pedro aturdido.

– Tenho, Pedro. Eles estão aqui – responde Luciana, abrindo a bolsa e retirando alguns papéis. Mas só os consegui há cinco dias, pois quando o doutor Márcio me contou tudo isso, eu me identifiquei a ele, que quase morreu de susto. Eu lhe pedi que me entregasse os exames; ele muito assustado, disse que nunca me entregaria. Contei toda a história a ele, sobre o que Paulo havia me contado, sobre o meu sofrimento, e que essa carta poderia ser o seu alvará de soltura. Com ela eu poderia contar a Anastácia sobre Orlando, sobre como eu fui vítima de Benjamim. Porém, ele, muito receoso do que poderia lhe acontecer, nunca me entregou. Dissimulou dizendo que não sabia onde havia guardado. O doutor Márcio depois daquele dia não quis mais falar comigo, vinha sempre com evasivas. Fui espaçando as minhas visitas até que nunca mais o procurei. Acabei por acreditar que ele mentiu sobre ter os resultados dos exames. Para mim já era prova suficiente para inocentar Paulo, ainda que perante a lei e perante vocês eu não pudesse provar, mas para o meu coração era o suficiente. Não tinha mais dúvidas, Paulo era inocente. Contratei uma agência de detetives para procurar Paulo, porém nunca o encontraram, mas conseguiram algumas provas conclusivas em relação ao caso. Primeiro o dono do hotel onde Paulo foi hospedado ainda é vivo, e lembra perfeitamente de tudo o que aconteceu naquele dia como se fosse hoje. Ele testemunhará a favor de Paulo e contará que Benjamim foi quem o hospedou no hotel. Inclusive foi ele quem pagou a conta. Também a agência de investigação descobriu que Marcelo nunca teve nenhum irmão, era filho único. Portanto a ameaça que Benjamim falou que recebia de vez em quando era mentira. Foi uma forma que ele arrumou para me manter longe de todos, principalmente de meu filho Orlando. Ele usou o medo como arma.

– Meu Deus! Então todos esses anos Benjamim mentiu para nós, ameaçando-nos, assustando-nos e na verdade era tudo uma invenção dele? – perguntou Anastácia, aturdida.

– Isso mesmo, minha irmã. Com certeza Benjamim tinha algum distúrbio mental. Com certeza era um psicopata – tornou Luciana. – Foi a forma que ele encontrou para me afastar de Paulo, me afastar de Orlando e me afastar da única parente viva por parte de meus pais, minha irmã Anastácia. E o pior de tudo foi que o detetive descobriu que realmente Paulo não havia mentido; ele havia assinado um documento passando tudo o que era seu a Benjamim. Paulo perdeu tudo para me proteger: o seu dinheiro, a sua liberdade... – Luciana teve que fazer uma pausa para recuperar-se do choro.

– Não, Dona Luciana. Isso foi tirado dele. Assim como o seu filho foi tirado de você – falou Pedro com voz firme ao ver Luciana entregar-se a um pranto inconsolável. Na verdade, nessa altura todos choravam ao participar dos dissabores que a vida trouxe àquela mulher. – Você falou que só conseguiu os exames há cinco dias. Como foi isso?

– Bem, Pedro, tentarei terminar... – respondeu Luciana, tentando sufocar a tristeza. – Foi como eu falava há pouco. Com as investigações particulares encomendadas por mim, descobri que Marcelo não tinha irmãos, o que me levaria a acreditar que as ameaças que Benjamim dizia que recebia eram mentiras. Mas como eu poderia provar que Paulo havia me telefonado e contado toda essa história? Como eu poderia provar que Benjamim era o pai de Orlando se o único exame de DNA que poderia comprovar isso sumiu do hospital? Era sabido que existiu um exame, pois no prontuário de Benjamim havia um pedido de exame de DNA, porém o resultado havia sumido, o que me levava a crer que a versão do doutor Márcio era verdadeira, portanto o exame deveria estar com ele, assim como o resultado patológico do médico legista. Como eu poderia provar que Paulo abriu mão de todos os seus bens, passando-os para o seu irmão Benjamim para me proteger, se eu não podia provar nada contra? Como eu poderia usufruir do testemunho do dono do hotel se Paulo desapareceu? Como provar a sua inocência sem ele estar junto para testemunhar? Será que ainda está vivo? A minha intuição fala que sim, mas intuição não vale em um tribunal. Eu tive a certeza de tudo, mas nada poderia fazer a não ser orar. Meu Deus, como eu orei. Orei todos os dias sem cessar pedindo a misericórdia de Deus, além disso, só me coube esperar na providência divina e na sabedoria da vida. A única maneira de conseguir montar uma defesa era se conseguisse juntar todas as peças, e isso incluía esses exames. Mas eu nem sabia se eles ainda existiam. Como disse, esperei e acreditei que a vida encontraria um caminho e uma forma de tomar as providências. E isso de fato aconteceu. A vida é inteligente e magnânima e, a seu tempo, tomou as rédeas da situação. Quando Orlando sumiu, o tal do Doutor Júlio concedeu uma entrevista. Como ele é um deputado muito famoso, acabou por potencializar a manchete, e em contrapartida, também valeu-se da fama que Orlando havia adquirido com o lançamento do livro; a notícia correu o mundo todo. Todos os maiores jornais do mundo noticiaram o desaparecimento de um escritor famoso que há pouco lançara um livro polêmico. Sugeriam um crime político. O doutor Márcio está internado em um hospital com a vida segura por um fio de cabelo. Há um ano apresentou-se nele um câncer de pele, que por último tomou o seu sistema linfático. Os médicos lhe deram um mês de vida. Internado, ele assistiu à notícia sobre Orlando, logo o identificou como o meu Orlando. Ligou-me desesperado, me chamando ao hospital para visitá-lo, pois tinha algo para me entregar. Peguei o primeiro avião para o Rio de Janeiro e fui direto ao hospital. Chegando lá, ele me entregou os exames e falou que agora poderia morrer em paz, pois ele adiou a minha vitória por muito tempo. Culpava-se por nunca ter tomado uma atitude a respeito, porém sentia que ainda dava tempo para ele fazer alguma coisa em relação ao assunto. Eu tentei consolá-lo dizendo que tudo tem um tempo determinado por Deus e que não cai uma folha de árvore se Deus não permitir, mas acho que não o convenci muito. Ele colocou os exames em minhas mãos, me pediu perdão e me mandou embora, dizendo que era para correr e buscar o que era meu. Mas antes de sair daquele quarto, ele fez-me prometer que faria justiça. Dei-lhe um beijo na testa e vim correndo para cá. Amanhã mesmo quero ir à delegacia e esclarecer tudo.

– Meu Deus. E eu aqui, me martirizando pela morte daquele safado – tornou Anastácia com voz firme. – Venha aqui, minha irmã, me dá um abraço, eu te perdoo por tudo e também peço o teu perdão. Não só eu, assim como você, Orlando, Paulo; todos fomos vítimas de Benjamim. Nós vivemos quarenta anos com uma pessoa, acreditamos que a conhecemos, mas, na verdade, acabamos por descobrir que nada sabemos.

As lágrimas de todos naquela sala lhes banharam o rosto. Que momento contrastante. Estavam felizes por desmascarar um crime do passado, porém eles foram as vítimas desse drama. Estavam felizes por consertarem um erro de outrora e provariam que Paulo era inocente, porém estavam tristes porque ele há muitos anos desapareceu. Estavam felizes porque uma mãe tirou um peso que a sufocava, e que depois de muitos anos poderia amar e viver com o seu filho, porém o seu filho não estava ali, pois havia sumido há quase dez dias. Estavam felizes porque estavam abraçados uns aos outros, curtindo aquele momento mágico de união, comemorando uma conquista, porém estavam tristes, pois essas conquistas lhe custaram muitas lágrimas e dor. A vida sempre encontra uma forma de nos levar ao crescimento espiritual, mas muitas vezes esse processo é um tanto doloroso.

Não muito distante dali, Orlando e Birita deitaram para dormir mais uma noite nas ruas. O frio os castigava; acordar vivo no outro dia, viver mais uma noite naquele frio terrível era uma vitória a ser comemorada. Orlando deitado olhando a lua, tremendo de frio, pensava sobre o livro que havia lançado. Será que estava vendendo bem? Será que os seus objetivos teriam sido alcançados? Orlando pensava nas pessoas que foram contra ele e seu livro. Sim, ele achava que o seu livro era polêmico, porém era uma forma que encontrou para mostrar às autoridades a situação precária da região compreendida pela poderosa Itaipu Binacional. Orlando ficou pensando como eles o estavam boicotando. Orlando pensou que eles só agiriam em prol da humanidade se, por ocasião do destino, alguns deles se tornassem vítimas da criminalidade que se distendeu na região. Aí, com certeza enxergarão a verdade. Com certeza se lembrarão que podiam ter feito alguma coisa, mas preferiram se omitir ou, pior, alguns até coibiram a divulgação do problema social. Aconteceu igual com Jesus Cristo. Os romanos na verdade não lhe deram a sentença de morte, porém, não fizeram nada para impedir que o fato ocorresse, preferiram lavar as mãos. Acabaram sendo coautores do assassinato do filho de Deus. Orlando ficou pensando quanto o homem é ganancioso, e esconde a sua sujeira a todo custo. Os dias em que ficou nas ruas lhe ensinaram muito, e ele começava a mudar o modo de pensar e agir. Acreditava que sob a sua óptica o que fazia era certo, porém ao encarar os fatos e analisá-los acabou por descobrir que fazia uma inversão de valores. A maioria dos seres humanos age assim, principalmente quando, de alguma forma, está tirando proveito da situação. O que é errado passa a ser correto, e mostrar os erros passa a ser errado. Uma verdadeira e autêntica inversão de valores. Esse mesmo fato ocorre com a autovalorização. Pois valorizar-se e mostrar-se competente é visto como exibicionismo, enquanto alardear incompetência mostra modéstia e humildade. Orlando aprendeu a ter fé. Ele lançou a semente, quem sabe um dia ela possa germinar, isto quer dizer, alguém pode apoiar a sua ideia, e a partir daí começarem uma mudança social. Orlando estava orgulhoso, pois assim como Nelson Mandela, ele não ficou quieto. Pois se Nelson Mandela tivesse ficado quieto, até hoje a África estaria sob o regime racista do apartheid, e muitas pessoas ainda viveriam em situações desumanas. Muitas vezes durante a nossa vida vamos adotando raciocínios ilógicos, que no primeiro momento nos parecem verdadeiros, sem irmos a fundo e verificar se eles são o que parecem. Fazemos deles regras que adotamos no dia a dia, brigamos por eles sem perceber que estão nos levando a atrair a infelicidade. Se alguém tenta provar que são falsos, ficamos irritados, não querendo ver. Mas a vida encontra uma forma de nos fazer ver a verdade, pois o pior cego é aquele que não quer ver. Ébrio de felicidade por ter feito a sua parte com o mundo e com a sociedade, Orlando quase não conseguiu dormir. Eram altas horas quando a ansiedade foi vencida pelo cansaço. Dormiu satisfeito, apesar do frio que se acirrava. Venceu a vaidade. Começava a ser um novo homem, a vida lhe dera outra oportunidade. A família Moraes naquele dia havia aprendido muito, quedaram-se perplexos com a sabedoria da vida. Ao observar cada detalhe daquele quebra-cabeça, foram descobrindo que cada atitude que a vida proporcionou desencadeou outra, que por sua vez desencadeou outra. E a cada nova atitude as peças foram se encaixando, as coisas dando certo, a verdade aparecendo. Tudo a seu tempo e sua forma. Era a providência divina atuando sobre a existência humana. Orlando nem imaginava que havia anjos ao seu lado cuidando dele. Vaidade de vaidade, debaixo do sol, tudo é vaidade.

Aquele que habita no esconderijo do altíssimo à sombra do onipotente descansará.

Direi do Senhor: Ele é o meu Deus, o meu refúgio, a minha fortaleza, e nele confiarei.

Porque ele te livrará do laço do passarinheiro e da peste perniciosa.

Ele te cobrirá com as suas penas, e debaixo das suas asas estarás seguro; a sua verdade é escudo e broquel.
Não temerás espanto noturno, nem seta que voe de dia.

Nem peste que anda na escuridão, nem mortandade que assole ao meio-dia.

Mil cairão ao teu lado, e dez mil, à tua direita, mas tu não serás atingido.

Porque aos seus anjos dará ordem a teu respeito, para te guardarem em todos os teus caminhos.

Eles te sustentarão em suas mãos, para que não tropeces com o teu pé em pedra.

Salmos
Capítulo 91, Versículos
1, 2, 3, 4, 5, 6, 7, 11 e 12

A Humildade

E disse aos convidados uma parábola, reparando como escolhiam os primeiros assentos, dizendo-lhes:
– Quando por alguém fores convidado às bodas, não te assentes no primeiro lugar, para que não aconteça que esteja convidado outro mais digno do que tu.

E, vindo o que te convidou a ti e a ele, te diga:
– Dá o lugar a este; e então, com vergonha, tenhas de tomar o derradeiro lugar.

Mas, quando fores convidado, vai e assenta-te no derradeiro lugar, para que, quando vier o que te convidou, te diga:

Amigo, assenta-te mais para cima. Então, terás honra diante dos que estiverem contigo à mesa.

Portanto, qualquer que a si mesmo se exaltar será humilhado, e aquele que a si mesmo se humilhar será exaltado.

E dizia também ao que o tinha convidado:
– Quando deres um jantar ou uma ceia, não chames os teus amigos, nem os teus irmãos, nem os teus parentes, nem vizinhos ricos, para que não te suceda que também eles te tornem a convidar, e te seja isso recompensado.

Mas, quando fizeres convite, chama os pobres, aleijados, mancos e cegos.

E serás bem-aventurado; porque eles não têm com que to recompensar; mas recompensado serás na ressurreição dos justos.

Lucas
Capítulo 14, Versículos
7, 8, 9, 10, 11, 12, 13 e 14.

Capítulo 20

– Acorde, Luciana! Vamos, acorde. Venha rápido, a tia Anastácia está passando mal – exclamou Angélica, assustada. – Ela está gélida e com falta de ar.

– Que horas são? – perguntou Luciana tentando concatenar as ideias ao que estava acontecendo. – O que foi, aconteceu alguma coisa?

– Venha rápido, a tia Anastácia está morrendo – tornou Angélica aos prantos. Agora são quatro e vinte e cinco da manhã. – Luciana, conseguindo raciocinar, deu um pulo da cama, e saiu em disparada em direção ao quarto de sua única irmã. Antes de ir ao quarto da irmã teve o cuidado de pegar sua valise de couro, que estava no interior de sua mala.

– Calma, pessoal, vou ver o que posso fazer – disse Luciana, mostrando-se segura da situação. – Ligue para o motorista e mande que prepare o carro! Que nos espere em dez minutos na porta da sala, já estaremos lá.

– A minha irmã tem alguma patologia crônica? – perguntou Luciana verificando a pressão arterial e os batimentos cardíacos da irmã.

– Sim, ela tem problemas sérios no coração – respondeu Elaine, assustada. – Ela está esperando um transplante cardíaco há dois anos, mas são muitos na fila de espera, e os doadores são poucos.

– Rápido! Arrumem um celular e o número do telefone do hospital mais próximo. Também preciso do número do telefone do médico que a trata. Alguém pegue outro carro e corra à casa dela e pegue todos os exames que ela tiver guardado – ordenou Luciana, mostrando-se conhecedora do assunto. – Anastácia está tendo uma parada cardíaca, se não chegarmos a um hospital urgente poderá acontecer o pior.

– Meu Deus, isso não... – disse Maria começando a chorar. – Já basta a roupa do Orlando... – De repente ela emudeceu-se, esqueceu que estava falando mais do que devia.

– Como assim? Que roupa? Que história é essa, Maria? – perguntou Elaine, aturdida.

– Meninas, agora não é hora para discussão, Anastácia vai morrer se não formos rápidas – ordenou Luciana, mostrando-se lúcida naquele momento tão angustiante.

– Não é nada, não, Dona Elaine – tornou Maria, tentando dissimular sobre o que falou.

– Maria, eu te conheço, depois falamos nesse assunto.

– Esperem aqui, só irei colocar uma roupa. Temos que ser rápidas – continuou Luciana.

A caminho do hospital Luciana ligou para o médico que cuidava de Anastácia e descobriu que ele estava no exterior fazendo uma especialização cardíaca. Falou com a sua secretária e ela ficou de localizá-lo, e daria o recado da Dra. Luciana. Ela aguardava com urgência uma anamnese da paciente. Também ligou para o hospital, que ficou esperando com todos os aparelhos preparados.

– Venha, pessoal! Rápido! Precisamos levá-la ao desfibrilador com urgência. Já faz dois minutos que estou fazendo massagem cardíaca e respiração boca a boca – continuou Luciana. Logo adentraram o hospital e Anastácia foi parar na sala do Centro de Tratamento Intensivo. O coração de Anastácia havia parado. Ela tinha morrido. Será que Deus lhe daria uma oportunidade de voltar à vida? Tudo indicava que as revelações que tivera há pouco mexeram com aquele coração doente.

– De novo! Atenção! Afastem-se! Isso, ela voltou. Sucesso! Conseguimos! – Gritou Luciana ao fazer a terceira aplicação do desfibrilador em Anastácia. Entubem ela.

– Meu Deus, parou de novo! – gritou uma enfermeira.

– Quem é o médico de plantão?

– Sou eu – respondeu um moço aparentando ter uns trinta anos.

– Qual é a sua especialidade? – perguntou Luciana.

– Sou clínico geral.

– Tudo bem! Atenção pessoal! Façam uma aplicação de noradrenalina. Vamos abrir – gritou Luciana. – Eu sou doutorada em cirurgia cardíaca. Também estou defendendo uma tese de Ph.D. em restabelecimento dos estímulos elétricos dos músculos estriados. Quem é o enfermeiro responsável pela UTI?

– Sou eu! – disse um moço com foz firme.

– Ligue para o seu diretor e consiga a autorização, aqui estão as minhas credenciais. Dei um curso a alguns médicos desse hospital há alguns anos, certamente se lembrarão de mim – continuou Luciana empolgada, tentando salvar a sua irmã. Sou irmã da paciente e ela morrerá se não a operarmos agora. Aqui estão os exames dela, já falei por telefone com o seu médico particular. Já me colocou a par da situação. Precisamos de um milagre. Assumo toda a responsabilidade sobre a paciente, tanto financeira quanto ao sucesso da cirurgia. Instrumentista, quem é?

– Sou eu – respondeu uma moça jovem.

– Anestesista! Já posso atuar? – tornou Luciana.

– Sim, a paciente já está pronta – respondeu uma médica.

– Que Deus nos ajude! Bisturi, por favor – ordenou Luciana com presteza. Naquele momento a morte desfilava sobre a vida. A sombra da mortalha envolvia Anastácia, só um milagre a salvaria. Luciana sabia que o caso era difícil. O médico que sempre a tratou havia passado todos os dados por telefone. Acordaram-no de madrugada, lá em Londres, Inglaterra. O hospital ligou para a casa dele e falou com a sua mulher, que por sua vez passou o telefone de sua secretária. Essa, muito eficiente, ao saber o nome da médica que estava solicitando a ligação, ligou imediatamente para o seu chefe. Era muito observadora, e logo reconheceu o nome da brasileira que comandava um dos melhores hospitais do mundo. O médico, recebendo o telefonema de sua secretária, sentiu-se privilegiado em saber que estava ajudando a melhor cirurgiã cardíaca dos Estados Unidos. Luciana lutava pela vida, em alguns momentos pensou que perderia a irmã, mas Deus nesse momento a estava ajudando. Naquele momento tão angustiante, operando a sua irmã, atenta a cada detalhe, pois uma simples falha poderia ser fatal. Um simples tremor em sua mão poderia ser mortal, mas ela estava firme. A equipe médica observava a sua postura elegante e obstinada. Ela estava muito disposta a salvar sua irmã, viam um olhar determinado em sua face que os emocionava. Ela estava esplêndida. Manuseava aqueles aparelhos como a reger uma orquestra sinfônica. Tudo o que havia aprendido, treinado e lutado para conseguir estava sendo colocado em teste naquele início de manhã. Ela tinha certeza. Agora entendera o que a vida lhe proporcionava. Tudo o que havia passado, a dor da separação, o sofrimento da solidão, a dor da saudade... Tudo isso passou porque tinha que aprender aquelas técnicas que estavam sendo colocadas em uso naquela manhã. O caso de sua irmã era raro. As técnicas para aquela cirurgia ainda eram pouco difundidas e ainda não haviam chegado ao Brasil. Se ela não tivesse ido morar no exterior, naquela manhã a vida de sua irmã seria ceifada. Ela estava radiante, nunca havia precisado colocar tanto de si em uma cirurgia; o caso realmente era muito difícil, e precisava da ajuda de Deus. Ela ali, orquestrando aquela cirurgia, meditava e pedia a misericórdia do Criador. Por certo naquela manhã, Deus se levantou de seu trono e atendeu a oração daquela família, pois todos suplicavam misericórdia. Angélica ligou-se a um amigo que nos últimos dias estava sempre a seu lado, dando-lhe força. Ali, na sala de espera do hospital, Angélica e seu amigo Devanir, Maria, Elaine e o motorista aguardavam ansiosos por alguma notícia. Passava das quatro da tarde quando Luciana surgiu na sala de espera, ainda toda vestida com as roupas cirúrgicas e com a máscara no rosto. Em seus olhos as lágrimas desciam. O seu olhar era triste e sem brilho. Que situação triste, ficou tantos anos sem ver a irmã, agora quando apareceu, trouxe-lhe revelações surpreendentes que mexeram com aquele coração doente.

– Vovó, por que está chorando? Como está a tia Anastácia? – perguntou Angélica esperando o pior.

– Infelizmente ela está muito flagelada. Ficará alguns dias em convalescência, mas vai sobreviver – respondeu Luciana com voz melíflua.

– Viva! – gritou Maria, pulando ao pescoço de Luciana. – Por que então você está com essa cara, Dona Luciana?

– Sinto-me culpada pelo que aconteceu. Se eu não tivesse vindo, talvez ela não precisasse passar por isso – respondeu Luciana com voz tristonha.

– De forma alguma você deve se culpar por isso. Meus parabéns! A cirurgia foi um sucesso. Desculpe-me, deixe-me apresentar. Eu sou o Doutor Carlos, diretor desse hospital. Já estive com o clínico e com o enfermeiro da UTI e me falaram que nunca viram uma cirurgia tão perfeita, foi um sucesso. Conheço sua irmã e a sua patologia. Você não tem culpa de nada, já era para ela ter morrido há muitos meses; Deus a sustentou com fôlego de vida para que você, nessa manhã, salvasse a sua vida. Você apareceu na vida dela como um anjo. Mais uma vez, parabéns.

– Pessoal, uma salva de palmas para a doutora Luciana, por favor! – pediu o médico diretor do hospital, mudando a tonalidade da pele clara da Luciana, de rosado cor de pêssego para vermelho. Ela era uma das melhores médicas de cirurgia cardíaca do momento, porém a sua simplicidade e humildade eram tão grandes que ninguém acreditava no que fazia. Elaine não se conteve e deu um longo e apertado abraço na sogra que conheceu há pouco.

Naquele momento único e mágico, Luciana e sua nora ficaram alguns instantes abraçadas e Angélica, ao lado, não se atrevia a interromper. Depois, as duas a olharam e estenderam os braços para ela, que se atirou emocionada. As três ficaram assim, unidas, sentindo a magia daquele momento, deixando aflorar uma amizade e um amor há muito guardado, mostrando o real valor de se ter uma família.

Capítulo 21

– Birita, o Emanuel não vem aqui hoje? – perguntou Orlando preocupado com o amigo que demorava a chegar.

– Ele disse que vem sim. Olha ele chegando – respondeu Birita apontando uma pessoa que vinha ao longe.

– Boa tarde, senhores! Orlando, você já leu os jornais hoje? – perguntou Emanuel com um sorriso maroto nos lábios.

– Emanuel, você tem idade para ser o meu pai, pode parar com essas brincadeiras e me fale logo o que está acontecendo – responde Orlando.

– Eu tenho uma notícia não muito boa – tornou Emanuel. – Leia você mesmo as manchetes.

> ***Tia do escritor que sumiu de forma misteriosa foi salva por um anjo. Doente de uma enfermidade rara acabou por ter uma parada cardíaca. Porém a solução para o seu problema era o transplante de órgão ou se submeter a uma técnica nova de cirurgia que revolucionará a medicina. Essa técnica ainda só está sendo usada por uma equipe médica americana que é liderada por uma médica brasileira. Por um milagre da vida, essa médica está a passeio no Brasil em visita a alguns parentes, e estava no hospital na hora em que a paciente deu entrada com parada cardíaca. Emocionada com o caso, a Dra. Luciana não perdeu tempo; submeteu a paciente a uma cirurgia milagrosa. A paciente passa bem e apresenta sinais de melhora.***

– Meu Deus! É a tia Anastácia... Que mais falta acontecer comigo. É só problema em cima de problema. Responda-me uma coisa, Emanuel, eu estou sendo castigado por Deus ou pela vida?

– De forma alguma, Orlando – respondeu Emanuel, mostrando-se um grande conhecedor da vida. – Deus não é vingativo e a vida não castiga ninguém, porém ensina. De acordo com as suas atitudes, ela responde com desafios que abrem a consciência e fazem amadurecer. A vida é muito sábia e trabalha para o nosso crescimento espiritual. Sabe o que é melhor para nós.

– Eu acredito nisso, Emanuel – falou Birita, mostrando-se um grande espectador.

– Quando alguém lhe falar alguma coisa, escute, analise e se for bom para você, se sentir bem com o que ouviu, guarde e coloque em prática – tornou Emanuel. – Porém, se o que escutar lhe deixar deprimido, fazendo-o sentir um aperto no peito, jogue fora! Devemos guardar só as coisas boas. Devemos manter um convívio social saudável. Quando ocorre esse aperto no peito, é a sua alma comunicando com o seu corpo, expressando incompatibilidade com o que está ouvindo. Isso se chama intuição. Devemos prestar mais atenção a esse sentimento. Ao segui-la nos machucamos menos em nossos relacionamentos. O que aconteceu com você, Orlando, foi que na ânsia do poder acabou por ser avarento. Sem perceber acabou endeusando a sua vaidade de querer subir e agradar as pessoas que você acreditava que eram importantes para ajudá-lo a trilhar os degraus da riqueza e da fama. Ao fazer isso você enterrou os seus sentimentos. Você criou uma personalidade que não é sua e começou a representar e a viver por conveniência. Isso criou esse vazio no peito de que você me falou ontem, que de vez em quando sentia, levando-o à tristeza, ao ódio, tédio e à depressão. Se continuasse a viver assim, logo perderia o gosto pela vida, e teria que buscar novas fontes de satisfação, entregando-se ao adultério, drogadição, alcoolismo, etc... Isso lhe traria um prazer momentâneo e uma destruição definitiva. Só Deus sabia aonde isso poderia dar. Vendo desse ângulo, entenderá que a vida lhe proporcionou aquilo o que você mais temia. Miséria, descaso e sofrimento. Se você for inteligente vai tirar proveito de tudo o que está passando. Você cometeu um crime e deverá pagar por esse erro, pois as leis dos homens são impiedosas. Porém, a sua provação tem o dia de começar e também o dia de terminar. Ao final disso tudo, restará a você, somente a você, erguer a cabeça, somar os conhecimentos bons que tinha antes com os que está aprendendo com essa situação, mentalizar e potencializar tudo a seu favor. Você é um ótimo escritor, porque não escreve sobre o que viu nas ruas, as justiças, as injustiças, os erros e os acertos das pessoas que se sujeitaram a essa vida de mendicância? Já imaginou que sob a sua ópica essa história é única e privilegiada? Já imaginou quantas pessoas você pode ajudar mostrando ao mundo que os mendigos não são o bicho-papão que eles pensam?

– Meu Deus, Emanuel! Você está me fazendo ver algo que até agora não tinha visto. Está fazendo-me acreditar em mim mesmo. Estou sentindo uma segurança na minha pessoa de forma que há muito não sentia. Você está certo. Eu posso fazer a diferença, basta acreditar em mim mesmo. Vivendo esses doze dias nas ruas, aprendi que os mendigos não são pessoas ruins. Eu sempre era o primeiro a discriminá-los, agora a vida colocou-me a conviver junto deles. Deus é muito bom, posso até estar sofrendo um pouco, mas aprendi muito com a vida. No meio desses coitados, até existem pessoas más, que não gostam de trabalhar, mas na sua maioria são pessoas honestas que precisam de uma oportunidade de mostrar os seus valores. São pessoas simples e boas. Pessoas que vieram de outros estados e do campo, só com o dinheiro de vinda, sonhando com o primeiro emprego. Chegam em multidões; uns acabam por conseguir uma colocação no mercado de trabalho, mas são raros os casos. Na sua maioria não conseguem um emprego. Sem dinheiro para se manter ou para voltar de onde vieram, acabam nas ruas. Alguns acabam por trilhar os maus caminhos, roubo, prostituição, assaltos, etc... Esses logo morrem ou acabam presos. Porém aqueles que são honestos acabam por arrumar subempregos, como catar papelões, latinhas, plásticos e assim por diante. Outra grande maioria tem problemas mentais e psicológicos graves, como amnésia, drogadição, alcoolismo. Muitos não voltam para casa porque seus familiares se cansaram de tantas humilhações e vergonhas impostas por eles. Outros têm algum tipo de problema com a Justiça, assim como eu; nem por isso são bandidos e malfeitores. Você está certo, Emanuel. Amanhã é o décimo terceiro dia que estou nas ruas e, apesar de você ter me ajudado muito, eu me sinto doente e fraco. Não sei se é a minha diabete ou o colesterol que estão me atacando ou se é fraqueza. O diagnóstico dessas patologias eu só tive há poucos meses. O médico me falou que ao me descuidar do colesterol alto, acabei desenvolvendo a diabete. Ele falou que pode ser por andar nervoso e estressado, certo é que eu levava uma vida muito sedentária. A diabete também pode ser do tipo que só ataca quando estamos nervosos, só que a minha ainda não foi diagnosticada. Não sei se são essas enfermidades ou fraqueza, só sei que estou mal. Sinto muita tontura, cansaço e sono. Você está certo Emanuel, voltarei para a minha vida. Estou decidido. O Doutor Júlio deu uma entrevista dizendo-se preocupado com o meu desaparecimento, porém ele soltou na imprensa assuntos que só eu e ele sabíamos, tenho certeza que ele achou que eu cairia nessa, e assim que eu voltasse me desmascaria. Pois bem, ele terá a sua chance. Voltarei, enfrentarei os meus problemas, pagarei pelos meus erros, e assim que eu puder, tomarei as rédeas de minha vida.

Orlando mostrou que estava disposto a varrer aquele passado desagradável e desvencilhar-se daquelas amizades que só lhe trouxeram dor e prejuízo.

– Enquanto estiver preso vou escrever um livro – tornou Orlando. – Contarei o quanto a vida, em sua forma inteligente de agir, promoveu um homem a fazer uma viagem ao seu interior, encontrando o dia em que se perdeu de si mesmo. Também contarei como nós praticamos a discriminação com os mendigos em nossas frenéticas batalhas diárias. Quantas famílias choram a falta dos seus entes queridos que há muito sumiram? Às vezes até pensam que estão mortos, mas na verdade vivem nas ruas em condições desumanas, passando fome, dor e frio. Muitos estão doentes, não lembram nem o próprio nome, que dirá o endereço onde a família reside. Esse sofrimento tem que parar, o mundo precisa fazer alguma coisa, essas pessoas estão sofrendo muito. Cada dia na rua é uma nova história de tristeza, miséria, dor, desprezo, descaso, fome e saudade. Assim como eu mostrei ao mundo o impacto humano pós-Itaipu no livro *Itaipu, a Grande Conspiração*, mostrarei ao mundo o sofrimento dos mendigos. Deus me deu o dom de escrever, usá-lo-ei em prol da vida, descreverei o sofrimento humano das pessoas que vivem nas ruas. Usarei esse dom em prol da humanidade, pois o preço do descaso é a morte de inocentes. O título desse livro será 13 Dias, pois será no 13º dia que colocarei os pés na minha casa. Orlando, em pé, fazia a sua oratória empolgado, cheio de si, orgulhoso por ter aprendido com a vida. Estava decidido a corrigir os erros do passado e fazer algo de bom em prol do futuro das pessoas que viviam nas ruas. Achou o caminho no qual tinha se perdido, voltou aos trilhos do amor, da paz e compreensão. Passou no teste que a vida havia lhe proporcionado. Não se afundou no fracasso, na depressão e marginalidade. Ao contrário, aprendeu com os seus erros. Tinha amadurecido nesses doze dias pelo menos doze anos. Adquiriu experiência. Estava pronto para assimilar o sucesso. Quando a riqueza e a fama chegassem, não iria perder a cabeça, a exemplo que aconteceu com muitos ídolos mundiais. Embevecidos pela fama e dinheiro acabaram por não aguentar a pressão, entregaram-se aos vícios. Alguns morreram de overdose e outros tiraram a própria vida. A fama custou caro. Sem preparação espiritual, se entregaram aos devaneios do sucesso. A vida também a esses mandou os sinais. Eles simplesmente ignoraram. Com Orlando foi diferente; ele havia se perdido, porém em um determinado momento a vida lhe enviou sinais e ele entendeu, pois poderia enlouquecer com o que estava passando. Foi tirado do conforto, da liberdade, da família, e mesmo assim não se entregou. Talvez muitos buscassem a morte, ou as drogas e bebidas. No começo ficou muito mal, porém a vida proporcionou a ele algumas pessoas para ajudá-lo, esses são os sinais. Orlando os percebeu, aceitou e decidiu colocar a lição em prática. Aprendeu com seus erros, como uma criança ao dar os primeiros passos. Quando cai, perde a confiança, porém se alguém lhe der uma mão, a criança tenta caminhar de novo. Mas, para conseguir ver o que a vida lhe mostrava, Orlando teve que usar a mesma chave que o Rei Davi usou no passado para abrir o coração de Deus e encontrar misericórdia pelos seus erros cometidos. A chave de Davi que abre as portas da misericórdia é a humildade. Essa chave destranca todas as portas lacradas. Orlando quis ser grande e caiu. A partir daí, ele decidiu segurar nas mãos da vida, adquiriu confiança e começou a dar os primeiros passos rumo ao sucesso. No chão, descobriu que quanto maior for a altura, maior será o tombo. Decidiu ser pequeno, isso é humilde. As formigas, por serem pequenas e humildes, entram em todos os lugares. Nas casas dos reis, dos magistrados, nos potes de açúcar dos grandes e participam dos banquetes reais. Tudo por serem pequenas. As formigas com a sua humildade vão longe. Já o leão que é grande e bravo, nunca irá aos lugares aonde as formigas vão, pelo contrário, se não estão nas selvas estão nas jaulas. Orlando descobriu que a humildade se cultiva. Com o passar dos dias nos acostumamos com ela, passando a fazer parte de nossas vidas. Nesse momento verdadeiramente nos tornamos humildes. A humildade não é um sentimento que deve ser usado de fora para dentro, a não ser para aprendermos a cultivá-la. O verdadeiro sentimento deve ser de dentro para fora, espontâneo. Nesse momento estamos preparados para o sucesso. A fama e o dinheiro a partir dessa conquista não nos farão mal; ao contrário, nós os usaremos para potencializar a nossa felicidade. Nesse ponto estaremos preparados para dividir e ajudar as pessoas menos favorecidas de coração e não para uma promoção pessoal.

– Deus! Está escurecendo. Preciso ir – falou Emanuel, emocionado em ter ajudado aquele homem a encontrar o caminho da luz.

A família Moraes aguardava ansiosa a recuperação da tia Anastácia.

– Puxa vida! Fiquei de boca aberta ao saber e ver como você salvou a vida da Dona Anastácia – disse Maria admirada pelo sucesso dos procedimentos médicos de Luciana. – Uma faculdade é tudo, não é Luciana?

– Muitas coisas que estudamos na faculdade nunca vamos usar. Servem apenas para melhorar o nível cultural. A experiência no exercício da profissão, unida à perspicácia, é que nos tornam um bom profissional – respondeu Luciana sorrindo. – Vamos aguardar. Anastácia está se recuperando muito bem. Vamos para casa descansar, já está começando a escurecer.

– De maneira alguma. Vamos nos revezar – tornou Maria, mostrando-se altruísta. – Eu fico hoje, e amanhã outro fica. Podem ir embora, qualquer novidade, aviso.

– Acho que a Maria está certa. Vamos embora – falou Elaine. – Só que tem uma coisa, amanhã cedo a senhora terá que nos explicar aquele assunto que deixou escapar lá em casa, sobre uma roupa de Orlando. Mas fique tranquila, conversaremos amanhã.

– Mãe, vai com a vovó. Eu irei com o Devanir. Ele é o gerente-geral de uma rede de lanchonetes e me convidou para tomar um lanche – falou Angélica, sorridente. O seu olhar brilhou quando falou de Devanir. Elaine era uma mulher experiente e pôde observar uma queda de Angélica por Devanir. Ele era um homem muito bonito, aparentava ter uns vinte e seis anos.

– Tudo bem, minha filha, pode ir. Tomem cuidado – tornou Elaine.

– Pode deixar, mãe. Até mais – tornou Angélica segurando no braço de Devanir.

– Boa noite, senhoras. Com licença. Levarei essa bela dama para arejar um pouco a cabeça – falou Devanir. – Vou devolvê-la inteira – brincou, sorridente. O seu sorriso era lindo, tinha dentes brancos e bem distribuídos. "Se Angélica conseguisse fisgá-lo seria um ótimo prêmio," pensou Elaine.

Habituado a ser muito paparicado pelas mulheres que circulavam à sua volta, disputando a sua preferência, Devanir vivia sempre procurando maneiras de escapar delas, a fim de evitar o que nesse momento estava acontecendo, apaixonar-se por alguém. Após o lanche, Devanir levou Angélica em sua casa e foi embora. Entrou em sua casa aborrecido. Acompanhar Angélica ao hospital confirmou o que há muitos dias estava desconfiado, ela o transtornava. Ele estava apaixonado por ela. Seu rosto bonito, seu olhar inteligente, suas atitudes, diferentes das moças que conhecia, haviam-no impressionado a princípio, depois, com a convivência, sentia-se atraído, descobrindo que pela primeira vez, depois de muitos anos, estava apaixonado.

Capítulo 22

Aquela manhã ensolarada evidenciou que aqueles dias eram as réstias do inverno, que nesse ano foi muito rigoroso. Devanir, ao levantar-se muito cedo, observou o verde da natureza no quintal de sua bela casa, que ficava em um bairro nobre. A grama estava toda molhada pelas gotas da noite e pelo brando sereno. Ao abrir a janela de seu quarto, Devanir pôde ver os pássaros alegres cantando, anunciando a chegada da primavera. Respirando fundo, Devanir deixou entrar em seus pulmões aquele ar puro que a brisa fresca da manhã comprazia em tocar-lhe o rosto, deixando cair uma mecha de seus cabelos ondulados sobre os seus viçosos e carnudos lábios. Espreguiçando-se, fechou os olhos sentindo aquele cheiro de terra molhada misturada ao perfume divino que as primeiras flores, que apareciam humildemente, exalavam. Aquele céu azulzinho, aquele frescor de começo de primavera, as primeiras flores, os cantos dos pássaros, todos juntos, num só coro, exalavam a esperança de dias melhores. Devanir não conseguia tirar Angélica da cabeça. Ela era jovem, ainda no auge de seus quase vinte anos. Tão angelical, gentil, cheia de vida. Devanir sabia que ela mexeu no profundo do seu ser. Ele teve uma desilusão amorosa em seu primeiro casamento. Ainda muito novo, entregou-se ao amor de corpo e alma. Na época, sua esposa tinha vinte e cinco anos, enquanto ele havia recém-saído da faculdade. Com seus vinte anos e pouca experiência, Devanir viu aos poucos a ruína daquele relacionamento. Dois meses após o casamento veio o desemprego. No começo Devanir não se deixou abater, pois tinha algumas economias. Ele, muito novo, proveniente de uma família humilde financeiramente, não tinha posses. Mas era um homem trabalhador, estudioso, honesto, esforçado, seguia as regras sociais, não fazia mal a ninguém; pelo contrário, sempre que podia fazia alguma caridade. Sua esposa era uma boa moça, compreensiva, muito bonita e simpática. Sabia das condições financeiras humildes do esposo, e por isso mesmo, após o casamento, não deixou o serviço em que há alguns anos trabalhava. Devanir era um homem religioso, um estudioso da vida. Sabia que tudo resolveria a seu tempo. Porém os meses foram passando, as economias já haviam acabado, e ambos só não passaram fome graças ao salário que a esposa se prontificava a colocar em casa. Ela, percebendo a dificuldade, se desdobrou para suprir as necessidades, fazendo horas extras, trabalhando até tarde todos os dias. Devanir ainda muito moço deixou-se levar pela ansiedade e começava a sentir-se humilhado com aquela situação. Dependia da esposa até para as coisas mais básicas, como dinheiro para cortar os cabelos, pagar um ônibus, comprar um jornal ou um barbeador. Levado pela vaidade, Devanir deixou de lado a humildade e começou aos poucos a destratar a esposa. Foram inúmeras discussões, pelos mais variados motivos. Ciúme, inveja, estupidez, porém, a razão de tudo era o mau humor de Devanir. Ele inconscientemente começou a sentir-se inferior à sua esposa. Então, sem perceber, na tentativa de emparelhar os jugos, começou a mostrar-lhe os erros, ser estúpido com ela, começou a humilhá-la perto de outras pessoas. Ele, por ser muito bonito, sempre foi cobiçado pelas mulheres. Dessa forma, para impor a sua autossustentação perante a esposa que se esforçava para trazer o sustento para dentro de casa, na frente dela lançava olhares para outras mulheres na tentativa de provocar ciúme. Devanir estava sendo infantil, escolheu o lado errado para sustentar o amor. Escolheu o lado da imposição. Queria fazer sua esposa sentir-se menor; ele acreditava que dessa forma ela não pensaria em traí-lo. Devanir estava à beira do desespero. No começo saía à procura de emprego somente em sua área de formação, administração de empresas, mas com o passar dos meses, estava aceitando qualquer serviço. Não conseguindo trabalho como administrador de empresas, ele se sujeitava a qualquer serviço que encontrasse, mas a resposta sempre era a mesma, "não tenho vaga para administração de empresas", ou, quando não, ele escutava: "Você é muito qualificado para o cargo que disponho e não posso pagar bem". Devanir explicava a todos que se sujeitaria a receber o que pagassem à categoria anunciada, porém nem mesmo assim obtinha sucesso. Os proprietários dos estabelecimentos não perderiam o seu precioso tempo lhe ensinando atuar na vaga proposta, pois sabiam que assim que arrumasse algo melhor sairia dali. Devanir passou a perceber que o seu diploma era uma faca de dois gumes; abriria portas em sua área de atuação, isso quando aparecesse uma oportunidade, porém ninguém lhe dava uma chance em algo mais simples, pois sabiam que para Devanir esse emprego seria temporário. Sua esposa não aguentava mais chegar tarde em casa do serviço e Devanir sempre nervoso, de mau humor. Ele se lembra quando sua esposa lhe disse que ele estava se mostrando fraco e incapaz, sempre com a cara compungida, implorando a sua piedade, tentando ganhar a sua estima. Naquele dia Devanir deixou-se levar pelo orgulho e saiu de casa a vagar pelas ruas. Queria dar uma lição na esposa; só voltou no outro dia à tarde. Quando chegou teve uma surpresa, encontrou uma carta sobre a mesa que lhe dizia para esquecer que ela havia passado pela vida dele. Na carta ela falava que o havia esperado até o meio-dia; como ele não apareceu ela foi embora. Devanir, ao olhar na mesa, viu dois lugares preparados para o almoço. Também pôde observar que a tinta da carta estava manchada. Manchada pelas lágrimas daquela que ele tanto amava, porém não soube demonstrar. Naquele dia o seu mundo desabou, faltou-lhe o chão. Ainda na carta ela falava que o amava muito, porém não seria refém daquele amor bandido. Ele havia mudado. Ela tinha casado com um homem maduro, forte, cheio de vida, cheio de si, porém, na primeira provação que a vida lhe proporcionou para o seu crescimento espiritual, ele sucumbiu. Entregou-se, fazendo-se de vítima. Ela ainda pedia-lhe que se ele um dia a houvesse amado, em respeito a isso nunca mais a procurasse, pois fazia dois anos que sua vida havia virado um inferno. Devanir a perdeu pela sua ignorância, sua vaidade e principalmente pela sua falta de humildade. Quando a vida lançou um desafio para fazê-lo crescer em entendimento e espiritualidade, ele acabou por não entender; prostrou-se diante da dificuldade. O ciúme doentio acabou de apagar aquela chama do amor que já estava pequena. Ele a sufocou. O preço pelo seu erro foi muito alto: dor, lágrimas e arrependimento. Quase se perdeu jogando-se a uma depressão que por pouco não ceifou-lhe a vida. Só depois de quase dois anos ele voltou a viver. Conseguiu um emprego de garçom numa lanchonete. Com seu esforço, somado ao conhecimento, após alguns anos, tornou-se o gerente-geral de toda aquela rede de lanchonetes. Administrava tudo, desde a contratação de funcionários até as compras, que eram todas centralizadas. Com seu novo cargo veio um salário muito alto; logo comprou alguns imóveis e um carro do ano. Depois de quase se entregar ao desespero, percebeu que só ele poderia mudar a sua situação: saiu da posição de vítima e passou para o volante de sua vida. Agora, mais maduro e com experiência, foi fácil chegar ao sucesso. Sua ex-esposa casou de novo e estava feliz. Hoje, apesar de nunca ter dito isso a ela, ele lhe é muito grato, pois ela foi um anjo que passou por sua vida para ajudá-lo a crescer. Ele sabe que poderia ter sido diferente, porém agora tudo estava em paz, ele já a esquecera, só sentia um carinho por ela misturado à compaixão por tê-la feito sofrer daquela forma. Como também sofreu acredita que o melhor era virar aquela página de sua vida e começar a escrever uma nova história. Devanir nunca mais quis se envolver em um relacionamento sério. Teve algumas aventuras, porém quando as mulheres vinham com a voz melíflua e com artimanhas falando sobre casamento, ele corria como o vampiro corre da cruz. Devanir era um homem muito bonito, elegante e com a sua situação financeira muito boa, acabou por ser um prato cheio para o assédio das mulheres. Ria sozinho ao lembrar-se de uma de suas funcionárias falando à outra em sua frente que ele era como gato picado por cobra. Corria até de linguiça. Ele ria com aquela frase, mas no fundo era isso mesmo o que temia. Não queria mais se envolver com ninguém de forma séria, mas Angélica... Angélica era diferente. Sempre falando que só se casaria após os vinte e cinco anos, que agora só queria estudar e preparar-se para o futuro. Toda aquela eloquência foi envolvendo-o. Ele a conheceu no curso de inglês, logo estreitaram os laços, o que culminou em uma linda amizade. Mas agora Devanir estava assustado, tinha certeza de que a amava. Será que o seu amor era correspondido? Ela nunca falou nada. Nunca se insinuou, e isso o estava enlouquecendo. Se as mulheres se atiravam aos seus pés, disputavam a sua companhia, por que ela dava mostras de que nem se importava? Será que não o achava bonito? Perdido em seus pensamentos, Devanir levou um susto ao ver que as horas haviam passado de forma rápida. Já estava atrasado para o trabalho. Começou a se trocar de forma acelerada, mas tinha que caprichar, pois ele tinha se comprometido a pegar Angélica em sua casa às 10 horas para visitar a tia que estava internada.

Capítulo 23

– Bom dia! Passou bem a noite? – perguntou Maria a Elaine.

– Bom dia, Maria. Não dormi quase nada. Onde está a Luciana? – tornou Elaine.

– Ela saiu ainda escuro. Foi ao hospital – tornou Maria com a voz atarracada. – Pode ficar tranquila, Dona Elaine. Ela me ligou falando que a Dona Anastácia está muito bem. Disse ainda que não havia visto uma recuperação tão rápida quanto aquela. O doutor Mauro telefonou e disse que daqui a pouco estará chegando aqui. Eu não gosto desse sujeito, Dona Elaine.

– Ele é uma boa pessoa, Maria. Um pouco perdido talvez, porém é uma boa pessoa – respondeu Elaine, sorridente.

– Ele fica dando em cima da senhora na nossa frente, inclusive um dia o doutor Orlando chegou mais cedo da loja, e foi entrando pela porta dos fundos, parou e ficou um tempão atrás da porta vendo a senhora conversando com o doutor Mauro – continuou Maria.

– Meu Deus, isso é sério, Maria? Quando foi isso? – tornou Elaine.

– Faz mais ou menos seis meses. Foi perto do carnaval. Não sei se foi antes ou depois – continuou Maria.

– Deus! Então é isso – tornou Elaine, assustada.

– Maria, por que você não me contou isso antes? – pergunta Elaine, aturdida com o que escutou.

– Eu? De jeito nenhum. A senhora sabe que eu sou discreta e não me intrometo na vida dos meus patrões – continuou Maria. – Só comentei esse assunto agora porque o que preciso lhe contar é muito sério também. Eu fui chamada pelo doutor Pacheco para ir até a delegacia. Na verdade ele queria falar com a senhora, mas eu expliquei que você estava muito abatida, e me ofereci para ajudar. Ele achou a minha ajuda em boa hora, pois afinal era eu mesma que poderia ajudá-lo na dúvida que tinha. – Elaine escutava tudo muito atenta, segurando uma xícara de café entre as mãos. De forma tranquila, escolhendo as palavras, Maria contou sobre a roupa de Orlando que foi encontrada toda suja de sangue.

– Deus! – exclama Elaine, deixando cair a xícara que se espatifou ao atingir o chão. – Orlando está morto?! – exclama, começando a chorar.

– Calma, Dona Elaine! Ele não está morto – tornou Maria, segura do que estava falando. – Agora há pouco, minutos antes do Doutor Mauro ligar, eu recebi o telefonema do Doutor Pacheco, o delegado da Polícia Civil. Ele me disse que pegou o resultado de exame no laboratório agora cedo, e ficou comprovado que o sangue da roupa não era do Orlando.

– Como? Se não é dele, de quem poderá ser? – perguntou Elaine, mostrando-se aliviada e aturdida com o que escutou.

– Pois é, Dona Elaine. Isso é um mistério – continuou Maria. – Hoje já faz treze dias que ele sumiu. Que tristeza...

– Maria, assim que o Mauro chegar mande-o subir ao escritório, colocarei um basta nessa situação – tornou Elaine de forma decidida. – Naquele dia em questão, Mauro se declarou a mim, falando que me amava e tudo mais – continuou Elaine com a sua explicação. – Eu não vou mentir para você, fiquei lisonjeada e envaidecida com o que escutei. O meu relacionamento com o Orlando não vinha bem. Nos últimos anos ele passou a se distanciar de mim. Mas tudo piorou de seis meses para cá, nunca mais me tocou, me evitava... Eu acreditava que ele tinha arrumado uma amante, mas acabo de descobrir que não era isso. Na verdade o coitado deve estar achando que eu o traio com o Mauro. Por isso mudou o testamento do livro. É por isso que foi embora. Deus! O que eu fiz...

– Dona Elaine, a senhora está me dizendo que não fez nada de errado. Fique em paz, a vida encontrará uma forma de mostrar isso a ele – tornou

Maria. – O Doutor Orlando é um homem muito bom, apesar de que ultimamente andava meio soberbo.

– Tudo bem. Estarei esperando lá em cima, muito obrigada. Às 10 horas o amigo da Angélica vem nos buscar para irmos ao hospital ver Anastácia. Falei para irmos com o nosso motorista, porém Angélica insistiu para que fôssemos com ele, tem algo no ar. Nesse angu tem caroço – comentou Elaine sorrindo, evidenciando o interesse de Angélica no novo amigo. Elaine ficou contente, pois Angélica nunca se interessou por nenhum rapaz em sua vida. Elaine se preocupava, pois achava que a filha já estava ficando adulta e desejava que ela encontrasse um bom moço para desposá-la. Mas quando Elaine fazia esse comentário Angélica mostrava-se irritada, falando que era muito jovem ainda, e que só se casaria depois dos vinte e cinco anos. Elaine morria de vontade de ser avó; afinal de contas, uma criança traria alegria àquela casa.

Orlando e Birita conversavam alegremente. Orlando mostrava-se um novo homem, alegre, disposto. Realmente a vida colocou à sua frente uma provação para a sua ascensão espiritual, fazendo-o crescer como pessoa, em bondade e esperança.

– Birita, agradeço a Deus pela oportunidade que Ele me deu. Fez-me ver que estava errado, que no caminho que estava trilhando, ainda que me levasse ao dinheiro e à fama, nunca encontraria a paz – dizia Orlando contente com a vida. – Agora entendi o que realmente significa a palavra sucesso. Significa paz de espírito, amor e satisfação em alcançar os objetivos traçados, que podem resultar em fama e dinheiro, ou não. Dinheiro e fama são apenas consequências de nossos atos. Se forem bons, o sabor é indescritível, se os nossos atos forem maus, não teremos paz de espírito e isso acaba por ser o nosso inimigo.

– Orlando, você já se olhou em um espelho? – perguntou Birita sorrindo.

– Não. Por quê? Estou tão mal assim? – interrogou Orlando olhando as suas roupas.

– Está horrível. Você está barbudo, maltrapilho, descalço, cabelo todo desarrumado. Quando foi a última vez que tomou um banho? – tornou a perguntar Birita.

– Pior... Não tomei mais banho desde que saí de casa... – respondeu Orlando com a voz triste.

– Eu o convidei para tomarmos banho lá naquela fonte da praça, você nunca quis ir – continuou Birita.

– Deus que me livre. Eu já estava quase morrendo de frio e você queria que me lavasse naquela água congelada? De forma alguma. Banho só no verão – tornou Orlando, soltando uma gargalha. Você tem razão, vamos esperar o Emanuel chegar, e pedir para ele nos levar à sua casa para podermos tomar um banho. Também pediremos a ele algumas roupas emprestadas e algum dinheiro. Passaremos em um cabeleireiro e faremos a barba, cortaremos o nosso cabelo, depois iremos à minha casa.

– Orlando, você está falando "nós". Mas você retornará a sua casa. As ruas são a "minha" casa.. – falou Birita com a voz penalizada.

– De forma alguma. Você virá comigo. O que passamos aqui nas ruas, a forma como me ajudou... Você foi um anjo para mim, sem você eu não estaria vivo – explicava Orlando com a voz firme. – Com certeza ao voltar eu serei preso, porque não consegui encontrar o meu álibi: é aí que você entra. Enquanto eu estiver preso, você vai procurá-lo para mim. Procurará todos os dias o homem que presenciou aquele acidente. Vou lhe dar uma casa para morar e um emprego decente. Sou rico e posso pagar bem. Eu preciso que você me ajude. Ninguém irá acreditar no que eu vou contar, mas você conhece o meu desespero. Só você poderá me ajudar. Essa será a sua missão e o seu novo emprego. Andará pelas ruas contando a minha história até encontrar alguém que lhe dê uma pista. Se encontrar aquele homem, eu poderei sair da prisão. E enquanto eu estiver preso, vou escrever sobre os mendigos. Mostrarei ao mundo os seus sofrimentos, a discriminação da sociedade, e quem sabe poderemos fazer as pessoas olharem para eles de forma diferente, e assim, comovidas, formarem uma corrente de ajuda humanitária. Eu escrevo, e você me ajuda a divulgar. Criaremos uma organização não governamental para aumentar a nossa área de abrangência. Ao fazermos nossa parte induzimos e motivamos outras pessoas a nos ajudar, pois o assunto é de interesse mundial, já que os mendigos estão em toda parte.

Birita escutava a oratória de Orlando comovido. Sentiu que era uma oportunidade de trabalhar em favor dos princípios da decência que sempre defendeu. A hipocrisia, os jogos escusos, o abuso do poder o incomodavam. Gostava das coisas verdadeiras, da dignidade e da Justiça. Sob esse aspecto, o caso de Orlando era precioso. Mas a Justiça aceitaria as provas de que dispunham? Iriam mexer com pessoas de alto nível e com muito poder. Birita sabia que o Dr. Júlio era um homem muito severo, escondido sob o verniz social. Enfrentá-lo em um tribunal era desafiar uma estrutura que não sabiam aonde os levaria.

– Você acha que serei preso, Birita? – pergunta Orlando, preocupado.

– Olha, Orlando, o único juiz que considero impoluto, além de Deus, é a nossa consciência. Mas se reunirmos provas contundentes teremos grandes chances no tribunal. – Ambos ficaram por muito tempo conversando e sonhando. Porém Birita mais escutava do que falava e não conseguia esconder a tristeza no olhar. Via-se em sua face um sorriso, mas na verdade ele tentava ocultar tristeza; a angústia em sua alma lhe dava vontade de chorar. Porém, dissimulava atento a tudo que Orlando falava.

Na casa dos Moraes, Dr. Mauro acabou de chegar e subiu ao escritório para conversar com Elaine. Mauro estava esperançoso, quem sabe nessa manhã o seu desejo se realizaria?

– Bom dia Doutor Mauro. Como tem passado? – perguntou Elaine com formalidade e seriedade.

– Bom dia. Muito bem. – Mauro percebe na hora que algo está errado. – O que aconteceu, meu amor, por que essa formalidade?

– Doutor Mauro! Eu gostaria que nunca mais me chamasse de meu amor. Você sabe que sou uma mulher casada e exijo o seu respeito! – exclamou Elaine com voz firme.

– Casada com um homem que não lhe dá valor, que não a ama, e que provavelmente deve estar morto. Você já sabe que encontraram a roupa que Orlando usava toda ensanguentada? – tornou Mauro de forma arrogante.

– Sei, sim. Olha, Mauro... Gosto de você, mas como amigo – tornou Elaine. – Eu nunca me insinuei a você. Você também sempre me respeitou, desde quando éramos jovens. Por que agora tenta algo que não pode ser? Entenda... Não quero machucá-lo, mas não quero voltar a vê-lo.

– Elaine... Não fale dessa forma... – Nem bem terminou de falar Elaine o interrompe.

– Mauro! Entenda uma coisa: eu nunca lhe dei esperança de nada. Nunca prometi nada a você. Eu amo Orlando, e mesmo que ele esteja morto, o que eu não acredito, pois a minha intuição fala que ele vive e precisa de mim, eu nunca ficaria com você. Eu não vou mentir, sinto uma atração física por você, mas isso não é suficiente para eu me entregar a um homem. Portanto, ainda que um dia eu venha a ficar sozinha, não ficarei com você, Mauro. Não quero vê-lo sofrer, por isso peço-lhe: vá embora e nunca mais volte.

– Você está certa, Elaine. Respeitarei a sua vontade. Vou embora para o exterior. Há meses estudo uma proposta que recebi de um amigo que se formou comigo e foi embora para lá. Está fazendo muito sucesso, o seu escritório de advocacia se especializou em comércio exterior. Está fazendo fortuna auxiliando as empresas brasileiras que se instalaram lá. Importação e exportação revelaram-se um grande negócio.

– Isso mesmo, Mauro. Viva a sua vida com alegria. Faça o que deseja o seu coração. Não fique apegado a coisas que não pode ter – tornou Elaine de forma amigável. – Veja o que essa falsa esperança provocou em você todos esses anos. Levou a uma vida vazia, de tristeza e privações. Você é um homem novo, rico e bonito, certamente encontrará alguém que o fará muito feliz.

– Eu a esperei todos esses anos, Elaine, ainda que você nunca me desse uma esperança. Vejo que errei. Acabei deixando de viver as coisas boas que a vida me trouxe. Você está certa. Vou fazer o que eu deveria ter feito há muitos anos. Tentarei ser feliz – continuou Mauro, deixando algumas lágrimas escorrerem pela face. Mauro sentia um aperto no peito, porém decidiu-se contemporizar. Naquele momento Elaine se aproximou dele e o abraçou. Os dois permaneceram silenciosos, abraçados, sentindo-se bem dentro do afeto que os unia. Elaine sabia que Mauro era uma pessoa muito querida e merecia o respeito dela.

– Adeus, Elaine. Mando-lhe notícias. Desejo sorte com Orlando. Que ele retorne logo para fazê-la feliz de novo. Não suporto essa sua carinha tristonha. – Mauro lhe dá um beijo no rosto e sai lentamente. Elaine se emociona com aquela cena tão difícil. Por que o amor age de forma estranha às vezes? Ali saía um homem que a amava e daria tudo para ficar com ela, porém ela não o amava. O homem que ela amava tinha sumido, será que ele ainda a amava? Será que a perdoaria? Mas perdoar pelo quê? Afinal de contas, ela não o traiu.

– Parabéns, mamãe! Bela decisão você tomou – fala Angélica, entrando de supetão. Ele certamente encontrará alguém para fazê-lo feliz.

– Angélica! Você ficou escutando as minhas particularidades, que falta de educação! – exclamou Elaine, zangada com a intromissão da filha.

– Desculpe-me, mãe. Eu vim chamá-la para irmos ao hospital. O Devanir já chegou e está esperando na sala – tornou Angélica sorridente. Ela sabia que Mauro estava lá em cima a sós com a mãe, também sabia que a sua mãe tinha certeza que ela subiria não só para chamá-la, e sim para vigiá-la, porém ambas já estavam fartas daquele assunto, e definitivamente colocar uma pedra em cima dele era a melhor solução.

– Tudo bem, meu anjo. Desço em um minuto – tornou Elaine sorridente. Afinal ela achou bom que a filha tenha escutado a conversa com Mauro. Dessa forma ela teria certeza de que Elaine só tem olhos para Orlando, seu pai.

Capítulo 24

– Como tia Anastácia está, vovó? – pergunta Angélica na antessala da UTI, junto a Maria, Elaine e Devanir. Eles a olhavam pelo vidro. Estava toda cheia de aparelhos e entubada.

– Ela está ótima. Amanhã já irá para o quarto, e provavelmente em dois ou três dias terá alta – responde Luciana, sorridente.

– O que ela tinha realmente, Dona Luciana? – pergunta Maria, de forma curiosa. – Eu sei que é problema de coração, mas não entendo nada disso...

– Tudo bem, Maria, eu explico – tornou Luciana com um sorriso carinhoso. O coração é formado por um tipo de músculo diferente do que encontramos no resto do nosso corpo. Nós chamamos esse tipo de músculo de músculo estriado. A função básica de um coração é oxigenar o sangue venoso proveniente das periferias do nosso corpo e redistribuí-los aos nossos músculos e órgãos. Funciona como uma bomba contrátil-propulsora. Internamente o coração divide-se em quatro câmaras com funções específicas. O sangue adentra uma a uma, isso é, quando uma câmara enche, abre-se uma comporta por nome de valva, que as divide, deixando o sangue passar para a próxima câmara, e assim por diante. O que impede que essas valvas se projetem ao lado contrário, promovendo uma eversão, que por sua vez provocaria um refluxo do sangue, são as cordas tendíneas. Essas cordas tendíneas prendem a valva aos músculos papilares que se projetam na cavidade interna do coração. Era bem aí que estava o problema do coração da minha irmã.

Essas cordas tendíneas que prendem essa comporta se romperam. Esse fator ocorre por inúmeros casos, como pressão alta, colesterol, sedentarismo, disposição genética, etc... Dessa forma, o sangue, ao invés de ir todo para o corpo, voltava em forma de refluxo dentro do coração, o que a levaria à morte, caso não fosse reparado esse problema. O que eu fiz foi somente prender essas cordas tendíneas ao seu lugar de origem. Agora o sucesso do procedimento depende de muitos fatores como idade do paciente, outras enfermidades preexistentes, etc... Mas todos esses fatores não são nada se Deus não nos ajudar, colocando as suas mãos sobre as nossas na hora da cirurgia e na recuperação do paciente. É uma cirurgia muito arriscada, e em Anastácia foi um sucesso. Deus nos ajudou. Eu sinto que tudo o que estudei e pratiquei foi para que eu nesse dia pudesse salvar a vida de minha irmã. Foi tudo caminho de Deus. Agora pergunto a vocês: foi errado tudo o que aconteceu comigo? Doeu-me muito, porém se tudo não houvesse acontecido da forma que ocorreu como eu salvaria a minha irmã agora? Essa técnica de cirurgia que está chegando ao Brasil. Eu sei que há ótimos médicos brasileiros que já a fazem, porém eles estão atuando no exterior, pois lá a profissão está sendo reconhecida da forma como deveria, ao contrário do que acontece aqui no Brasil, onde os profissionais trabalham por amor a profissão, pois financeiramente ficam a desejar.

– Nossa, vovó! Fala a verdade, a vida não é cheia de mistérios? – pergunta Angélica apertando com firmeza as mãos de Devanir.

– É sim, minha filha. Um verdadeiro mistério – afirma Luciana sorrindo para a neta. Vamos para casa, por hoje é só o que podemos fazer. Anastácia está ótima. Logo estará em casa conosco – continuou Luciana ao sair caminhando lentamente em direção à porta da UTI. Saíram pensativos com aquelas palavras que escutaram há pouco. Até um dia atrás Luciana sentia-se uma vítima da vida; agora todos percebiam que de vítima ela passou a precursora da esperança. Por suas treinadas mãos a vida da irmã foi prolongada, dando-lhe uma oportunidade de voltar a ser feliz ao lado de sua família. Envoltos por aquele momento mágico de amor, fé e esperança, predominava um sentimento interno de euforia e alegria. Não conseguiam descrever aquela sensação de bem-estar.

Eles nem imaginavam que aquele sentimento que lhes dava vontade de chorar, mas não por dor ou sofrimento, e sim por alegria, era a presença do espírito santo de Deus. Os anjos vindos do céu os envolviam naquele momento único, onde progrediram mais um degrau na escada do conhecimento espiritual.

Emanuel chega ao beco onde era a casa provisória de Birita, Orlando e de mais alguns mendigos. Birita, entusiasmado com o crescimento espiritual de Orlando, vendo como estava seguro de si, sentia-se contente. Quando conheceu Orlando três anos atrás, ele estava longe de ser pessoa em que em poucos dias se transformou. Emanuel estava satisfeito, pois assim como um dia um homem por nome de Devanir lhe mostrou o caminho no qual não conseguia enxergar, ele o fizera a Orlando. Ele dava continuidade ao amor, levando esperança a uma alma aflita.

– Boa tarde, senhores – cumprimenta Emanuel, mostrando-se muito feliz. – Hoje é o décimo terceiro dia que Orlando está nas ruas. Esse número treze nunca mais sairá de sua memória, pois será o dia da sua vitória, o dia em que renasceu para a vida, voltando para o seu lar. E pelo que sei, o novo livro do Orlando se chamará 13 Dias.

– Boa tarde, Emanuel. É isso mesmo. Será 13 Dias – disse Orlando sorrindo. – Birita irá comigo! Caso eu seja preso, ele sozinho se incumbirá de encontrar aquele homem que sumiu como uma fumaça se desfaz ao vento. E caso eu tenha sorte, ele me ajudará em outra função. Também quero montar um albergue e uma ONG para ajudar os mendigos, e para tudo isso a ajuda de Birita será indispensável.

– Isso mesmo, Orlando. Como você mudou. Está cheio de vida, decidido, é assim que se fala, com firmeza e segurança – tornou Emanuel, satisfeito com o que escutou.

– Orlando, me desculpe por estragar o seu entusiasmo, mas eu tenho que lhe contar uma coisa – interrompe Birita com a voz atarracada.

– Vamos, homem! Pode falar, sou todo ouvidos – responde Orlando entusiasmado.

– Pois bem! Vejo que você já está preparado para escutar o que vou lhe contar. Vejo que já amadureceu e não é mais aquele menino arrogante e avarento que era – continuou Birita, vendo que Orlando franziu o cenho ao prestar atenção à maneira que ele lhe dirigia a palavra.

– Vamos, homem, pode falar! Deixe de rodeios – insistiu Orlando, tentando dar coragem a Birita.

– Orlando, você sabe qual é o meu nome? – pergunta Birita.

– Sim. Você se chama Paulo. Por quê?

– Eu me chamo Paulo Moraes – responde Birita de forma firme, olhando nos olhos de Orlando.

– Como? Pa... Paulo do quê? Moraes? – tornou Orlando, balbuciando ao falar.

– Isso mesmo, Orlando! Sou o seu tio Paulo Moraes.

– Não acredito... Por que não me contou antes? – perguntou Orlando, aturdido e curioso com o que estava ouvindo.

– Tem muita coisa que você não sabe. Se me der oportunidade contarei tudo. Porém antes quero lhe informar que nem tudo o que você conhece e vivenciou em nossa família é a verdade. Gostaria de avisar que contarei tudo sobre quem é o seu pai, quem é sua mãe e assim por diante – continuava Birita.

– Pode contar tudo o que sabe, Birita. Orlando está preparado para saber toda a verdade, seja qual for – falou Emanuel, mostrando-se surpreso com o que estava presenciando.

– Meu pai morreu... Pelo menos é o que todos me contaram. Se bem que a minha intuição sempre falou o contrário – afirma Orlando.

– Por favor. Não me chame mais de Birita. Não quero mais me esconder. Assim como você, Orlando, quero voltar e enfrentar os meus problemas. Assim como você eu sou inocente e fui vítima do falho sistema judiciário e, além do mais, eu estava protegendo a pessoa que mais amei na minha vida.

– Meu Deus. Não vou mentir para vocês, eu estou chocado com o que estou escutando. Você disse que estava protegendo uma pessoa, quem é essa pessoa, e por que é tão importante a ponto de você se deixar passar por tudo o que passou e está passando? – pergunta Orlando, curioso.

– Essa pessoa chama-se Luciana de Almeida Borges – responde Paulo.

– O quê? Minha mãe? – perguntou Orlando totalmente atônito; a cada minuto menos entendia o que estava acontecendo.

– Orlando, sua mãe foi a única mulher que eu amei na minha vida. Não sei o que contaram a você, mas o seu pai hoje não vive mais, mas viveu até pouco tempo – continuou Paulo. Só que o que vai descobrir dele você não vai gostar, ele não foi um bom homem. Algumas coisas das quais lhe contarei não poderei provar no momento; você terá que confiar em mim. Porém se confiar, vou levá-lo até a sua mãe. Ela poderá esclarecer-lhe mais detalhes, porém muitas coisas só a sua intuição é que será juiza, pois não posso comprová-las. – Paulo não sabia da existência daqueles exames, nem que Luciana os possuía, e muito menos que ela acreditava nele, pois há dez anos ele tentou lhe contar, mas ela não acreditou nele. Ele não a julgou por isso, pois realmente era muita coisa para acreditar. Porém, ele estava cansado de fugir de seus problemas, acreditava que era a hora de enfrentá-los. Isso era o que lhe falava a intuição.

– Tudo bem, Birita, ou tio... Sei lá, Paulo. Não tirarei conclusões precipitadas. Pode contar o que sabe e se possível tentarei assimilar os fatos da melhor maneira. Só com o fato de você estar vivo e ser o meu tio já fico feliz. Logo percebi que me afeiçoei a você. Lembro-me o quanto o amava quando criança, só não vai me dizer que é o meu pai, você é? – pergunta Orlando sorrindo.

– Não, Orlando. Não sou o seu pai – responde Paulo.

– Ufa! Ainda bem! Você é muito feio – tornou Orlando sorridente, mostrando-se brincalhão com Paulo.

Paulo soltou uma gargalhada, deixando evidenciar alguns dentes estragados. Ele sempre foi muito cuidadoso consigo, sempre muito vaidoso, porém a vida nas ruas acaba com qualquer vaidade e orgulho. Paulo, mais tranquilo ao ver que Orlando estava amigável com a situação, começa a sua explicação. Emanuel e Orlando não ousavam interrompê-lo. Ao longo da narrativa, ele estava perdido na imensidão melancólica de suas lembranças mais íntimas, desnudava seus sentimentos, seus medos, desejos e anseios. Contou como tudo começou, ainda em sua mocidade. A traição de seu irmão. Sua prisão, a rebelião na cadeia, a sua fuga, os dias difíceis na rua, até chegar ao momento presente. De vez em quando, ele fazia uma pausa para recuperar-se do choro que teimava em ocorrer. Todos deixavam-se levar pela magia daquele momento tão sublime, onde o passado desfilava sobre o presente, trazendo revelações boas e tristes. Não perceberam que as horas passaram e ao prenúncio da noite os pássaros começavam a acomodar-se nas árvores e sobre os beirais dos pequenos prédios que estavam próximos. Orlando, escutando a narrativa de Paulo, mostrou-se profundamente consternado. Aquela noite chegou envolta em brumas. Alguns mistérios se evidenciaram naquele dia cabuloso. Ao uivo do vento fresco, Emanuel, Orlando e Paulo sentiam calafrios enquanto conversavam. A vida lhes desnudava tantas coisas, evidenciando tantas verdades que para eles era impossível acreditar que passavam de simples coincidências. Sentiram-se como um grão de areia em frente ao oceano. Perceberam que algo, maior do que podiam imaginar, orquestrava todo o nosso universo. Puderam entender que as estrelas no firmamento obedecem ao querer daquele que criou o infinito, os planetas, o mundo. E que tudo age e acontece ao seu querer. Sempre para o nosso bem, visando o entendimento das leis que regem o universo e o nosso crescimento espiritual, para um dia habitarmos aqueles lugares que estão vagos desde a criação do mundo.

Capítulo 25

– Mãe, hoje é o décimo quarto dia que papai sumiu. Você acha que ele volta? – pergunta Angélica, preocupada.

– Minha filha, que horas são? – pergunta Elaine, assustada ao acordar com a filha ao lado fazendo uma pergunta.

– São sete e meia. Desculpe-me acordá-la. Mas é que eu tive um sonho tão bonito, mãe. Eu via o papai me levando ao altar. Ele estava tão feliz. Ele gostava tanto do meu noivo – falava Angélica com a voz melíflua, mostrando-se muito feliz.

– Milha filhinha! Tenho certeza, ela vai aparecer sim. Tudo ficará bem – tornou Elaine sorridente. – Mas, filha, me diga uma coisa: quem era o noivo em seus sonhos?

– O Devanir, mãe – responde Angélica sorrindo, mostrando-se ruborizada.

– Você está apaixonada! Posso ver em seus olhos – tornou Elaine sorrindo.

– Pode ser, mãe, mas se isso for verdade, temo que eu vá sofrer – continuava Angélica.

– Por que, minha filha? Devanir parece ser uma ótima pessoa – tornou Elaine.

– É sim, mãe. O problema é outro. Ele nem me olha como mulher – tornou Angélica. – Só tenho certeza que ele é heterossexual porque sei que já manteve alguns relacionamentos com outras mulheres. Foi até casado por um tempo. Mas ele nem me olha de uma forma diferente. Acho que vou morrer, mãe. Eu o amo.

– Calma, minha filha. Você já deu sinais a ele que está interessada em algo a mais? – pergunta Elaine.

– Eu não, mãe. Ele pode me achar oferecida. Vive falando mal das garotas que se jogam a ele. Ele não gosta desse tipo de mulher – responde Angélica de forma energética.

– Então, minha filha, fique tranquila. A vida encontrará uma forma de uni-los, se esse for o destino de vocês. Caso não seja, não adianta tentar o que não deve ser. Veja o que aconteceu com o Mauro. Prendeu-se a um amor proibido, e o resultado foi o sofrimento – continua Elaine a explicar brilhantemente à filha sobre como devemos proceder em relação ao amor. – Conheço muitos casos desses, em que uma pessoa prende-se à outra, vivendo um amor proibido. Muitas mulheres acabam por entregar-se a um amor que não lhes pertence. Entregam-se a um romance com homens casados, seduzidas pela segurança que eles lhes passam, pelo seu charme. Eles por sua vez mostram-se conhecedores da vida, mostrando ser senhores da situação, inteligentes, cultos, fazendo de tudo para seduzi-las. Mas ao final as deixam a ver navios, pois as tolas acreditam que eles deixarão a sua família para ficar com elas. Nem raciocinam que, se eles se entregam a elas, é porque eles não dão valor à moral, à família e ao amor. Fingem dar. E quando alguns deles acabam por deixar a família para ficar com elas, é questão de tempo para eles sentirem a necessidade de uma nova aventura; logo elas passam de amantes a companheiras traídas. Minha filha! Deixe a vida cuidar de tudo, e se nada acontecer foi porque era o melhor para você.

– Está certa, mamãe. Ótimo conselho me deu, vou deixar a cargo da vida. Mas espero que ela traga-o para mim – respondeu Angélica soltando uma gargalhada.

– Isso mesmo, minha filha. Tem que acreditar no que deseja. Agora vamos nos levantar, temos que ir ao hospital para ver a sua tia Anastácia.

Já eram quase 9h30 quando chegaram ao hospital. Vieram todos, Maria, Elaine e Devanir. Luciana já tinha vindo ainda de madrugada. Estava acostumada com a rotina que a sua profissão lhe exigia. Depois de verem Anastácia e conversarem com ela, ficaram mais tranquilas. Luciana afirmou que a sua recuperação estava sendo ótima e que, no outro dia cedo, já poderia ir para casa. Com bastante repouso e carinho, logo poderia voltar à rotina diária. Ficaram junto a ela no quarto, conversando, colocando todas as novidades em dia, vivendo o que não puderam viver todos aqueles anos. Luciana sempre foi distante. Apesar de viverem na mesma cidade, viam-se muito pouco. Anastácia tinha se fechado para a vida, não os recebia em sua casa, sempre mal-humorada. Mas agora ela estava radiante, a leveza de sua alma tripudiava daquilo que antes acreditava. Mantinha-se fiel ao marido falecido. Agora sentia que a vida voltava a sorrir para ela. Acreditava que a vida lhe deu uma oportunidade de corrigir o seu egoísmo. Estava decidida; assim que saísse daquele leito de hospital, mudaria de casa. Compraria um apartamento e sairia a viajar pelo mundo. Sempre teve vontade de conhecer a Argentina e os encantos de Bariloche, a cidade do gelo. Quem sabe ainda a vida lhe proporcionaria um novo relacionamento? Ela ainda era jovem, sentia-se uma donzela com seus cinquenta e nove anos. Tinha um corpo invejável para sua idade. Sabia que tinha muita mulher de trinta anos que não lhe chegava aos pés. Agora com o coração novo, quem sabe poderia ter lugar para um novo amor. A vida é bela, e tem as mais diferentes formas de despertar o romance há muito adormecido nos corações das pessoas. Sempre age de uma forma que aos nossos olhos parece errada, porém ao final vamos entender que a nossa sabedoria é loucura para Deus. E que a verdadeira sabedoria está em sermos humildes, porque a sabedoria habita com a prudência, encontrando a ciência dos conselhos.

– Vamos, Orlando. Já está quase na hora de irmos. Olhe bem para onde você morou nos seus últimos catorze dias – fala Paulo, animado por voltar à vida civilizada.

– Vamos sim, tio Paulo – respondeu Orlando com carinho a Paulo. Ambos conversaram até tarde da noite. Orlando ficou perplexo com o que ouviu, mas acreditou em tudo. Paulo não teria mais motivos para mentir. Os anos haviam passado e Orlando animava-se com a ideia de que poderia voltar a ver a sua mãe. Sobre o pai, ele muitas vezes desejou que ele fosse o seu tio Benjamim, pois sempre o tratou com amor e carinho. Até o adotou, passando o seu sobrenome a ele, dando-lhe direito à herança. Ele pode até ter sido um homem mau, porém com ele, tirando o fato de que o separou de sua mãe, foi um bom pai e tio. Decidiu-se a não fazer julgamentos, deixou que o tio Paulo, sua mãe e a tia Anastácia o fizessem. Ele amou o tio e queria guardar aquele sentimento. Também não era hipócrita a ponto de não entender que o pai foi um homem mau, porém ele sempre o tratou com muito carinho e amor. Orlando acredita que seu pai provavelmente tinha problemas psicológicos; ele nutria um sentimento de posse, de apego. Talvez esse fosse o seu problema. Agora o que mais Orlando queria era provar a sua inocência, ajudar o tio provar a dele, abraçar a filha que tanto amava e, principalmente, amar a sua linda esposa com toda a força de sua alma. Estava triste por tê-la tratado mal nos últimos meses. Ele escutou algo naquele dia, porém o que escutou não eram provas de que ela o traía. Ele escutou Mauro se declarando a ela, porém no fundo Orlando sempre soube disso. Ele não se importava; sabia que sua mulher o amava e que nunca o deixaria. Tinha prazer na derrota de Mauro. Agora ele entendeu que agiu errado, não devia brincar com os sentimentos das pessoas, ainda que o considerasse um inimigo. Não era correto o que fazia. Ele procuraria a esposa e, se ela ainda o amasse, a faria a mulher mais feliz do mundo. Se afastariam de Mauro e viveriam as suas vidas felizes, virando aquela página de suas vidas.

– Orlando, veja que gozado. Você terá que mudar o título do seu livro, agora terá que ser *14 Dias* – falou Paulo, rindo da situação.

– Pior... Terá que ser *14 Dias* mesmo. Assim espero... – tornou Orlando, soltando uma enorme gargalhada.

Orlando estava feliz. Sabia que talvez fosse preso, porém, antes ele queria contar tudo à família da sua maneira, tinha certeza que entenderiam e ainda o ajudariam. Haviam combinado com Emanuel que iriam até o restaurante no qual ele trabalhava, depois, juntos, iriam até a casa dele para tomarem um banho e trocarem de roupas. Em seguida iriam cortar o cabelo e fazer a barba. A partir desses cuidados de higiene pessoal estariam prontos para chegarem à casa dos Moraes. Contentes, puseram-se a caminho do restaurante. Quando foram chegando próximo ao local de espera, a cinquenta metros do restaurante eles puderam ver uma correria.

Ouviam-se gritos, sirenes de polícia. O que será que estava acontecendo? Temendo serem reconhecidos, ficaram parados a uma distância segura, olhando para tentarem descobrir o que estava acontecendo, pois o fato e a aglomeração de pessoas eram bem em frente ao restaurante aonde iam. Quando pensaram que não, eles perceberam a viatura vir à toda, na contramão, com a sirene ligada em direção a eles. Tentaram esboçar uma saída rápida, porém não deu tempo. Quando deram por si, os policiais pararam o carro bem à frente deles, descendo com as armas em punho e gritando com muita brutalidade.

– Mãos na cabeça, seus mendigos miseráveis – grita o policial com sangue no olhar, mostrando-se com muita raiva. Na hora Orlando e Paulo nem pensaram duas vezes, já fizeram o que o policial mandou.

– Vamos! Mãos na cabeça. Qualquer movimento em falso eu atiro. Sem gracinhas – gritava outro policial. Orlando os conhecia, eram Rogério e Antonio. Orlando começou a tremer, sabia que era questão de tempo até que o reconhecessem.

– É isso aí, seu policial, com certeza foram esses vagabundos que roubaram o som do meu carro – gritava uma mulher de forma esganiçada.

– Nós não fizemos nada. Somos inocentes – suplica Paulo, entendendo o que estava acontecendo. Mais uma vez eles, os mendigos, estavam sendo vítimas de discriminação.

– Cala a boca, seu ladrão – grita o policial Rogério batendo o cassetete com muita força no estômago do Paulo, que caiu sem poder respirar.

– Aqui não, Rogério. Se alguém vir isso, pode dar problema. Não esqueça que tem aqueles babacas dos direitos humanos – falou o policial Antonio.

– Que se danem. Esses mendigos têm que apanhar. Nós não sabemos por que estamos batendo, mas eles sabem por que estão apanhando – ironizou o policial Rogério, batendo pela segunda vez em Paulo, caído e sem forças para levantar. Não passaram poucos segundos e Paulo desmaiou.

– Tem razão, tem que apanhar mesmo – tornou o policial Antonio batendo com muita força aquela arma na barriga de Orlando. O negócio é o seguinte, minha senhora. Me dê o número do seu telefone que iremos fazer esses dois vagabundos falarem. Não precisa dar queixa. Na nossa área nos orgulhamos por não ter nenhuma queixa há muitos meses. Aqui nós mandamos. Estamos esperando uma promoção que virá nos próximos dias; se você der queixa desse problema, podemos perder essa promoção. Aqui está o meu cartão. Se eles não falarem nada, eu mesmo compro um toca-CD novo para a senhora. Sairá mais barato do que perder a nossa promoção. Não é mesmo, Rogério?

– Isso mesmo. Deixe por nossa conta. Acorda, vagabundo – tornou o policial Rogério, estapeando o rosto de Paulo, que logo voltou a si. Esse aqui nem adianta, Antonio, vamos levar o outro. Esse aqui não aguenta mais nada, já está velho.

Colocaram Orlando na gaiola da viatura e dirigiram-se a uma estrada que dava em uma rua de fazenda. Uma estrada em que raramente passava alguém. Era o local perfeito para os policiais fazerem o que tinham em mente. Paulo levantou-se dali e voltou à antiga casa, lá no beco. Sabia que dificilmente Orlando voltaria vivo. Quando os policiais corruptos levam alguém, geralmente esse alguém aparece nas manchetes do dia seguinte, colocado como mais uma vítima de briga de gangues rivais. Aqueles dois policiais nem imaginaram que enquanto eles faziam aquelas atrocidades, espancando aqueles dois indefesos mendigos, um repórter que passava por aquela rua naquele momento filmou tudo com a câmera de seu celular. A vida colocaria um basta nas atitudes daqueles dois policiais. Usufruíam de suas posições e empregos para prevaricar e impor o medo, dor e a injustiça. Mal eles sabiam que no dia seguinte seriam a capa de todos os maiores jornais da região.

– Vamos, vagabundo, pode começar a falar! Você sabe como funciona... Nada pessoal, apenas negócios. Você roubou na minha área, não respeitou as nossas caras, agora irá pagar o preço – falou o policial Rogério, golpeando com o cassetete a barriga do Orlando, que não aguentou a dor e caiu. Antonio olhou para todos os lados para ver se estavam sozinhos ali, só viu mato ao redor. O local estava "limpo", poderiam "trabalhar" tranquilos. – Vamos Antonio, hoje é contigo. Semana passada eu queimei aquele arquivo podre, hoje é a sua vez.

O policial Antonio aproximou de Orlando com a arma em punho e, olhando-o, gritou:

– Vamos, vagabundo! Olhe em meus olhos. Gosto de olhar na alma da pessoa que despacho para o outro lado. Nesse momento Orlando, angustiado, com muita dor, colocando sangue pela boca, acreditava que tinham quebrado algumas de suas costelas, pois a dor estava insuportável. Obedecendo a ordem do policial, ele o olhou, fitando-o bem no fundo dos olhos. Entreolharam-se, e subitamente o policial Antonio ficou estático.

– O que foi, Antonio, está ficando mole? – perguntou o policial Rogério com voz de recriminação.

– Não o reconhece? – perguntou o policial Antonio levantando o rosto de Orlando, que estava à beira das lágrimas. O policial Rogério fitou o seu rosto por alguns segundos, puxando pela memória para se lembrar de onde é que o conhecia. O semblante lhe era familiar, mas ele não conseguia lembrar-se. Não havia ninguém que conhecesse que se encontrasse naquela situação ultrajante.

– Não sabe mesmo quem é? – insistiu Antonio.

– Não! – tornou o policial Rogério pouco convicto. – Acho que não o conheço.

– É o doutor Orlando – disse Antonio.

– Deus! Tem certeza? – perguntou Rogério.

– Tenho, sim – afirmou Antonio.

– Vamos, doutor Orlando, levante-se! – ordenou o policial com voz atarracada. – Desculpe-nos, foi um engano. Hoje é o seu dia de sorte, não vai conhecer Jesus ainda.

– Você está louco, Antonio? Ele pode nos delatar – tornou Rogério. Não podemos deixá-lo ir.

– O que pretende fazer? Se ele fosse realmente um mendigo, ao despachá-lo dessa para melhor, nós estaríamos fazendo um favor para a sociedade, porém ele não é um mendigo. Não que eu me importe com isso. O problema é que ele tem família, e poderão retaliar. Lembre-se que havia outro com ele, e que a essa hora já deve ter avisado alguém – alertou Antonio.

– Tem razão, vamos levá-lo de volta. Entra, doutor Orlando – disse Rogério, mostrando o banco de trás da viatura.

– Só mais um detalhe, doutor. Deixaremos você sair dessa com vida, mas esse pequeno inconveniente ficará só entre nós, não é mesmo? Foi um acidente de percurso. Confundimos você com outra pessoa – retrucou Antonio.

– Sim. Não contarei nada a ninguém, direi que caí e me machuquei – respondeu Orlando, dissimulando a dor que sentia.

– Ótimo, doutor! É assim que se fala. Nós não gostaríamos que o senhor viesse a cair de novo, não é Rogério? – pergunta o policial Antonio ao outro, num tom ameaçador.

– Com certeza, Antonio! O tombo dessa vez pode ser de uma altura maior, meu amigo, só Deus sabe as consequências – tornou Rogério.

– Podem ficar tranquilos, eu não precisarei cair de novo – disse Orlando, temendo pela vida.

– Beleza. Vamos nessa – tornou Antonio, arrancando com a viatura.

Capítulo 26

Naquele fim de tarde Devanir levou Angélica para casa, depois de passarem uma tarde maravilhosa. Devanir tirou a tarde de folga. Tinha muitas horas extras para usufruir, e pediu ao cozinheiro Emanuel que naquela tarde não fosse embora, que ficasse na lanchonete. Se alguém o procurasse, era para dizer que ele, Devanir, havia tirado a tarde de folga e, se fosse urgente, que ligassem para o celular.

– Foi uma tarde inesquecível, Devanir. Espero que possamos passar outras como essa – falou Angélica com a voz melíflua. Mas... Estou pensando em ir embora daqui para poder estudar. Talvez eu vá para o exterior, não sei... Ainda estou pensando no assunto...

Com o carro parado em frente da casa de Angélica, Devanir a olha bem ao fundo de seus olhos, não gostando do que estava escutando, e lhe fala:

– Tudo bem, Angélica se essa é a sua vontade, eu respeito. Porém, se você for realmente fazer isso, não quero vê-la mais, pois vou sofrer muito. Vejo que me enganei com você, cheguei a pensar que me amava, mas percebo que eu estava errado. Por favor, desça do carro!

Angélica fez um gesto de contrariedade e ia responder, mas Devanir não lhe deu tempo. Apertou-a nos braços, procurou seus lábios, beijando-a demoradamente. Ela tentou resistir, mas não conseguiu. Seu coração disparou, suas pernas tremeram, correspondeu àquele beijo sem pensar em mais nada. Durante alguns minutos eles continuaram se beijando. Seus rostos enrubesceram e seus corpos ardiam pelo calor do momento. Por fim, ele disse:

– Eu te amo, Angélica! Eu a amo desde o primeiro dia que a conheci. Sinto que você me ama. Nosso amor é mais forte do que tudo. Mais forte do que a razão. Se você me aceitar, eu quero me casar com você, eu estou perdidamente apaixonado.

– Quero sim, Devanir. Mais do que tudo. Eu também te amo. É lógico que eu não vou embora, só estava dando uma ajudazinha à vida – respondeu Angélica sorridente.

Logo se retiraram dali, em poucos minutos já estavam deitados na cama do quarto de Devanir. Entregaram-se ao amor. Ela pela primeira vez conheceu um homem intimamente. Ela havia se preservado para entregar-se somente ao homem que amasse. E chegou esse grandioso dia. Devanir beijava-lhe as mãos, a orelha e o pescoço. Angélica quedou-se de olhos fechados, com o corpo trêmulo, sentindo a magia daquele momento inexplicável de ternura, amor e carinho. Devanir delicadamente lhe tocava todas as partes de seu corpo, ora com as mãos, ora com os lábios. Angélica sentia o seu corpo queimar, como se estivesse em febre, só que queimava com o prazer que estava sentindo. Envolta na ternura do amor, Angélica quedou-se com os olhos fechados e com a boca entreaberta. Queria embriagar-se com toda a magia que estava pairando no ar à sua volta. Não queria perder nada daquele momento único e de inexplicável prazer. Logo se aquietaram. Ambos nus, adormeceram abraçados, desejando que aquele momento nunca terminasse. Haviam descoberto o amor.

Orlando quedou-se perplexo; ele deveria estar muito feio, pois os policiais ao verem seu rosto quase não o reconheceram. Estava magro, sujo, barbudo, com os cabelos desgrenhados e a pele viscosa. Orlando estava horrível, maltrapilho e cheirando mal. Estava fraco, doente e machucado. Ele queria pagar pelos seus erros, tinha mudado. Naqueles 14 dias ele realmente conheceu Deus, pois conversava com Ele todas as noites. Estava decidido. Tinha mudado e queria mostrar isso ao mundo. A terrível experiência vivida por ele o havia transformado em um novo homem, cercado de sabedoria, fé e esperança. Iria pagar pelos seus erros, e se sua amada esposa, que nunca tinha traído, ainda que isso estivesse a ponto de acontecer, se ela o aceitasse de volta ele a amaria como nunca havia amado. Sentado no banco de trás da viatura, ele se via envolto em seus iluminados pensamentos. Por ironia do destino os policiais que o estavam levando preso eram Rogério e Antonio, os mesmos que haviam, ainda que sem saber, urinado nele. O que mais Orlando estava admirado era que ele não estava sentindo nem um pouco de raiva deles. Sabia que antes sempre os tratava com descaso, então acreditava que de alguma forma o destino estava lhe dando uma lição. Orlando, viajando em seus pensamentos, deitado no banco de trás da viatura, se sentia lisonjeado, pois os dois policiais não o haviam algemado. Acreditava que apesar de tudo eles o respeitavam. *São bons homens*, pensava Orlando, quando percebeu que a viatura parou.

– Trouxemos você para a sua casa, doutor Orlando, mas acredito que o senhor deveria ir para um hospital – disse Antonio.

Orlando levantou-se assustado do banco traseiro da viatura. *Será que estou sonhando?* – pensou.

– Venha, doutor Orlando! Sua família o espera – falou Rogério, abrindo a porta e estendendo a mão para ajudá-lo.

Orlando sem entender nada, mas gostando do que estava acontecendo, pensou:

– Será que Deus está me dando outra oportunidade? O que estará acontecendo? Será que não sabem dos assassinatos?

– Deus! É o doutor Orlando – gritou Maria. Naquele momento aconteceu uma correria na casa dos Moraes.

– Meu esposo, você está muito mal, o que te aconteceu? Está todo sujo, malcheiroso, maltrapilho, o que te aconteceu? – pergunta Elaine, aturdida com o estado em que o marido se encontrava.

– Me deixe examiná-lo! – exclamou Luciana, vendo o filho naquela situação ultrajante. Ainda que tentasse evitar, as lágrimas escorriam pelo rosto.

– Onde o encontrou, policial? – pergunta Elaine, assustada com a situação de Orlando.

– Nós achamos o doutor Orlando perto de um restaurante. E reconhecemos na hora. Parece que ele está com amnésia – disse Rogério falando a primeira coisa que lhe veio à mente.

– Parece que ele está com umas costelas quebradas, temos que fazer alguns exames para podermos ter certeza – explicou Luciana. – Também mostra sinais clássicos de desidratação. Temos que levá-lo com urgência para o hospital para o avaliarmos melhor.

– Estou bem.. – falou Orlando, balbuciando e deixando soltar sangue pela boca.

– Fique quieto, meu filho. Não fale nada – exclamou Luciana, colocando o estetoscópio no peito de Orlando. Vamos para o hospital com urgência; tudo indica que a costela, ao quebrar-se, perfurou um dos pulmões. Se isso ocorreu temos que fazer uma cirurgia urgente.

– Tudo bem, mamãe. Eu fico quieto... Deus! Não quero morrer agora. Finalmente consegui encontrá-la. Cuida de mim, mamãe, como a senhora cuidava lá em volta da fogueira... – suplicou Orlando, colocando mais sangue pela boca. Orlando a conheceu assim que a viu. O olhar, o gesto, a serenidade, tão senhora da razão. Estava um pouco mais velha, mas o brilho do seu olhar continuava o mesmo.

– Meu filhinho... O que fizeram com você... – Naquele momento Luciana deixou de ser médica e profissional e passou a ser apenas mãe. Abraçou o filho que há vinte e sete anos não via.

As lágrimas de todas as pessoas à sua volta desciam-lhes à face, naquela corrente mista de alegria, tristeza, dor e amor. Em poucos minutos adentraram o hospital. Orlando foi submetido a uma cirurgia. O diagnóstico da mãe estava correto, um pulmão havia sido perfurado pela a costela quebrada. No outro dia, os dois policiais foram presos, o repórter que passava em frente ao restaurante no dia anterior os denunciou. Orlando nunca contou sobre como se machucou daquele jeito. Os catorze dias que viveu na rua lhe ensinaram a manter distância daquele tipo de pessoas. A justiça foi feita sem que ele colocasse as suas mãos. Ele falou que não se lembrava de nada. Esse foi o seu depoimento e o que circulou nos jornais. Porém todos viram Orlando apanhando pelos noticiários, ainda que ele falasse que não se lembrava de ter apanhado dos policiais. Mais uma vez a vida mostrou-se perfeita e sábia. Após seis dias Orlando recebeu alta hospitalar e foi para casa com tia Anastácia, que acabou ficando mais alguns dias também. Ao sair do hospital Orlando havia recuperado alguns quilos. Os dias nas ruas foram muitos cruéis para ele. Estava desidratado, e o soro lhe fez muito bem. Sua pele estava limpa e lustrosa, barba feita, cabelos cortados, cheirosos e macios. Sentia-se um novo homem. Tanto no físico, quanto na alma. Aqueles catorze dias o fizeram refletir sobre seus atos. Tinha mudado e não via a hora de mostrar isso aos amigos, à família e ao mundo. Deram-lhe o diagnóstico de perda temporária de memória. Ele quedou-se maravilhado com os fatos que aconteceram. Logo recebeu a visita de Emanuel, que veio com o seu patrão Devanir, também futuro genro de Orlando. Quase não acreditou no que via. Se não tivesse passado por todas as inusitadas situações daqueles catorze dias, Orlando chamaria aquilo de coincidência. Porém, ele viu coisas demais para se iludir dessa forma, sabia que tudo não passava das leis do universo agindo sobre a sua vida. Reuniu-se a eles, e pediu-lhes que guardassem segredo sobre os detalhes que vivenciaram dias atrás. Toda a imprensa do mundo deu a matéria sobre Orlando. Primeiro o seu sumiço, depois a sua volta inusitada, pois o vídeo dos policiais o espancando saiu em todos os maiores jornais do mundo. Sua mãe confirmou tudo o que o seu tio Paulo havia lhe contado naquele dia, porém ele não contou nada a ela sobre o tio. Orlando viu que sua mãe ainda amava seu tio, porém o homem que ela amava e guardava em sua mente estava muito distante do homem que Paulo havia se tornado. Ele estava muito feio, totalmente acabado; as ruas transformam o mais belo príncipe em sapo em poucos dias. Orlando decidiu que assim que pudesse caminhar voltaria àquele beco que foi o seu lar, e o buscaria. Sua filha estava perdidamente apaixonada por Devanir, e Orlando percebeu que aquele sentimento era recíproco. Conhecia Devanir o suficiente para saber que isso era uma preparação divina. A humildade agora era parceira de Orlando, em outros tempos ele não deixaria a filha se casar com um homem como Devanir. Não provinha de uma família rica e de posses, nunca permitiria nem a sua amizade com a filha, que diria desposá-la. Orlando estava achando engraçado o interesse da tia Anastácia por Emanuel; mesmo saindo de uma cirurgia recente ela não tinha receio de ficar toda risonha perto dele. Orlando nem imagina onde aquela amizade poderia chegar. Tudo a seu tempo e forma estava acontecendo na família Moraes. Orlando estava encantado por descobrir que aqueles catorze dias não fizeram bem só a ele, mas a toda a família.

Capítulo 27

– Orlando, o pessoal da Editora Novo Século marcou para vir aqui conversar contigo hoje, às três horas. Eu confirmei a sua presença. Precisa saber como andam seus negócios. Segundo os jornais, seu livro está sendo o maior recorde de vendas dos últimos tempos – falou Luciana, passando as mãos nos cabelos do filho.

– Sim, minha mãe. Você está certa. Já faz dez dias que eu retornei à minha casa. Mas agora pela manhã eu preciso sair e resolver algumas coisas – respondeu Orlando com carinho.

– Amor, você vem comigo? – perguntou à Elaine.

– Vou, sim. Espere só um pouco – responde Elaine contente de ver Orlando junto à mãe.

Ela se esclareceu com ele, explicou-lhe sobre Mauro, ele também sobre a sua vaidade em relação ao assunto, enfim, descobriram o amor que há tanto tempo estavam negligenciando um ao outro. Orlando em segredo contou a Angélica sobre o seu tio Paulo, e foram até ele naquela manhã. Ao ver aquele carrão chegando ao beco, Paulo olha assustado.

– Calma... Tio Paulo, sou eu. Não está me reconhecendo? Eu não vim antes porque estava me recuperando do mal que aqueles cafajestes fizeram comigo – falou Orlando.

– Oi, Orlando. Você me assustou – respondeu Paulo sorrindo.

– Esta é Elaine, minha esposa – fala Orlando.

– Muito prazer, Dona – responde Paulo humildemente.

– O prazer é meu. Só não me chame de Dona. Se você é o tio do Orlando, portanto é o meu tio também, eu é que lhe devo cordialidade – responde Elaine sorridente, mostrando respeito e humildade a Paulo.

– Vamos, tio. Vamos embora daqui! No caminho eu conto os meus planos – tornou Orlando feliz.

– Vamos, sim. Só espere eu pegar algumas coisas – responde Paulo abaixando-se e começando a pegar uns trapos que ele chamava de roupa.

– Por favor, tio. Deixe tudo isso aí. Não precisa mais. Tudo já está arranjado para o senhor – continuou Orlando sorridente.

Adentraram o carro e seguiram direto a um SPA, onde Orlando internou o tio, dando-lhe do bom e do melhor. Paulo só saía de lá na parte da manhã para ir ao dentista. Era conduzido pelo motorista que Orlando deixou na clínica só para essa finalidade. Paulo fez um tratamento completo, tanto dentário, quanto de desintoxicação, tratamento de pele, e todos os tipos de exames existentes na face da Terra. Ficou internado por dois meses.

Voltando ao dia em que Orlando levou o tio para a clínica, logo após o almoço o telefone tocou na casa da família Moraes.

– Casa dos Moraes, bom dia – atende Maria gentilmente. Um minuto, por favor. Doutor Orlando, é o doutor Júlio. Ele disse que vem aqui hoje às quatro horas e gostaria de saber se o senhor pode atendê-lo.

Que momento angustiante, Orlando estava vivendo aquele conto de fadas. Após a sua volta ele se esqueceu dos problemas pendentes que teria de resolver. Temendo pelo pior, Orlando tentou escapulir do Dr. Júlio.

– Maria, diga a ele que tenho um compromisso e assim que eu tiver tempo ligo de volta.

– Creio que não vai dar, doutor Orlando; ao ouvir a sua voz ele falou que viria e que era para o senhor esperá-lo, pois diz que tem um assunto urgente para tratar com o senhor – respondeu Maria.

– Que enxerido esse doutor Júlio, meu filho – falou Luciana, não gostando da autoridade que Dr. Júlio mostrou exercer sobre o filho.

– Orlando, preciso lhe falar sobre outro assunto. Eu preciso voltar para a minha casa...

– Você vai me deixar de novo mãe? – pergunta Orlando irritado e com medo de uma nova separação.

– De forma alguma. Nunca mais o deixarei. Só vou lá fazer uma cirurgia que já está agendada há alguns dias. É uma vida em jogo, não posso deixar de ir – explica Luciana com carinho. – Mas, depois, vou colocar à venda os imóveis que tenho e retornarei imediatamente para cá. Também tenho que acertar alguns assuntos pendentes, tanto no âmbito profissional quanto particular. Assim que voltar, vou precisar de sua ajuda para tentar encontrar seu tio Paulo, eu o amo muito ainda. Sei que o mundo é muito grande, mais eu gastarei cada centavo e cada minuto do meu tempo para encontrá-lo. Acredito que no máximo entre trinta e quarenta e cinco dias eu volto. Só que gostaria da sua permissão para levar Angélica comigo.

– Não sei, mãe. Tem o colégio... Ela já está atrasada dois anos por uma enfermidade que teve na infância, agora está até falando em casamento. A senhora sabe, podemos ter a maior fortuna do mundo, porém sem os estudos passamos a nos esconder sob a cortina da ignorância, dessa forma, o dinheiro não representa nada – explicava Orlando à mãe. Elaine e Angélica quedavam-se em silêncio escutando e torcendo pelo resultado daquela conversa.

– Deixa-me ir, pai. Estou louca para conhecer os Estados Unidos. Já liguei para o colégio. O diretor sabe sobre os fatos recentes aqui de casa, aliás, o mundo todo sabe, e eles me falaram que é só eu me prontificar a estudar que me darão exercícios extrapresenciais para entregar a eles. Como é um caso especial abrirão essa exceção – diz Angélica com a voz melíflua ao pai.

Orlando quedou-se pensativo, analisando os fatos, e percebeu que poderia ser um caminho que a vida estava criando para a sua filha e mãe não o verem ser preso. Mas ficou aflito com aquela ideia. Tentou criar coragem de contar a elas, porém o medo foi mais forte do que ele.

– Quando é que vocês irão? – perguntou Orlando.

– Acreditando na sua bondade e bom senso, ontem nós duas já pegamos o visto no consulado americano e já reservamos a nossa passagem para hoje às 16 horas – responde Luciana sorridente.

– Avós... Sempre estragando os netos... – tornou Orlando sorrindo. Tudo bem, que Deus abençoe a vossa viagem.

– Obaaaa!!! – exclama Angélica, pulando no pescoço do pai. Você é o melhor pai do mundo – completa Angélica, sorrindo. E foi buscar as malas.

– Deus, isso é cartel. Vocês já estavam saindo de viagem e só agora que me avisam – tornou Orlando.

– Isso mesmo, meu filho. Bem-vindo ao mundo das avós – tornou Luciana sorridente.

Logo que saíram para o aeroporto, chegou o pessoal da editora.

– Orlando, que satisfação encontrá-lo com saúde. Seria um desperdício nós perdermos um talento como você – disse o gerente da Editora Novo Século, uma das mais bem-sucedidas do país na atualidade. Não sei se o que aconteceu foi armado ou foi por acaso, só sei que foi a maior jogada de marketing que eu vi em toda a história literária. O livro que lançamos explodiu em todo o mundo. Já traduzimos para quarenta e cinco idiomas. No total das vendas feitas, somadas aos pedidos que ainda não conseguimos entregar, nós já vendemos mais de dez milhões de exemplares do seu livro em todo o mundo. Orlando, meus parabéns! Você é um homem milionário, além de ser um dos mais famosos da atualidade em todo o planeta.

– Obrigado. Eu já tenho um novo projeto em mente, e pelo que imagino vai ser tão bem-sucedido quanto esse – explica Orlando, rindo da situação. Ele imaginava o quanto a sua fama aumentaria quando o mundo o visse ir preso.

– Doutor Orlando, me desculpe interrompê-lo. O doutor Júlio já o aguarda na sala de estar – anuncia Maria, interrompendo a conversa de Orlando com o gerente da editora.

– Tudo bem, eu já estava de saída. Orlando, passe amanhã na editora para inteirar-se dos detalhes. Mas lhe asseguro que tudo está correndo dentro da melhor ordem. Conforme o contrato assinado por você, a porcentagem que lhe cabe está sendo depositada naquela conta que está em seu nome e que você indicou.

– Obrigado. Se der, amanhã passo lá. Tenha uma boa tarde – tornou Orlando, contente com o que escutou. Afinal de contas, agora ele era um homem famoso e milionário, e o melhor era que nem precisou ficar agradando ninguém; conseguiu isso pelos seus próprios méritos. A vida proporcionou-lhe a sua vitória da maneira e na hora que quis. Ainda nem bem tinha saboreado a notícia que recebeu, Orlando observa o Dr. Júlio adentrar seu escritório.

– Boa tarde, Orlando. Vejo que está melhor – falou Dr. Júlio analisando Orlando dos pés a cabeça.

– Boa tarde, Doutor Júlio – responde Orlando com voz atarracada. – Gostaria de me desculpar pela inconveniência. Eu acabei pegando aqueles objetos que lhe pertencem por engano. Quero que me entenda, eu não os roubei. Sofri muito pelo que isso me acarretou, e gostaria de merecer o seu perdão – diz Orlando, tentando evitar o pior. Sabia que o Dr. Júlio era cruel quando queria.

– Como? Você não me roubou nada, Orlando – tornou Dr. Júlio, surpreso pelo que estava escutando. Aqueles objetos estavam naquela bolsa porque era para você pegar mesmo. Eu gostei muito de você, e aqueles objetos só eram usados por mim em momentos muito especiais, pois eu acredito que eles me davam sorte. Só que eu já me sinto velho, muito rico e não preciso mais deles. Por isso eu os passei a você. Quero mostrar com esse gesto o quanto gosto de você. Desejo a sua amizade. Pelo que vejo, eles trouxeram muita sorte a você. Está famoso no mundo todo.

– O quê? Você está falando sério? – perguntou Orlando, surpreso com o que escutou. – Todo o sofrimento por que passei foi por nada. Suma da minha frente, não quero vê-lo nunca mais!

– Você enlouqueceu, homem? O que foi que eu te fiz? – perguntou Dr. Júlio estarrecido com aquela situação.

– Vamos! Suma daqui! – gritava Orlando, mostrando-se totalmente transtornado com Dr. Júlio.

– Vou mesmo. Agora entendi o que aconteceu. Você está com problemas mentais. Por isso que ficou como um mendigo nas ruas por 14 dias. Passar bem! – exclamou Dr. Júlio saindo irritadíssimo. Pensava consigo que se Orlando não tivesse realmente ficando louco, ele não teria pena dele, e mandava-o prender ou matar. Dr. Júlio não aceitava um desaforo daqueles, porém o que fazer a um louco?

Dr. Júlio saiu furioso, porém com dó de Orlando. Ele acreditava que Orlando tinha que ser internado, pois não estava falando coisa com coisa. Falava sobre roubo, sofrimento... Só podia estar ficando louco mesmo, pois suas atitudes mostravam isso.. Não teve dúvidas. Afastar-se-ia de Orlando. Ele poderia conspurcar-lhe a reputação, comprometendo seu nome diante da sociedade que tanto cortejava. Orlando guardou aquele terrível segredo com ele por dois anos. Com o seu sumiço, a imprensa do mundo inteiro divulgava as suas fotos, o tornando famoso mundialmente. Em pouco tempo seus livros viraram best-sellers, tornando-o muito famoso e muito rico. Aquela experiência o preparou para usufruir toda riqueza e fama que Deus lhe dera. Dedicava-se totalmente à sua família, a escrever muitos livros, pois tinha muito o que contar ao mundo, e principalmente se dedicava a cuidar e tratar do maior número de mendigos que encontrasse.

Capítulo 28

Voltando um pouco atrás, ao dia em que a mãe de Orlando voltou de Miami com a filha. Ao descer do avião, Luciana e Angélica estavam radiantes. Elas vinham em direção ao saguão do aeroporto. Fazia sessenta e cinco dias que elas tinham saído do Brasil. Devanir estava quase tendo um colapso nervoso de saudades de Angélica. Esperando por elas estavam tia Anastácia e Emanuel. Orlando esperava a hora daqueles dois aprontarem alguma coisa, pois estavam muito enrabichados um ao outro. Falavam que era só amizade, mas Orlando já estava desconfiado que aquela amizade já estivesse ficando colorida demais. No fundo Orlando torcia para que isso se concretizasse. Emanuel mostrou-se um bom homem; não só o ajudou como salvou a vida de Orlando. Tia Anastácia estava iluminada. Orlando percebeu como o amor deixa as pessoas alegres, sorridentes e felizes. Só podia ser amor o caso da tia Anastácia, outra coisa não poderia justificar tanto encanto daquela forma. Devanir há alguns dias lhe pediu permissão para desposar Angélica, só faltava ela aceitar porque por Orlando esse casamento estava autorizado há muitos dias, em uma cozinha de uma lanchonete. Lá ele conheceu o caráter de Devanir. Era a pessoa ideal para a sua filha. Ao lado deles, encontrava-se um homem forte, alto, loiro e olhos brilhantes vestindo um paletó azul-marinho sobre uma camisa branca. O paletó contrastava com os olhos azuis clarinhos. Os seus lábios grossos entreabertos deixavam à mostra os dentes branquinhos bem distribuídos. Nada que o dinheiro não possa resolver. Paulo fez vários implantes dentários, tratou-se e ficou como um príncipe encantado. Preparou-se para aquele encontro com muito esmero. Queria estar lindo para aquele momento.

– Bom dia, pessoal. Que saudades! – falou Angélica pulando nos braços da mãe, em seguida nos braços do pai, e por fim do amado. Deu-lhe um beijo apaixonado.

– Angélica, os seus pais estão olhando – explicou Devanir, ruborizando-se com a atitude de Angélica.

Luciana, ao aproximar-se, fitou o olhar a Paulo, reconhecendo-o na hora. Quedou-se perplexa, deixando suas malas caírem das mãos. Ela pensava estar sonhando, ou aquela escultura masculina, loira que estava à sua frente era realmente quem acreditava ser?

– Oi, Luciana. Lembra-se de mim? – pergunta Paulo com jovialidade.

– Si... Sim... Eu me lembro – respondeu Luciana balbuciando. – Como poderia esquecer? – continua Luciana mostrando-se aturdida com a situação. Numa tentativa de esconder as marcas do tempo, ela distendeu a fisionomia. Tinha medo de ele a achar feia, talvez velha...

– Você está mais bonita do que antes – tornou Paulo com a voz quase não saindo. – Os anos lhe foram parceiros. Está mais linda do que nunca...

O homem forte teve que se dobrar diante do emocionante momento; não conseguiu esconder quando aquelas gotas cristalinas e salgadas lhe desceram dos olhos. Nesse momento o presente desfila sobre o passado, mostrando-lhe que o que acreditava e pensava sobre a vida estava errado. Até poucos dias ele não acreditava mais em honra ou honestidade. Deslumbrado, olhando a sua amada, não queria tirar os olhos dela. Tinha medo de que, ao piscar os seus olhos, ele acordasse daquele sonho; ainda não sabia se aquele momento exorbitante de ternura era real. Todo aquele emaranhado de sentimentos repentinos o levou a um passado remoto. Lembrou de quando a conheceu... Lembrou o quanto foram apaixonados... Lembrou do momento inesquecível e da ternura da primeira vez que os seus lábios se tocaram. Lembrou-se de um rosto sorridente, das mãos firmes e ao mesmo tempo suaves tocando seus cabelos. Lembrou-se ainda de como se amaram e foram felizes. Aos poucos ambos foram ficando mais à vontade e foram aproximando-se um do outro, perdendo aquela reserva que lhes eram peculiares. Sem pronunciar uma palavra sequer, Paulo abraça Luciana apaixonadamente. Seus lábios procuram os dele; ao se encontrarem ficaram beijando-se por vários minutos. Ninguém ousava interrompê-los. Quando voltaram a si, todos estavam choramingando, emocionados com a cena que viam.

– Bom. Vamos, pai, tio, sei lá... Vamos para casa, nós merecemos – exclamou Orlando em tom de brincadeira. Que encontro maravilhoso. Todos estavam contentes.

Depois de dois anos guardando aquele terrível segredo que aos poucos o consumia por dentro, Orlando, em um determinado dia, viu entrar em seu albergue o mendigo que tinha presenciado aquele terrível crime. Orlando, em um ato sem pensar, mandou os seguranças o levarem ao seu escritório e pediu para os deixarem a sós. O mendigo a princípio não o reconheceu. Orlando aos poucos foi explicando os fatos até que sua memória reavivou-se. O mendigo numa surpresa arregalou os olhos e disse:

– É você, doutor? Então é você?

– Não me faça mal, por favor, eu tenho aquela taça guardada até hoje, eu sabia que um dia iria encontrá-lo. Se o senhor me der uma oportunidade de buscar, eu a enterrei lá no bosque, tenho certeza de que ela está lá. – Orlando não conseguiu esconder os seus olhos marejados e as lágrimas que escorreram.

– Qual é o seu nome, por favor? – pergunta Orlando emocionado.

– Eu me chamo João, doutor – respondeu o mendigo com medo.

– Pode ficar tranquilo, João – disse Orlando, tocando-lhe o ombro com a mão. – Não tenha medo, não vou fazer mal a você. Pode ficar com a taça. Eu só quero me desculpar com você e falar que eu era uma pessoa fria e calculista, não me importava com o ser humano. Era muito egoísta só pensava em dinheiro, mas mesmo sendo assim naquele dia realmente eu não desejava matar aquele pobre homem, que nem sei o nome.

– Nossa... Doutor – disse João admirado. – Então é isso. O senhor carrega consigo a culpa por aquele ato até hoje. Isso deve estar matando o senhor.

– Sim está. O remorso é muito grande. Eu penso naquele maldito momento todo dia. Pobre homem. Nem teve a chance de se defender – respondeu Orlando.

– Doutor, o senhor me dá licença? – perguntou João.

– Sim João, pode ir – completou Orlando.

João desceu até o salão do albergue onde havia mais de trezentas pessoas jantando e gritou com uma forte voz:

– Zezinho, venha aqui! – a voz de João se fez ouvir por todos os que estavam presentes.

Orlando, assustado com aquele grito, enxugou as lágrimas e desceu rapidamente ao salão para ver o que estava acontecendo. De repente se viu diante de João e outra pessoa que não conhecia.

– Doutor, o senhor conhece essa pessoa? – perguntou João olhando nos olhos de Orlando.

Orlando fitou os olhos naquele homem e não o conheceu, apesar de ter o cabelo e a barba muito crescidos e estar usando uma touca de lã. Será que era um daqueles que o haviam ajudado nos catorze dias?

– Não. Não o conheço – afirmou Orlando.

João aproximou-se do homem e disse:

– Esse é o Zezinho, doutor. Vocês já se cruzaram no passado. Você conhece o doutor, Zezinho?

Zezinho também arregalou os olhos na tentativa de enxergar bem, observando Orlando por alguns segundos. Em seguida respondeu:

– Não, João. Eu não conheço o doutor.

– Também como poderia conhecer, estava mais bêbado que um gambá – completou João, aproximando-se de Zezinho e lhe tirando a touca. Afastou uma mecha de cabelo e mostrou algumas enormes cicatrizes a Orlando, e perguntou:

– O senhor se lembra disso, doutor?

Deus! Era ele... Sim, agora ele reconheceu os seus traços. Tinha certeza, era ele. Então afinal ele não tinha morrido. Que notícia agradável. A vida voltou a sorrir para Orlando. Ele num gesto energético pulou no pescoço de Zezinho, abraçando-o e beijando sua face, implorando perdão.

– O senhor está perdoado. Eu estava muito bêbado e também não devia ter mexido em suas coisas. O senhor também me perdoa? – perguntou o sorridente Zezinho.

– Sim, eu o perdoo. Mas com uma condição, vocês dois terão que me ajudar a administrar esse Albergue. Após os catorze dias eu me tornei uma pessoa muito famosa e todos os livros que eu escrevo agora fazem sucesso. Juntei uma fortuna muito grande, mas, como vocês sabem, manter essa instituição custa muito e eu não posso facilitar; dessa forma eu preciso voltar a escrever. Vocês topam? – perguntou o sorridente Orlando.

– Sim, topamos – responderam juntos João e Zezinho, muito animados.

– Diga-me mais uma coisa, como você conseguiu sobreviver àquelas pancadas? – perguntou Orlando.

– Ué, doutor! Vejo que o senhor ainda não aprendeu tudo nos catorze dias – disse João. – Cuidamos uns dos outros. Logo que o senhor saiu, eu voltei para o local. No caminho encontrei um dos nossos totalmente nu, quase congelado. Vesti umas roupas nele e fui ao local do ocorrido. Encontrei o Zezinho desmaiado, o acordei e o levei ao pronto-socorro. Ficou alguns dias na UTI, mas logo se recuperou, afinal de contas ele é um cabeça-dura.

– Nesse caso, busque a taça, João – disse Orlando, entusiasmado.

A taça foi entregue ao Dr. Júlio por um ato bom, mas seu interesse não era a bondade e sim a ascensão social. Agora Orlando olha a taça todos os dias, pois afinal de contas ela veio parar na estante de alguém que realmente a merece, e o verdadeiro significado que é a representação do amor se aflorou. Muitos que o visitam não deixam de observar aquele objeto enferrujado no lugar mais ilustre de sua enorme e elegante sala. Quando lhe perguntam sobre aquele objeto velho, e o porquê de ele estar em um lugar de destaque na sala, Orlando leva horas falando sobre ele. Tem orgulho e não vergonha de mostrar o quanto nós, seres humanos, podemos ser ignorantes e como podemos mudar. Orlando aprendeu e agora gosta de ensinar que nunca é tarde, basta querermos fazer a diferença. Se acreditarmos e nos esforçarmos, podemos mudar da água para o vinho. Mas para que essa mudança seja verdadeira, de dentro para fora, temos que dar vazão a algo superior, algo sublime. Temos que deixar Deus fazer parte de nossa vida. Orlando agora entende o verdadeiro significado da lição que o jovem Albert deu a seu mestre, isso ainda no longínquo ano de 1920. Naquela manhã fria, mais de trezentos universitários assistiam à palestra do mestre. Sua oratória era impecável, mas contrastava com o assunto em questão. O velho mestre era ateu e tentava mostrar aos jovens calouros que ciência não combina com crença. Naquele dia ele fez uma pergunta que deixou muitos perplexos. Ele em sua magnânima sabedoria perguntou aos alunos se acreditavam em Deus. A resposta da maioria foi positiva. Então o calculista professor, em sua astúcia, disse que se Deus existisse não era digno de ser admirado, pois Ele era mau. Por ser Deus, Ele criou tudo, inclusive a maldade. Para dar ênfase à sua soberba, o mestre ilustrava os seus ensinamentos levando muitos a dúvidas. Falava que Deus criou estupros, guerra, fome, miséria, assassinatos, etc... Cheio de si, envolto em seus conceitos e vendo a plateia em silêncio, o mestre se vê surpreendido quando um simples e desajeitado aluno se levanta e lhe dirige a palavra. Naquele dia, aquele menino de corpo e adulto de alma lhe pediu permissão para lhe fazer algumas perguntas. Cheio da razão o mestre autoriza. O jovem Albert perguntou se o mestre acreditava que existe a noite. O velho professor argumentou que sim. O aluno respondeu ao mestre que não. E explicou que noite é o nome dado pelos homens pela falta de luz, isso segundo a física. Quando em uma escuridão é colocada a luz, a escuridão deixa de existir, explicava brilhantemente o jovem. O professor nem teve tempo de se recompor e o aluno pergunta ao mestre se ele acreditava existir o frio. Desconfiado, porém sem saída ou sem ter como dar evasivas, o mestre respondeu que sim. Novamente o brilhante aluno explicou ao mestre que o frio não existe. O frio é o nome dado pelos homens a ausência do calor, segundo a física. Embasbacada com tanta sabedoria, a plateia fica atônita. Naquela manhã o velho e sábio mestre teve a maior lição de sua vida. O aluno fez a última pergunta, que veio instantaneamente com a resposta. Ele explicou ao mestre que o mal não foi criado por Deus. E assim como o frio e a escuridão, o mal foi o nome dado pelos homens pela ausência de Deus.

O jovem Einstein ensinou ao velho mestre que Deus é a essência da vida, e que sem ele somos como uma folha seca jogada ao vento. Orlando precisou encontrá-Lo, e descobriu que Ele está em todos os lugares. Nas árvores, nas folhas, no Céu e na Terra. Procurou por Ele em todos os lugares e o encontrou em si mesmo. Agora sentia paz de espírito e alegria de alma. Estava feliz.

Capítulo 29

Nos dois anos seguintes, a família Moraes viveu a vida intensamente, com muito amor e dedicação. Anastácia e Emanuel se casaram no mesmo dia em que se casaram Luciana e Paulo. Angélica casou-se seis meses antes com Devanir, no mesmo mês em que seus irmãos gêmeos vieram. Elaine e Orlando estavam radiantes, totalmente embasbacados com os dois presentes que Deus lhes enviou, Thainá e Júnior. As crianças trouxeram alegria e contentamento à casa, preenchendo todo o tempo ocioso da família Moraes. O diabetes e o colesterol do Orlando foram embora junto com os quilinhos que tinha a mais ao passar fome naqueles catorze dias. Com a saúde à toda e ao ser pai de gêmeos, Orlando virou adolescente outra vez. Brincava e rolava com os filhos naquela grama verdinha da nova mansão dos Moraes. Só que agora eles eram os donos da propriedade. Orlando passou todos os bens que possuía antes do lançamento de seu livro para o tio Paulo e contratou um bom advogado para defendê-lo. As provas foram contudentes e Paulo saiu com o nome limpo. Fizeram um acordo com a promotoria, pois eles também queriam evitar uma ação indenizatória. Não que Paulo precisasse ou quisesse fazê-lo, mas o falido e velho sistema judiciário não queria mostrar ao mundo a sua cara e suas fraquezas. Orlando insistiu para o tio ficar com os bens que recebeu de Benjamim. Ele não queria, mas ambos sabiam que eram seus por direito. Paulo era educado, inteligente e principalmente arguto. Sabia como lidar com as pessoas. Assumiu os negócios que há muito eram da família. Deu-se bem no comando da loja e, com a ajuda de Luciana, logo abriu uma filial. Paulo se lembrou do primeiro dia em que entrou na loja, depois de tantos anos sendo injustiçado, passando frio e fome. Ele foi para sua nova sala. O lugar era espaçoso, bem decorado. Sentando-se atrás da mesa, Paulo sentiu uma onda de entusiasmo. Aquele era o mundo com que sonhava. Viver aquilo era apenas o começo. Imaginou a surpresa que Luciana teria quando descobrisse que aquele homem ingênuo e simples, sem ao menos uma casa para morar, se tornara um grande empresário. Paulo por algumas vezes mostrava-se triste ao lembrar-se do passado. Quando essa tristeza chegava, saía a caminhar pela praia. Chorava desolado, apenas acompanhado pelo barulho das ondas que batiam fresquinhas na amurada do aterro. O som parecia cirandar em sua mente, fazendo-o relembrar as mais remotas experiências que viveu. Luciana não lhe falava nada, respeitava a sua particularidade. Sabia o quanto havia sofrido. Ela acreditava que aquelas cicatrizes nunca mais sairiam do coração de Paulo.

– Paulo, você tem que tentar esquecer o passado. Agora está rodeado de pessoas que o amam, o que era seu por direito voltou às suas mãos, não tem porque ficar remoendo o passado. Isso só o faz sofrer duas vezes, antes e agora – fala Orlando de forma meiga.

– Não quero esquecer, Orlando. Ao contrário, procuro ter sempre presente o que aconteceu em meio ao meu sofrimento. Foi o que me deu forças para progredir quando decidi fugir no meio daquela rebelião para poder escapar com vida. Respondi a todos que eu assumiria toda a responsabilidade pela minha própria vida – responde Paulo. Não posso esquecer o que passou. Isso me serve de exemplo para eu poder passar ao mundo. Se tivermos força, coragem, persistência, e acreditarmos em Deus e na vida, o sucesso pode até tardar, porém virá. Ao tempo de Deus e ao tempo que a vida determinar.

Tanto Mauro quanto Elaine, Orlando, Pedro, Maria, Luciana, Paulo, Anastácia, Emanuel, Devanir, Angélica, João e Zezinho, de uma forma ou de outra acabaram por perceber que os seus destinos estavam interligados. E cada um, a seu modo, descobriu a forma de transcender, um a um, os degraus das leis que regem o universo. Todos eles quedaram-se embasbacados com o que haviam vivido e presenciado. Eles tinham perdido a confiança no ser humano. A população mundial está com a fé estagnada por ver tantos escândalos relacionados a dinheiro, religião, igreja, poder e benefícios próprios. Muitas pessoas acreditam em Deus, mas não nos homens. Os homens haviam mostrado seu fanatismo em toda a sua história, matando e roubando em nome de Deus. Deus mandou os juízes e os profetas e, através deles, fez revelações sobre a espiritualidade, mas os homens interpretavam essas revelações conforme os seus próprios interesses. Criaram diversas igrejas e religiões preconceituosas, inimigas entre si, brigando e competindo sobre com quem estava a verdade, chegando a guerras e à violência, dessa forma fazendo as pessoas deixarem de acreditar que o ser humano pode ser usado verdadeiramente por Deus. Porém ao conhecerem Pedro e a sua forma simples e verdadeira de ajudar ao próximo, perceberam que existem, sim, pessoas boas, dispostas a ajudar uma alma abatida. Também descobriram que Deus ainda usa os homens na Terra para levar uma palavra de paz e amor sem visar ganho financeiro. Deus não quer e nunca quis os nossos bens materiais e sim a nossa obediência e o nosso coração. Depois que conheceram Pedro eles voltaram a acreditar nas palavras da Bíblia. Perceberam que verdadeiramente existe um povo diferente no meio da população que não faz alarde, nem se vangloria de seus atos. Não visa progressão material ou milagres no corpo mortal. Antes disso, busca a salvação da alma. Acreditam que milagres financeiros e cura poderão ser alcançados sim, porém isso só acontece se for a vontade de Deus, e para que as pessoas passem a acreditar nele. Pois tudo o que passamos, alegria ou tristeza, bonança ou dificuldade serve para aprendermos o caminho da fé, superação, humildade, amor e o caminho do perdão, preparando-nos para o sucesso sem avareza ou vaidade. Amor, salvação da alma, preparação para a vida no céu após a morte do nosso corpo material é a filosofia de vida que o filho de Deus apregoou na Terra, e é isso que Pedro mostrou a eles. Ensinou-lhes que cada um de nós é atalaia do senhor, basta procurar a santificação e se dispor a servi-Lo. Ao fazermos isso teremos paz e veremos os filhos dos nossos filhos, pois o amor atrai o amor, o perdão atrai o perdão, e paz atrai a paz, que significa abundância de vida, e abundância de vida por sua vez significa viver com Deus.

Todos aprenderam que a escola da vida é brilhante e perfeita. Descobriram que a vida nos cria obstáculos para que possamos crescer ao superá-los. Descobriram que Deus não é vingativo, é longânime em misericórdia. Ele em sua perfeição nos colocou a vida como professora, induzindo-nos a buscar a cada dia a fazermos o melhor que pudermos. Mostrou a todos eles que basta cada dia o seu mal. Portanto devemos viver o dia de hoje como se fosse o último de nossas vidas. Ao fazermos dessa forma, daremos o melhor de nós a nós mesmos e também ao nosso próximo, amando-o com a força de nossa alma. Ao praticar o amor rejeitamos a avareza, deixando de lado a vaidade. Esse ato de humildade nos conduzirá à fé, que por sua vez nos dará força para o perdão. Esses elementos, de forma magnânima, nos levarão à estatura de um varão perfeito, preparando-nos para ocuparmos os lugares celestiais que estão preparados para nós desde a fundação dos tempos. E também de forma sublime esses seis elementos constituíram o livro *14 Dias*, que nos levou a uma viagem que todo ser humano deve fazer. Uma viagem dentro de si mesmo. Ao fazê-lo, conheceremos mais sobre as leis que regem o universo, aprendendo com os nossos erros e derrotas. Só temos que ter fé, pois a fé nos leva à esperança; a esperança à experiência, e a experiência nos ensina a esperar dias melhores. Dias de paz.

Senhor, tu me sondaste e me conheces.

Tu conheces o meu assentar e o meu levantar; de longe entendes o meu pensamento.

Cercas o meu andar e o meu deitar; e conheces todos os meus caminhos.

Sem que haja uma palavra na minha língua, eis que, ó Senhor, tudo conheces.

Tu cercaste em volta e puseste sobre mim a tua mão.

Tal ciência é para mim maravilhosíssima; tão alta que não posso atingir.

Para onde me irei do teu Espírito ou para onde fugirei da tua face?

Se subir ao céu, tu aí estás; se fizer no Seol a minha cama, eis que tu ali estás também.

Se tomar as asas da alva, se habitar nas extremidades do mar, até ali a tua mão me guiará e a tua destra me susterá.

Se disser: decerto que as trevas me encobrirão; então, a noite será luz à roda de mim.

Nem as trevas me escondem de ti; mas as noites resplandecem como o dia; as trevas e a luz são para ti a mesma coisa.

Pois possuíste o meu interior; entreteceste-me no ventre da minha mãe.

Eu te louvarei, porque de um modo terrível e tão maravilhoso fui formado; maravilhosas são as tuas obras, e a minha alma o sabe muito bem.

Os meus ossos não te foram encobertos, quando no oculto fui formado e entretecido como nas profundezas da terra.

Os teus olhos viram o meu corpo ainda informe, e no teu livro todas estas coisas foram escritas, as quais iam sendo dia a dia formadas, quando nem ainda delas havia.

E quão preciosos são para mim, ó Deus, os teus pensamentos! Quão grande é a soma deles!

Se os contasse, seriam em maior número do que a areia; quando acordo, ainda estou contigo.

Sonda-me, ó Deus, e conhece o meu coração; prova-me e conhece os meus pensamentos.

E vê se há em mim algum caminho mau e guia-me pelo caminho eterno.

Salmo 139

Impresso nas oficinas da
SERMOGRAF - ARTES GRÁFICAS E EDITORA LTDA.
Rua São Sebastião, 199 - Petrópolis - RJ
Tel.: (24)2237-3769